Edition Hochfeld

Erna Höse

Max Stadler (1981) in Burglengenfeld, ist in Schönsee, dem Schauplatz der Spichtinger-Kriminalromane, aufgewachsen. Seit 2002 lebt er in Straßburg, wo er Literaturwissenschaft und Geschichte studierte. Zahlreiche Auslandsaufenthalte führten ihn vor allem nach Skandinavien. Seit 2006 arbeitet er als freier Literaturübersetzer aus dem Französischen, Englischen, Schwedischen, Norwegischen und Dänischen. Bei seinen Übersetzungen ins Französische bildet er ein erfolgreiches Tandem mit seiner Frau Lucille Clauss. Zurzeit arbeiten sie an der Übertragung des Romans ›Axolotl Roadkill‹ der jungen deutschen Autorin Helene Hegemann.

Die französische Autorin und Übersetzerin Lucille Clauss (1982) studierte Politikwissenschaft in Straßburg. Längere Auslandsaufenthalte führten sie nach Berlin, Göteborg und – natürlich in die oberpfälzische Heimat ihres Mannes, Max Stadler.

Spichtingers Morde

Zweiter Band

WALDVEREIN

Edition Hochfeld

1. Auflage
August 2010
edition hochfeld, Augsburg

Umschlagkonzept und Gestaltung: edition hochfeld
Titelbild: Ullrich-Jürgen Schönlein
Lektorat: Nadine Püschel
Satzherstellung: Amann, Aichstetten
Druck und Binden CPI Ebner & Spiegel, Ulm
Printed in Germany

ISBN: 978-3-9812820-1-6
www.edition-hochfeld.de

Waldverein ist ein Kriminalroman. Handlung und Personen sind frei erfunden. Etwaige Namensgleichheiten oder Ähnlichkeiten mit lebenden Personen oder Ereignissen sind rein zufällig und unbeabsichtigt.

Alle eure Sorge werfet auf ihn; denn er sorget für euch.

(Neues Testament, 1.Petrus, Kapitel 5, Vers 7)

Donnerstag, 15. April

Durch den siebzehn Millimeter breiten Spalt zwischen der Oberkante der Fensterscheibe und dem schwarzen Gummi am Rahmen drang ein sachter Luftzug in das Wageninnere. Sieben Grad Außentemperatur im Gegensatz zu den vierundzwanzig auf dem Beifahrersitz des dunkelblauen Mercedes SL 500 mit Lederinterieur und einstellbarer Fahrwerksdynamik, dem perfekten Reise- und Prahlwagen für das arrivierte Pärchen. Heinrich »Heiner« Schönthaler, der stolze Besitzer, war rundum zufrieden mit Fahrverhalten und Kurvenlage seiner Karosse. Nur ein paar Kleinigkeiten trübten manchmal das Glück am Steuer, etwa die nicht entspiegelten Instrumentengläser, was sehr lästig sein konnte, wenn er bei Sonnenschein mit offenem Verdeck fuhr. Da aber in diesen Gefilden die Sonne ohnehin nicht allzu oft, und wenn doch, dann nur recht kurz hinter den grauen Wolken hervorlugte, war das kein besonders großes Problem. Sehr angetan war er vor allem von den Platzverhältnissen: Das Wageninnere bot herrliche Fußfreiheit, wenn man die Sitze ganz zurückschob. Und Heiner Schönthaler befand sich in einer Lage, in der Bewegungsfreiheit geradezu eine conditio sine qua non darstellte.

Die leicht getönte Glasscheibe erwärmte sich langsam. Langsamer als die warme Luft, die verzweifelt einen Weg nach draußen suchte, gegen die glatte Oberfläche prallte und sich dabei um wenige Grad abkühlte. Ein dünner Feuchtigkeitsfilm legte sich auf die Scheibe und breitete sich mit zunehmender Geschwindigkeit aus.

Heiner Schönthaler war Kettenraucher. Seinem Hausarzt war bei der letzten Untersuchung die zunehmende Überblähung seiner Lunge entgangen, genauso wie die zahlreichen geplatzten Lungenbläschen und größer werdenden blasigen Hohlräume. Heiner blieb theoretisch noch etwa ein Jahr zu leben, davon mindestens drei Monate geprägt von grausamem Leiden und Dahinsiechen.

Dennoch hätte er vermutlich diesen langsamen Tod bevorzugt, wenn er zwischen der Krankheit und dem, was ihm in den folgenden Stunden blühte, hätte wählen dürfen.

Der Ruß seiner Zigaretten hatte sich in den vergangenen Tagen auf der Scheibe abgelegt und schwächte die Wirkung der vom Hersteller angepriesenen Nanobeschichtung. Heiner Schönthaler wusch seinen Wagen zwar jeden Samstag, wie jeder ordentliche Bürger des Landkreises, und vergaß dabei nicht das geringste Staubkorn, putzte sogar die Reifenfelgen mit einer alten Zahnbürste, aber die Innenseiten der Fensterscheiben hatte er beim letzten Waschgang vernachlässigt. Wahrscheinlich hatte ihn Elvira wieder mit ihrem Geschnatter genervt, oder der Gedanke an die Unterredung mit dem Bürgermeister hatte ihn abgelenkt.

Ein kurzer Wischer mit einem Mikrofasertuch, ein wenig Shampoo dazu und anschließend eine kurze Behandlung mit einer Fensterversiegelung, wie sie in jedem Baumarkt zu haben war, und das Problem wäre gelöst gewesen.

So aber legte sich nach und nach ein weißer Nebel auf die Scheiben der beiden Türen der Luxuskarosse. Auch am oberen Rand der Windschutzscheibe machten sich Spuren des hellen Dunstes breit.

Die beiden Insassen kümmerte das kaum. Es war ihnen eigentlich sogar fast recht. Schließlich wäre es nicht das erste Mal, dass ein Jäger aus der Gegend, oder schlimmer, der hiesige Förster, der Tag und Nacht in seinem Wald unterwegs zu sein schien, sie bei einem Stelldichein überraschte. Beim Anblick der beschlagenen Autoscheiben wüsste er immerhin sofort, was Sache war, und würde gar nicht erst stehen bleiben, um nach dem Rechten zu sehen.

»Du bist so unglaublich schön«, flüsterte Heiner heiser, als sie sich eine Atempause zwischen den Küssen gönnten. Sie knöpfte langsam ihre Bluse auf, und er spürte, wie sein Blut noch rascher durch die Adern pulsierte. Sie trug einen hellgrünen Seiden-BH.

»Komm, Süßer, fotografier mich«, forderte sie ihn leise auf und öffnete ihren BH mit einer eleganten Handbewegung. Dabei erröteten ihre Wangen, und sie lächelte schüchtern. Er nahm die Digitalkamera, die auf der Ablage zwischen den Vordersitzen lag, eine perlmuttweiße Panasonic Lumix DMC-FX 40, und richtete sie auf ihre tiefdunklen, glitzernden Augen, den breit lächelnden Mund. Das Objektiv wanderte langsam nach unten zu ihren fülligen Brüsten mit den zartrosa Warzen, die sich steif in die Luft reckten. Dann drückte er auf den Auslöser.

»Du bist so herrlich sexy«, murmelte er und keuchte beinahe vor Lust und Gier.

Ihre Haut glänzte, glühte, dampfte beinahe. Kleine Schweißtropfen perlten von ihrer Stirn. Sie hatte die Augen geschlossen und atmete mit halb geöffnetem Mund.

Heiner Schönthaler warf die Kamera auf die Rückbank, von wo sie auf den Boden hinter dem Fahrersitz plumpste. Doch das kümmerte ihn jetzt wenig, er hatte anderes zu tun.

Der Mann erahnte die Konturen des Paares hinter den beschlagenen Scheiben. Hin und wieder vernahm er ein Aufstöhnen oder ein dumpfes Murmeln. Einmal flackerte kurz der Blitz einer Kamera auf.

Er hätte kotzen können. Wie jedes Mal, wenn er ihnen folgte. Er senkte seinen starren, entschlossenen Blick auf die braunen Buchenblätter aus dem Vorjahr, die den weichen

Boden bedeckten. Es war kalt, und der Schweiß rann ihm über die nassen Brauen in die Augen.

Heute war es so weit. Heute würde es geschehen. Er konnte es nicht länger aufschieben. Er hatte genau gewusst, wo der andere seinen Wagen parken würde. Neben der Schutzhütte der Holzhauer, die kurz vor dem ehemaligen Skilift auf der rechten Seite des Waldweges stand. Die Frau stellte ihren Wagen immer am Parkplatz des Wildparks ab und lief das letzte Stück zu Fuß durch die Dunkelheit.

Er hatte geahnt, dass der Moment der Vergeltung gekommen war, noch bevor er sicher sein konnte, dass die beiden sich heute treffen würden. Nun kauerte er hier im Gebüsch und wartete darauf, dass sie endlich ihr Geschäft erledigt hatten. Er war gerade fünf Meter von dem nun leicht schaukelnden Mercedes entfernt, und doch ahnten sie nichts.

Das Schwanken hörte auf. Offenbar nahte das Ende. Die zwei Silhouetten im Auto trennten sich, die korpulente setzte sich wieder hinter das Steuer, während die kleinere auf dem Beifahrersitz sich ein Kleidungsstück über den Kopf zog.

Plötzlich ging die Fahrertür auf.

Der Mann im Gebüsch zuckte zusammen. Hatten sie ihn bemerkt?

Sein Herz begann zu rasen. Doch der andere machte keine Anstalten auszusteigen, er hatte die Tür wohl nur aufgemacht, um im Deckenlicht seine verstreuten Klamotten zu finden.

So konnte er seinen Feind in aller Ausführlichkeit beobachten. Die widerwärtige Halbglatze, die kantige, ekelhafte Visage mit den breiten Lippen, die so oft überheblich grinsten. Das angedeutete Doppelkinn, das aber noch nicht genug ausgeprägt war, um als unsportlich zu gelten. Die große Nase und das kräftige, selbstbewusste Kinn.

Der Mann bebte vor Hass. Seine Hand tastete nach der Waffe. Sie lag griffbereit in seiner Jackentasche. Die unsichtbare Barriere, die ihn bisher vom Handeln abgehalten hatte, war überwunden. Er war sich bewusst, was er zu tun gedachte. Er kannte die Folgen, die Gefahren, die in Zukunft auf ihn lauern würden.

Die Beifahrertür öffnete sich. Die beiden Turteltäubchen steckten noch einmal die Köpfe zusammen. Küssten sich. Er wandte das Gesicht ab. Hörte dennoch das Geschmatze, als die beiden einander die Zungen in den Mund steckten. Ekelhaft. Dann endlich fiel die Beifahrertür wieder ins Schloss, und die Frau stöckelte Richtung Wildpark davon. Der andere zog sich im schwachen Schein der Deckenlampe an und ließ sich alle Zeit der Welt.

Der Mann im Gebüsch presste ungeduldig die Lippen zusammen. Aber er durfte noch nicht aus der Deckung kommen. Wenn der andere ihn im Lichtschein entdeckte, hätte er ausreichend Zeit, die Tür zu schließen und zu fliehen. Und das Schlimmste dabei: Er wäre gewarnt und würde in Zukunft auf der Hut sein. Deshalb: Geduld.

Der andere kramte im Handschuhfach und zog etwas hervor. Eine Zigarettenschachtel und ein Feuerzeug. Er zündete sich eine Zigarette an und inhalierte tief. Dann stieg er ächzend aus dem Wagen. Blickte Richtung Gebüsch. Sein Beobachter zuckte zusammen, doch der andere bemerkte nichts. Er machte ein paar Schritte um den Wagen herum, stellte sich an den Wegrand und ließ seine Hose herab, um zu pinkeln. Jetzt oder nie.

Lautlos zog er seine Waffe aus der Jackentasche. Während der andere sich summend erleichterte, zielte er sorgfältig. Und obwohl er wusste, dass er etwas Grauenhaftes tat, etwas, das er nie mehr rückgängig machen könnte, hatte er sich noch nie so heiter und gelöst gefühlt.

Um sie herum war nur das Rauschen des Windes in den Baumwipfeln zu hören. Der Kies des Waldweges knirschte unter ihren hochhackigen Schuhen.

Verdammt, warum zog sie noch immer diese unbequemen Dinger an! Sie streifte sie ohnehin sofort ab, wenn sie sich trafen. Aber was tat man nicht alles, um Männern zu gefallen.

Karin kicherte innerlich.

Früher hätte sie Angst gehabt. Allein im Wald. Die tschechische Grenze nur wenige Kilometer entfernt. Da konnte man jederzeit auf eine Schieberbande stoßen, und das waren bekanntlich keine angenehmen Zeitgenossen.

Aber inzwischen war das anders.

Die paar hundert Meter durch den Wald machten ihr nichts mehr aus. Selbst wenn ihr Herz beim kleinsten unheimlichen Geräusch zu rasen begann – das war es wert.

Jahrelang hatte ihre Ehe mit Manfred dahingedümpelt. Sie hatten zwar hin und wieder miteinander geschlafen, aber Spaß hatte sie dabei schon lange nicht mehr gehabt. Und der Sex war doch das Wichtigste in einer Beziehung.

Wenn der nicht stimmte, wie sollte da alles andere funktionieren?

Andererseits hatte sie keine Lust, Manfred einfach so aufzugeben. Er war eine anerkannte und geschätzte Persönlichkeit in der Stadt. Vor zehn Jahren, als sie ihn noch liebte, waren sie in eine kleine Villa am Stadtrand gezogen, und das Haus war ihr ans Herz gewachsen. Für nichts auf der Welt wollte sie dieses kleine Paradies von 230 Quadratmetern mit zweieinhalb Hektar Grund aufgeben. Sie hatte jedes Zimmer mit größter Sorgfalt eingerichtet, und sie hatten keine Kosten gescheut. Na ja, an sich war es Manfred, der keine Kosten gescheut hatte, er brachte als Zahnarzt schließlich das Geld nach Hause.

Manfreds Beruf war einer der Gründe, warum ihre Leidenschaft nach und nach erloschen war.

Zahnarzt.

Irgendwie unsexy.

Wenngleich ihr das zu Beginn gut gefallen hatte. In ihrer Jugend hatte sie lange eine Reihe von Komplexen mit sich herumgetragen, und ihre Zähne hatten dazugehört. Trotz mehrerer Operationen hatten sich ihre Zähne einfach geweigert, so ebenmäßig und schön nebeneinander zu stehen, wie sie das in den Zeitschriften immer gesehen hatte. Also hatte sie anfangs große Hoffnungen in Manfred gesteckt. Und der hatte sie nicht enttäuscht. In jahrelanger Feinarbeit, die sie bei einem anderen Arzt ein Vermögen gekostet hätte, hatte er den Steinbruch in ihrem Mund in ein hellweiß blitzendes Elfenbeinmuseum verwandelt.

Ihrem Selbstbewusstsein hatte das einen ungeheuren Schub verpasst. Für ihre Ehe hingegen war es eher fatal gewesen. Denn nun wagte sie es endlich, den Männern zuzulächeln, denen sie bisher aus Scham eher ausgewichen war. Früher hätte sie sich niemals getraut, Heiner bei der Caféeröffnung so offen und heiter anzulachen.

Manfred und sie hatten keine Kinder. Woran es lag, wussten sie beide nicht, oder doch, eigentlich schon. Sie hatten es lange versucht, mit der Zeit immer verzweifelter, bis sie eines Tages zum Arzt gegangen waren. Der hatte herausgefunden, dass Manfreds Sperma zu langsam war. Es würde an ein Wunder grenzen, wenn sie schwanger würde, unmöglich sei es aber nicht.

Damals hatten sie das als Wink des Schicksals aufgefasst, Manfred hatte sogar einmal bei einem ihrer vergeblichen Routineakte gescherzt, dass sie das Kind, sollte es je gezeugt werden und ein Sohn sein, Matthias taufen sollten, weil das angeblich Geschenk Gottes bedeute.

Sie fand das weder damals noch heute besonders lustig.

Zunächst hatte sie die Nachricht mit Trotz aufgenommen, hatte sich gesagt, dann erst recht, und Manfred teilweise bei der Arbeit angerufen, damit er nach Feierabend gleich nach

Hause kam und zu ihr ins Bett stieg. Der Trotz war jedoch mit der Zeit einem Gefühl von Resignation gewichen, und aus der Resignation wurde schließlich tiefe Bitterkeit. Manfred spürte davon offenbar nichts. Er behandelte sie wie bisher. Die Selbstverständlichkeit, mit der er sie als sein Eigentum betrachtete, war der eigentliche Auslöser für ihr Fremdgehen gewesen.

Sie gehörte niemandem.

Sie war eine eigenständige Person mit einem Recht auf ein eigenes Leben. Niemand kontrollierte, was sie tat oder zu tun hatte. Manfred schien das nicht zu begreifen. Er lebte in seiner Welt, stand jeden Morgen auf, las seine langweilige Zeitung, aß stets dieselben gesunden Sachen, gab ihr einen teilnahmslosen Kuss auf die Wange, wenn er aufbrach. Am Wochenende war er mit seinen Tennisfreunden unterwegs, montags und donnerstags ging er zum Stammtisch, freitags fanden in der Regel diverse Versammlungen statt, dienstags und mittwochs arbeitete er bis spät in die Nacht.

Sie hatte viel Zeit für sich.

Anfangs hatte sie damit nichts anzufangen gewusst, aber seit ihrem ersten Seitensprung hatte sich das radikal geändert.

Sie errötete leicht, als sie an das erste Mal dachte, als sie ihren Mann betrogen hatte. Wobei, betrogen war eigentlich nicht das richtige Wort, sie hatte sich einfach etwas Gutes getan, wie es ihr Psychologe Schwendemann angeraten hatte.

Der hatte dabei vermutlich etwas anderes im Sinn gehabt, aber was zählte, war das Resultat.

Sie hatte sich in der Tat etwas Gutes getan in der Gestalt des muskulösen Schreinermeisters, dessen Namen sie inzwischen schon wieder vergessen hatte. Endlich hatte sie sich wieder wie eine Frau gefühlt. Dem Schreinermeister folgten andere, Heiner war der Letzte einer inzwischen recht stattlichen Liste. Mit ihm war alles anders. Sie spürte, dass sie im Begriff stand, sich zu verlieben. Und er beteuerte ihr auch ständig, wie sehr sie ihm gefalle und dass er mit seiner Frau nicht mehr glücklich sei. Wo würde das noch hinführen? Mit ihm verbrachte sie wundervolle Stunden voller Sinnlichkeit, auch wenn sie sich zumeist heimlich und nur nachts treffen konnten, wie heute. Manchmal war er aber auch schon zu ihr nach Hause gekommen, wenn Manfred nicht da war. Das war riskant, was dem Abenteuer aber nur einen zusätzlichen Reiz verlieh.

Inzwischen war sie unten an der Eslarner Straße angelangt. Ihr metallgrauer BMW glänzte auf dem Parkplatz auf der gegenüberliegenden Straßenseite matt im Mondlicht.

War da nicht was?

Ein Schrei hinter ihr?

Heiner?

Sie hielt inne. Drehte sich um und starrte in die Dunkelheit.

Sie lauschte ein paar Sekunden lang.

Nichts. Vermutlich nur ein Vogel. Vielleicht ein aufgeschreckter Eichelhäher.

Rechts schimmerte der kleine Weiher zwischen den Bäumen. Die morsche Holzhütte, die eigentlich schon längst abgerissen hätte werden sollen, aber immer noch stand. So wie er. Auch er war in den Augen der anderen eine baufällige Hütte, die keine Daseinsberechtigung hatte. Mit der man tun und lassen konnte, was man wollte. Doch das war jetzt vorbei.

Der unebene, von Regenrinnen zerfurchte Weg stellte die tiefergelegte Karosserie des Mercedes SL vor hohe Anforderungen. Aber es war nicht mehr weit. Vielleicht noch hundert Meter, dann hatte er sein Ziel erreicht.

Heiner Schönthalers schlaffer Körper lag im Kofferraum. Der Architekt hatte sich mit einem kurzen Aufschrei umgedreht und war dann lautlos zusammengesackt.

Alles wie geplant.

Er war schwerer als gedacht, wog bestimmt neunzig Kilo. Unter dem sündhaft teuren Hugo-Boss-Hemd verbarg sich ein ordentliches Bierbäuchlein, das man so gar nicht ahnte.

Er hielt neben dem kleinen Holzschild mit der Aufschrift »Naturwaldreservat«, schaltete die Automatik aus und öffnete die Fahrertür. Seine glatten Lederhandschuhe knirschten leise. Dann betrachtete er kurz sein Gesicht im Rückspiegel. Obwohl er in den letzten Tagen kaum geschlafen hatte, war ihm die Müdigkeit nicht anzumerken. Entschlossen nickte er seinem Spiegelbild zu und stieg aus. Als er die Tür vorsichtig zugedrückt hatte, spitzte er kurz die Ohren. Die Blätter der Birken und Buchen raschelten im Wind, die Fichten knarrten und knackten.

Sonst nichts.

Beruhigt ging er zum Kofferraum. Für einen Sekundenbruchteil zuckte ihm ein ängstlicher Gedanke durch den Kopf: Und wenn er nicht mehr da war? Was, wenn der andere wieder aufgewacht war und ihn anfiel, sobald er die Kofferraumtür öffnete?

Ihm schauderte.

Dann schüttelte er sich und verscheuchte die absurden Überlegungen.

Natürlich war er noch da.

Er betrachtete das schweißdurchtränkte Hemd, das sich um den breiten Rücken des Architekten spannte, holte tief Luft und packte zu.

Mühsam hievte er Heiner Schönthaler aus dem Kofferraum und legte ihn an den Wegrand. Dann schloss er den Wagen ab und begann mit dem harten Teil der Arbeit. In der Ferne hetzte ein Rehbock heiser bellend den Hang hinab, wohl ahnend, dass diese Nacht am Stückberg nichts Gutes verhieß.

Freitag, 16. April

Komm, Junge, komm.

Es geht noch.

Nur noch zwei Kilometer.

Es war 7.32 Uhr und dieser Freitagmorgen im April so trist und grau wie jeder andere Aprilmorgen im Oberpfälzer Wald. Noch dazu wehte ein eiskalter Ostwind über die Talebene und verwandelte jeden Meter, den Max Spichtinger lief – oder vielmehr: seinen schweren Körper voranschleppte –, in eine unmenschliche Tortur.

Die Baumreihen lichteten sich. Spichtinger trampelte das alte Bahngleis entlang. Fünf Minuten zuvor hatte er kurz hinter dem Parkplatz bei der Kreuzung vor Schöntann kehrtgemacht und joggte nun wieder ins Tal nach Oberviechtach hinunter. Der Schweiß rann ihm aus allen Poren. Er hatte noch immer nicht die Zeit und Muße gefunden, sich in Weiden ein paar ordentliche Laufsachen zu besorgen, und den örtlichen Sportladen boykottierte er, seit ihn der Verkäufer das letzte Mal beim Schuhkauf schwerstens beleidigt hatte.

»Sie pronieren«, hatte der Typ behauptet, nachdem Spichtinger einige Sekunden auf dem lächerlich winzigen Laufband herumgewatschelt war.

»Hä?«

»Ja, aber machen Sie sich mal keinen Kopf. Das dürfte Ihre geringste Sorge sein. Außerdem proniert praktisch jeder zweite, das ist nichts Besonderes. Beim Pronieren weicht das obere Sprunggelenk, also die gelenkige Verbindung von Schienbein und Sprungbein, unter der Belastung nach innen aus.«

Er machte es vor.

Spichtinger stieg entsetzt vom Laufband. Die wenigen Sekunden hatten ausgereicht, um ein paar Schweißtropfen in seinem Nacken hervorzulocken. Er atmete heftig, allerdings mehr aufgrund des »Das dürfte Ihre geringste Sorge sein« als wegen der Anstrengung. Dabei starrte er den Verkäufer wütend an.

Dieser interpretierte den Zorn seines Kunden völlig falsch.

»Glauben Sie mir, das macht nichts. Sie können trotzdem ganz problemlos mit dem Laufen anfangen, Sie brauchen nur das richtige Schuhwerk, das die Überbeanspruchung gewisser Bänder und Sehnen ausgleicht. Dem Gewichtsverlust steht also nichts entgegen, nicht wahr, haha.«

Haha. So ein arroganter Volltrottel. Stand da mit seinen Muskeln und seinem braungebrannten Grinsegesicht und machte sich über ihn lustig.

»Aber ich bin ja noch nie gelaufen, wie wollen Sie da wissen, dass ich *porniere*?«, versuchte Spichtinger unbeholfen scherzend einzuwenden.

»Das sieht man auf den ersten Blick. Ich habe da schon gewisse Erfahrung, müssen Sie wissen. Mir entgeht kein Pronierer, und wenn es der blutigste Anfänger ist. Haha!«

Das reichte. Nie wieder in diesen Scheißladen. Aber harmoniesüchtig, wie er war, hatte er natürlich trotzdem ein Paar Schuhe bei dem Arsch gekauft. Hundertvierzig Euro hatte er dafür hingeblättert, nachdem der Schönling ihn noch minutenlang beschwatzt hatte, wie wichtig es doch sei, auf Qualität zu setzen, dass man alles andere später bitter bereue, dass man sich verletzen könne und die Füße ruiniere, wenn man mit den falschen Schuhen lief.

Und so tapste er jetzt seit zwei Monaten viermal wöchentlich mit den teuren Laufschuhen durch die Gegend. Angefangen hatte er mit fünf mal drei Minuten, um sich nach und nach zu steigern. Inzwischen hielt er problemlos eine Dreiviertelstunde durch.

Er war sogar in den Oberviechtacher Sportverein eingetreten und besuchte jede Woche den Lauftreff. Seine Kollegen – allen voran Chef Helbich – hänselten ihn deswegen pausenlos. »Na, wo ist das Krampfaderngeschwader gestern wieder rumgehechelt?« Oder: »Sie sind ja ein richtiger Siegertyp, Spichtinger. Sieht so aus, als hätten Sie ein paar Pfund gewonnen!«

Aber allen Sticheleien zum Trotz hielt er bisher gut durch. Er hatte sich das ehrgeizige Ziel gesteckt, im Mai beim Regensburger Halbmarathon zu starten. An sich völliger Wahnsinn. Aber was tut man nicht alles in der Midlifecrisis, obwohl er dafür mit seinen vierunddreißig Jahren ziemlich früh dran war.

Sein plötzlicher Ehrgeiz erstaunte seine gesamte Familie, und nicht zuletzt ihn selbst. Wie aus dem »dicken Spichti« aus dem Gymnasium, der beim Schulsport nicht mal im Kugelstoßen überzeugte, obwohl Körpergewicht dabei angeblich ein Vorteil war, unversehens ein fast laufsüchtiger Runner's-World-Abonnent werden konnte.

Sein Beruf wurde derzeit jedem Beamtenwitz gerecht. Vom ständigen Rumsitzen auf Bürosesseln und in Streifenwagen hatte er innerhalb weniger Monate sieben Kilo zugelegt.

Das durfte so nicht weitergehen.

Da hieß die Devise: abspecken. Und laufen war die einzige Option. Alles andere, Ballsport zum Beispiel, passte zu ihm wie eine Biotomate in den Dönerladen gegenüber der Polizeiinspektion: Er war kurzsichtiger als ein Maulwurf und begab sich jedes Mal in Lebensgefahr, wenn er sich auf einen Tennis- oder Fußballplatz wagte. Was Fitnesstraining im Studio anging, so hatte er es ausprobiert und sich schlichtweg lächerlich gefühlt, wie er da verzweifelt mit hochrotem Schädel an irgendwelchen viel zu schweren Gewichten herumzerrte, während im Hintergrund stupide Technomusik durch den Saal dröhnte.

Blieb also nur das Laufen.

Dem »Neuen Tag« hatte er entnommen, dass der Lauftreff jeden Montag stattfand. Es war Anfang Februar gewesen, und die Sonne schien zum ersten Mal seit Langem, obwohl es noch immer arschkalt war und ein Sauwind ging. Aber da sowohl Wind als auch Kälte hier rund ums Jahr herrschten, konnte er diese beiden Faktoren kaum als Ausrede gelten lassen.

In einer ausgeleierten Jogginghose, einem löchrigen T-Shirt und einem seiner Ansicht nach halbwegs sporttauglichen Pullover stieg er in seinen kleinen Corsa und fuhr zum Läufertreffpunkt am ehemaligen Bahngleis.

Die Begrüßung der anderen passte zum Wetter: kühl. Sein Outfit erntete mitleidsvolle, seine Figur kritische Blicke. Die richtige Blamage folgte, sobald es losging: Er hechelte hinter zwei mehr als rundlichen Kassiererinnen oder Sekretärinnen hinterher. So ganz genau wusste er das im Nachhinein nicht mehr. Er konnte ihrem Geschwätz nicht folgen, war zu sehr mit seinem bohrenden Seitenstechen und dem akuten Sauerstoffmangel beschäftigt. Ganze vier Minuten zwanzig hielt er durch, dann musste er eine Gehpause einlegen. Der Rest war ein Albtraum aus Gehen und ächzendem Laufen im Schritttempo. Wie in Trance schleppte er sich anschließend zum Auto, von dort unter die Dusche und dann direkt ins Bett. Der Muskelkater am nächsten Morgen war monumental. Aber irgendwie war dadurch sein Ehrgeiz geweckt. Er konnte das so nicht stehen lassen. Es ging doch nicht an, dass diese beiden fetten Weibsbilder schneller waren als er!

Diesen Vorsatz hatte er in die Tat umgesetzt. Inzwischen lief er den gesundheitsbewussten Damen problemlos davon.

Noch ein Kilometer. Schnaufend lief er an der ersten Häusergruppe am Ortsrand vorbei.

Rechts am Gegenhang fuhr gerade dröhnend ein Panzer durch das Eingangstor der Kaserne.

Spichtinger konzentrierte sich auf seine Atmung. Zweimal einatmen, zweimal ausatmen, immer im Takt zu den Laufschritten.

Er war nicht nur aus gesundheitlichen Gründen zum Sport gekommen. Das Laufen bot ihm ein willkommenes Ventil für den Ärger bei der Arbeit. Seit er im vergangenen Herbst eine fröhlich mordende Hotelangestellte entlarvt und seinen Vorgesetzten dadurch mehr oder minder blamiert hatte, erlebte er auf der Polizeistation die Hölle auf Erden. Ständiger Bereitschaftsdienst, Nachtschichten ohne Ende, lästige Missionen in die hintersten Winkel dieser endlosen Wälder, bei denen sein Chef Helbich sicher sein konnte, dass Spichtinger einer ungemütlichen Situation ausgesetzt werden würde. Zum Beispiel vergangenen Freitag: Eine Gruppe angetrunkener Jugendlicher feierte auf dem Oberviechtacher Marktplatz lärmend einen Geburtstag. Und er durfte ihnen ganz allein klarmachen, dass sie dies doch lieber anderswo tun sollten, weil sie so ein öffentliches Ärgernis darstellten. Die Lage artete aus, als einer der Rotzbengel eine Wasserbombe auf ihn schleuderte. Zum Glück hatten Pete und Mich, seine Kollegen, die unweit auf Streife waren, ein Einsehen und kamen ihm nach einigen Minuten zu Hilfe. Aber das hatte schon gereicht, um sich eine Erkältung einzufangen.

Aus irgendeinem Grund hoffte er, dass mit dem heutigen Tag alles besser werden würde. In einer Stunde sollte ihnen der neue Kollege vorgestellt werden, der aus Regensburg hierher versetzt worden war. Oder seine Versetzung beantragt hatte. Doch Letzteres war eher unwahrscheinlich. Wer war schon so verrückt, sich freiwillig aus Regensburg in dieses Niemandsland schicken zu lassen?

Keiner.

Außer Spichtinger selbst, der vor zweieinhalb Jahren in einem Anfall von romantischem Eskapismus aus München geflohen war und sich auf eine freie Stelle an der Polizeiinspektion Oberviechtach beworben hatte. Und jetzt verrottete er hier. Die Kollegen stammten alle aus der Gegend und hatten keinerlei Integrationsschwierigkeiten, im Gegenteil: Sie fühlten sich hier pudelwohl.

Ihm erging es da ganz anders.

Am besten verstand er sich noch mit Pete Völkl, einem Oberviechtacher Urgestein. Der engagierte sich nebenbei in der Feuerwehr, gehörte sämtlichen Vereinen an, die es so gab, und war vor Kurzem sogar zum Schatzmeister der SPD aufgestiegen. Obwohl er in diesem Nest geboren und in seinem Leben kaum über die Landkreisgrenzen hinausgekommen war, besaß Pete ein relativ offenes Gemüt und lud Spichtinger hin und wieder zum Stammtisch ein. Bei ihren Streifenfahrten erzählte er ihm interessante Anekdoten über die Leute und Dörfer, da wurde es nie langweilig.

Nicht so rosig sah es mit den übrigen Kollegen aus. Hauser, der Arschkriecher vom Dienst, gönnte ihm seinen Erfolg bei den Ermittlungen im vergangenen Herbst noch weniger als ihr Chef Helbich. Vermutlich fühlte er sich in seiner Stellung als vermeintlicher Liebling bedroht, auch wenn das absoluter Schwachsinn war. Seit Monaten gingen sich Spichtinger und Hauser tunlichst aus dem Weg, vermieden es, gleichzeitig im Gemeinschaftsraum Brotzeit zu machen, und fuhren so wenig zusammen Streife wie nur möglich.

Mit den anderen beiden Kollegen, dem Horn Mich und dem Feitl »Feiti« Jakob, unterhielt Spichtinger eine neutrale Beziehung. Sie ließen ihn in Ruhe. Er ließ sie in Ruhe. Weder Zwist noch Freundschaft. Sie hielten ihn vermutlich für einen arroganten Stoderer, und er machte keinen Hehl daraus, dass ihm das ziemlich egal war. Vor allem der Mich lief ständig mit einer Miene umher, als liege ihm ein Kilo Schusternägel im Magen. Wegen seines Stiernackens und des ständig kurz rasierten Schädels wurde er von allen nur der »Bulle« genannt.

Oje, jetzt fing das Seitenstechen im Blinddarmbereich wieder an. Das wurde er einfach nicht los. Spätestens nach vierzig Minuten holte es ihn immer ein. Aber jetzt war es nicht mehr weit. Nur noch den Berg hinunter, am Supermarkt vorbei, über die Hauptstraße und dann war er schon da. Um diese frühe Stunde saßen noch keine vernachlässigten Gören oder Penner auf der Holzbank in dem kleinen Park unterhalb des frisch renovierten Altenheims. Nur einige Scherben zeugten von dem Gezeche, das hier allabendlich stattfand.

Spichtinger ging die letzten Meter, wobei er die Hände in die Hüften stützte und tief durchatmete. Dann schloss er die Eingangstür zu seiner Wohnung auf und stieg die Marmortreppe in den ersten Stock hoch. Im Erdgeschoss wohnte der junge Maurer, dem das Haus gehörte, mit seiner Freundin.

Spichtinger hatte bei seiner Ankunft die Qual der Wahl gehabt. Offenbar stand im Ort die Hälfte der Häuser leer. Die Mietpreise waren im Vergleich zu München lächerlich niedrig. Deshalb konnte er sich ohne Weiteres die riesige Wohnung mit über hundert Quadratmetern Wohnfläche leisten. In München hatte er in einem kleinen Einzimmerapartment gehaust und kaum Einrichtungsgegenstände besessen. So hatte er zunächst einige Möbel kaufen müssen, um die vier Zimmer halbwegs voll zu bekommen: hier eine Kommode, da ein Schränklein. Das Resultat konnte sich einigermaßen sehen lassen. Zum Glück hatte er sich eine Spülmaschine zugelegt, so stand wenigstens nicht mehr überall schmutziges Geschirr herum. Andererseits: Viel Besuch bekam er ja nicht. Genau genommen eigentlich gar keinen.

Während Kommissar Max Spichtinger nichts Böses ahnend unter die Dusche stieg und genießerisch den warmen Wasserstrahl über seinen Körper strömen ließ, strampelte Tom Haller mit seinem gelben Fahrrad die Straße am Sandradl hoch. Es war kurz nach acht, aber noch immer halbdunkel. Dichte Wolkenfronten bedeckten den Himmel, für die ohnehin mageren Sonnenstrahlen war da kein Durchkommen. Einzelne Schneeflocken segelten durch die Luft und lösten sich in Wasser auf, sobald sie auf den Boden trafen. Hin und wieder Entzischte ein Wagen an ihm vorbei oder blendete ihn beim Entgegenkommen mit den Scheinwerfern. Er musste höllisch aufpassen, dass seine Uniform nicht mit Dreck vollgespritzt wurde.

Wieso fuhren die Leute so schnell und gaben nicht acht? Ein bisschen Respekt durfte doch wohl noch sein. In der Fahrschule lernte man, dass man nicht zu nahe an Fußgängern und Radfahrern vorbeifahren, sondern Sicherheitsabstand wahren sollte. Aber vielleicht sahen sie ihn ja nicht. Oder erst viel zu spät. Im Halbdunkel, mit seiner kleinen, verkümmerten Figur, der blauen Uniform mit den breiten gelben Streifen. Vielleicht lachten sie über ihn und fuhren absichtlich so nahe ran. Seine Haltung war gewiss nicht vorbildlich, und es wirkte sicher ziemlich lächerlich, wenn er sich über den Lenker gebückt schwankend den Hang hochkämpfte.

Tom war still und unscheinbar, hatte nie Ärger mit jemandem. Vielleicht lag es daran, dass er nie Nein sagte, dass er sich nie widersetzte, einfach alles über sich ergehen ließ. Andererseits hatte er auch nicht viel Kontakt zu anderen Menschen, außer auf der Arbeit, im Büro, wenn er die Post abholen musste, die er dann mit dem Rad ausfuhr.

Mehr machte er nicht.

Nur Briefe ausfahren. Nicht einmal sortieren durfte er die Post, dafür gab es andere, viel gewissenhaftere und verlässlichere Personen, die auch schon mal die richtige Entscheidung fällen konnten, wenn zum Beispiel eine falsche Postleitzahl auf dem Umschlag stand oder die Hausnummer fehlte.

Zurücksenden oder trotzdem ausliefern? Er selbst war völlig unfähig, eine solche Verantwortung zu übernehmen.

So war es bereits in seiner Kindheit gewesen. Wenn ihn jemand nach seiner Meinung fragte, hatte er nie etwas zu sagen. Doch nicht, weil er schüchtern gewesen wäre. Auch wenn er sich selbst nach einer Meinung fragte, kam er auf keinen grünen Zweig. Er wollte eigentlich nur eins – so sein wie alle anderen. Akzeptiert werden, sich anpassen, nicht auffallen, sich lautlos einordnen. Inzwischen war er Ende vierzig und noch immer ein Außenseiter.

Sobald er von Schwermut befallen wurde, sagte er sich, dass er doch gar nicht so schlecht dran war. Immerhin hatte er ein regelmäßiges Einkommen, ein Dach über dem Kopf. Und wenn sein Wunsch eines Tages in Erfüllung ginge, wenn man ihn tatsächlich einmal akzeptieren würde, was dann? Würde er auf einmal eine eigene Meinung entwickeln? Automatisch selbstbewusster werden?

Er blickte zu den Fenstern des Hauses auf der gegenüberliegenden Straßenseite hinüber. Eine dieser Lehrervillen. Säuberlich geschnittene Hecken, riesige Rasenflächen, symmetrisch angelegte Beete.

Hinter eleganten Vorhängen und Topfpflanzen leuchteten teure Schirmlampen einladend in den nasskalten Aprilmorgen hinaus. In einem der Fenster erblickte er ein paar aufgehängte Ostereier, als müsste die Idylle noch betont werden: Ja, hier wohnt eine glückliche Familie. Uns geht es gut. Wir haben ein tolles Haus, ein teures Auto und wenn schon keine Kinder, dann zumindest einen netten Hund.

Er dachte an die Fenster seiner eigenen Wohnung. Dort brannte kein Licht. Leer und dunkel starrten sie ihm jedes Mal entgegen, wenn er nach Hause kam. Keine Vorhänge, kein Schmuck. Nur in der Küche, da hatte er das Mobile aufgehängt, das ihm seine Mutter, Gott hab sie selig, zur Kommunion geschenkt hatte.

Hin und wieder kaufte er sich eine Zeitschrift mit Tipps zur Wohnungseinrichtung. Einfach so. Die las er dann mit großem Interesse, immerhin konnte er sich auf diese Weise vorstellen, wie es bei den anderen in etwa aussah. Wenn er auf dem wackligen Stuhl am Küchentisch saß und darin herumblätterte, konnte er sich in eine andere Welt versetzen, in der freundliche Menschen mit herzlichem Lächeln in ihren warmen Wohnungen umhergingen und ihn einluden, auf einem riesigen, mit weichen Kissen ausgestatteten Sofa Platz zu nehmen, Tee zu trinken und sich mit ihnen zu unterhalten.

Schon als Kind hatte er die falsche Kleidung getragen, denn seine Mutter konnte es sich nicht leisten, ihm teure Markenklamotten zu kaufen: Wollpullis, 0815-Jeans, billige Schuhe. In der dritten Klasse war die Katastrophe endgültig besiegelt, als die Augenärztin ihm sagte, dass er kurzsichtig sei und eine Brille brauche. Er hatte Rotz und Wasser geheult.

»Das ist doch nicht schlimm, mein Junge«, hatte die Ärztin gesagt und ihre eigene, scheußliche Hornbrille auf der Nase zurechtgeschoben. »Es gibt ganz viele Menschen, die eine Brille haben. Schau mich an.«

Er hatte in den Armen seiner Mutter weitergeschluchzt und einfach nur den Kopf geschüttelt.

»Komm, wir gehen gleich zum Optiker und suchen dir ein schönes Modell aus«, versuchte seine Mutter ihn zu trösten. Bei diesen Worten verdoppelten sich die Schluchzer, denn er wusste, dass seine Mutter nie im Leben die Mittel haben würde, eine halbwegs akzeptable Brillenfassung zu bezahlen. Und er täuschte sich nicht.

In den folgenden sieben Jahren lief er mit einer riesigen Brille herum, die ihn wie einen Frosch aussehen ließ. Zumindest behaupteten das seine Klassenkameraden, die sich vom ersten Tag an, als er damit in der Schule erschienen war, über ihn lustig gemacht hatten.

Inzwischen hatte sich das geändert. Er hatte eine neue Brille. Die alte war irgendwann kaputtgegangen. Auch die neue war hässlich. Doch keiner hänselte ihn deswegen. Er war durchsichtig. Erwachsen, aber ohne Profil.

Er hob den Kopf und blickte nach rechts. Ein hoher Holzzaun und eine dichte Buchsbaumhecke umgaben ein riesiges Grundstück. Hier wohnte der Architekt Schönthaler. Im Kindergarten hatten Heinrich und er noch miteinander im Sandkasten gespielt. Praktisch wie Freunde. Wenn da nicht schon der soziale Graben gewesen wäre, den er selbst damals noch nicht gespürt hatte, nur irgendwie geahnt, wenn Heinrichs Mama mittags mit säuerlichem Gesicht erschien und ihren Sohn mitnahm. Irgendwann hatte Heinrich begonnen, ihn zu meiden, sich auf die andere Seite des Spielplatzes zu setzen. Beim ersten Mal war Tom einfach zu ihm gegangen und hatte gefragt, was los war, naiv und unschuldig.

»Meine Mama hat gesagt, dass ich nicht mit dir spielen soll.«

»Warum denn?«

»Weil du kein guter Umgang bist.«

»Was ist ein guter Umgang?«

Heinrich hatte überlegt.

»Weiß ich auch nicht.«

Dann hatten sie wieder miteinander gespielt, als wäre nichts gewesen.

Ein paar Wochen später wiederholte sich das Schauspiel. Diesmal wich Heinrich Tommys Blick aus.

»Wir können nicht mehr miteinander spielen.«

»Wieso?«

»Meine Mama hat gesagt, dass ich nicht mehr fernsehen darf, wenn sie mich noch mal mit dir sieht.«

Offenbar war der Fernseher wichtiger als ihre Freundschaft.

In der Küche der Schönthalerschen Villa brannte Licht.

Durch die Ritze im Zaun erkannte er die Umrisse der Architektengattin. Elvira Schönthaler. Zehn Jahre jünger als ihr Mann. Im Ort wurde gemunkelt, dass sie sich vor ein paar Jahren einer Brustkrebsoperation hatte unterziehen müssen und seither nicht mehr dieselbe war. Trotzdem war Tom sicher, dass sie sich noch immer für etwas Besseres hielt: Sie kutschierte in ihrem Mercedes Kombi durch die Gegend, ging im eleganten Kostüm beim Metzger einkaufen und legte dabei nie ihre arrogant-spöttische Maske ab.

Er spürte, wie es in ihm brodelte. Zorn oder Desillusion? Wie konnten zwei Leben so unterschiedlich verlaufen, nachdem sie doch quasi im selben Sandkasten begonnen hatten? Wie konnte der eine in einer kleinen, dunklen, spärlich eingerichteten Wohnung landen, während der andere in einer millionenteuren Villa residierte und ihn längst nicht mehr grüßte, wenn sie sich zufällig einmal auf der Straße begegneten?

Wie oft hatte er diesem Teufel nicht schon die Pest an den Hals gewünscht! Wie oft hatte er nicht schon davon geträumt, wie der andere ihm bettelnd zu Füßen lag! Grimmig schlug er mit der geballten Faust gegen das Eingangstor.

Autsch.

Elvira Schönthaler stand ratlos vor der Spüle ihrer marmorweißen Einbauküche, die sie extra bei einem Münchner Nobelschreiner hatte anfertigen lassen. Nervös strich sie mit der Hand über die kalte, fein polierte Oberfläche der Ablage. Natascha, ihre Putzfrau, übersah nichts. Alles blitzte und blinkte. Keine Spur von schmutzigem Geschirr, von menschlicher Präsenz. Eigentlich hätte Elvira zufrieden sein müssen, denn sie hasste Schmutz über alles.

Stattdessen nagte eine böse Unruhe an ihr. Irgendetwas

stimmte nicht. Heiner war in der Nacht nicht nach Hause gekommen. In all den Jahren ihrer langen Ehe war das schon öfter vorgekommen, aber er hatte ihr jedes Mal vorher Bescheid gesagt, sie angerufen oder ihr vom Büro eine Mail geschickt. Diesmal: nichts.

Sie hatte den Anrufbeantworter mehrmals abgehört. Keine Nachricht. Sie hatte nachgesehen, ob er wirklich eingeschaltet war. Ja, das war er. Wie immer.

Sie war um ein Uhr morgens zu Bett gegangen. Nach Johannes B. Kerners Talkshow. Hatte noch ein Gläschen Likör getrunken und zwei Valium genommen. Zu diesem Zeitpunkt hatte sie sich zwar schon leichte Sorgen gemacht, aber an nichts Ernstes gedacht. Heiner war ein viel beschäftigter Mann. Vermutlich war er noch auf irgendeiner Versammlung oder … Daran wollte sie nicht denken.

Als sie beim Aufwachen vor einer Stunde festgestellt hatte, dass seine Zimmertür offen stand und sein Bett unberührt war, durchzuckte sie zunächst ein tiefer Stich der Eifersucht. Was, wenn er es wieder tat? Andererseits hätte er sich dann doch eine Ausrede einfallen lassen. Wie sonst auch.

Jetzt war es schon nach acht. Heiner legte doch so viel Wert auf sein tägliches Frühstück. Frühstücken wie ein Kaiser, Mittagessen wie ein König und Abendessen wie ein Bettelsmann. Das hatte er ihr immer eingebläut. Sie selbst gab sich höchste Mühe, seinem Rat zu folgen, obwohl sie morgens außer einem starken Kaffee kaum etwas hinunterbekam.

Wo steckte er nur?

Zitternd streckte sie eine Hand nach der Kaffeemaschine aus. Drehte den Wasserhahn auf und füllte den Trichter. Mechanisch legte sie einen Kaffeefilter ein. Das leise Gurgeln der Maschine beruhigte sie. Sie musste systematisch denken. Die Wirkung ihrer Schlaftabletten ließ nach, ihre Gedanken wurden langsam klarer.

Wann hatte sie ihn zum letzten Mal gesehen?

Gestern beim Frühstück.

Worüber hatten sie gesprochen?

Über das Wetter.

Den SL, der zum Kundendienst musste.

Heiners neues Projekt.

Den Streit mit dem Schönseer Bürgermeister.

Heiner konnte es nicht fassen, dass der Schmidt sich bei seinem Projekt so querstellte. Dabei kannten sie sich seit einer Ewigkeit und waren immer gut miteinander ausgekommen. Vorgestern war Heiner nach Schönsee gefahren, um sich mit Schmidt zu treffen. Danach war er völlig fertig nach Hause gekommen. Wollte nicht recht mit der Sprache heraus. Sie hatte mit allen Mitteln versucht, ihn dazu zu bewegen, ihr zu sagen, was passiert war. Aber Heiner hatte nur wütend den Kopf geschüttelt, eine Dusche genommen und war ins Bett gegangen. Beim gestrigen Frühstück war er dann etwas auskunftsfreudiger gewesen. Hatte ihr erklärt, dass das Projekt bis auf Weiteres auf Eis gelegt sei. Dass Schmidt keinen Zentimeter nachgebe. Dass sie sich gestritten hätten. Heiner war noch immer sichtlich mitgenommen gewesen.

Und was, wenn er gestern nach der Arbeit noch einmal nach Schönsee gefahren war? Was, wenn er sich so sehr aufgeregt hatte, dass sein schwaches Herz ihn im Stich gelassen hatte? Der Arzt hatte ihm doch geraten, sich zu schonen, aber bei Heiner ging das zum einen Ohr rein und zum anderen wieder hinaus.

Sie verschränkte die Arme vor der Brust und sah aus dem Küchenfenster. Am Eingangstor stand jemand. Sie blinzelte, um besser sehen zu können. Ach, dieser Tölpel von Postbote. Wie hieß er noch? Holler? Haller? Jetzt verschwand er hinter der hohen Hecke. Seltsamer Vogel. Blieb oft vor ihrem Grundstück stehen und blickte zum Haus herüber. Sie hatte das Heiner erzählt. Der lachte nur und tat es mit einem Winken ab. »Lass ihn doch, wenn ihn das glücklich macht!«

Sie hingegen fand dieses Verhalten unheimlich. Am liebsten hätte sie schon die Polizei gerufen, damit sie diesem Kerl beibrachten, dass man fremden Leuten nicht in den Garten glotzte.

Sie fröstelte.

Allein in diesem riesigen Haus.

Seit Markus vor über einem halben Jahr ausgezogen war, um in Regensburg Betriebswirtschaft zu studieren, fühlte sie sich oft einsam. Sie fieberte jedem seiner Besuche entgegen. Er brachte Leben ins Haus. Wenn er da war, verschwanden ihre trüben Gedanken. Ihre Melancholie. Ihre Todessehnsucht. Wenn er da war, dachte sie fast nie daran, sich das Leben zu nehmen. Wenn er da war, hatte sie den Eindruck, doch zu etwas nütze zu sein. Dann verwöhnte sie ihn nach Herzenslust. Wusch seine Klamotten, eine Tätigkeit, die sie früher gehasst hatte. Bereitete ihm das Essen zu, strich ihm morgens sogar die Brote.

Leider kam er immer seltener. Natürlich. Jetzt hatte er neue Freunde in der Stadt. Ging am Wochenende ins Kino, in die Diskothek, spielte Fußball. War gerade neunzehn geworden. Das Alter, in dem man nur nach Hause kam, wenn man sonst nichts zu tun hatte oder irgendetwas brauchte. Und Markus war ein selbständiger, kontaktfreudiger Junge. Das letzte Mal war er vor sechs Wochen da gewesen. Hatte von seinem Studium erzählt. Wie viel er schuften musste. Ihr war ganz anders geworden. Selbst hatte sie nicht studiert. Ihre Eltern trauten ihr damals das Gymnasium nicht zu, obwohl sie in der Grundschule sehr gute Noten hatte. Heutzutage war das anders. Da gingen auch die Mädchen auf höhere Schulen.

Na ja, sie hatte es trotzdem zu etwas gebracht.

Sechs Wochen war es schon her. Eine halbe Ewigkeit. Aber jetzt war bald Ostern. Noch eine Woche, dann würde sie ihren Liebling wiedersehen.

Selbstverständlich liebte sie auch Annelie heiß und innig. Aber ihre Älteste hatte seit jeher ein engeres Verhältnis zu ihrem Vater. Für Heiner war es ein schwerer Schlag gewesen, als Annelie ihnen vor einem Jahr mitteilte, dass sie beschlossen hatte, ihr Sprachstudium in Rom fortzusetzen. Nur Gott wusste, woher dieses Kind die Sprachbegabung hatte. Von ihren Eltern jedenfalls nicht. Weder Elvira noch Heiner hatten einen besonderen Drang zu Fremdsprachen. War ja heutzutage auch nicht mehr nötig. In jedem Urlaubsort, der etwas auf sich hielt, wurde ohnehin Deutsch gesprochen, und die Ausländer, die hier arbeiten wollten, legten sich ein halbwegs verständliches Kauderwelsch zu. Wie Natascha, ihre tschechische Putzfrau.

Wo steckte er bloß?

Sie musste etwas unternehmen. Konnte nicht untätig dasitzen, während ihrem Mann in der Zwischenzeit vielleicht etwas zugestoßen war. Vielleicht ein Unfall? Die Leute in dieser Gegend fuhren ja wie eine gesengte Sau. Bald jeden Abend lag einer mausetot im Graben und riss Unschuldige mit in den Tod.

Sie musste mit jemandem sprechen. Wen konnte sie in aller Herrgottsfrühe anrufen?

Markus.

Sie musste Markus anrufen. Der würde wissen, was zu tun war.

Ach nee. Was war denn das?

Das Radio?

Nein.

Ein Handy.

Nicht ihres, da war sich Lili sicher, nie im Leben würde sie »Loose Yourself« von Eminem als Klingelton einspeichern.

Amimucke von anno dazumal, hätte sie das gestern gewusst, dann hätte sie es sich vielleicht zweimal überlegt, ehe sie diesen Typen abschleppte. Wer hörte denn heutzutage noch so ein Zeug?

Verschlafen hangelte sich Lili über den schnarchenden Kerl hinweg, der neben ihr im Bett lag, und tastete nach dem Handy, das fröhlich vor sich hindudelte.

Mutti ruft an, stand auf dem Display.

Sie steckte das Handy unter das Kopfkissen, drehte sich um und schlief auf der Stelle wieder ein.

Zwei Minuten später riss sie das Klingeln wieder aus dem Schlaf, diesmal wachte der Kerl aber wenigstens auch auf. Wie hieß er noch?

Genau, Markus.

Er griff sich sein Handy.

»Ja, h… hallo?«, krächzte er.

Lili vernahm aufgeregtes Geplapper am anderen Ende.

»Hi Mum. Mal halblang. Was geht?«

Haha. Mum. Lili grinste in sich hinein. Sie kannte den Typen kaum, aber das Profil war jetzt schon klar wie Soße. Ein Mamabubi, der sich die Wäsche noch zu Hause waschen ließ. Ob seine Eltern wohl wussten, dass er sein Studium geschmissen hatte, wie er gestern in der Bar lautstark geprahlt hatte?

»Nein, nein. Alles bestens. Nur leicht erkältet. In den Hörsälen zieht es, da fängt man sich leicht was ein.«

Erkältet. Lili schnaubte verächtlich. Markus warf ihr einen verärgerten Blick zu und gab ihr mit einer Armbewegung zu verstehen, dass sie ruhig sein sollte. Ach so, jetzt auf einmal. Na warte, dir pfeif ich was.

»Ja, Mum. Mach ich.«

Sie ließ ihre Hand an seiner Hüfte entlanggleiten, streichelte seine Haut sanft mit den Fingerspitzen.

»Nein, wieso denn?«

Lili schob ihre Hand zwischen seine Beine.

»Nein, Mum. Aber selbst wenn, ich glaube nicht, dass er mir davon erzählt hätte.«

Kurze Pause.

»Warum fragst du das? Ist er gestern nicht nach Hause gekommen oder was?«

Am anderen Ende schien die Mutter anzufangen zu weinen. Oje. Hat Papi sie mal wieder sitzen lassen?

»Hey, Mum … immer mit der Ruhe. Der taucht schon wieder auf. Ruf mich doch … später wieder an. Ich muss zur … Uni.«

Markus unterdrückte ein Stöhnen und presste hervor:

»Haste schon … in Ensdorf angerufen? Vielleicht ist er ja bei der Oma.«

Das Heulen nahm ab. Offenbar hatte er ins Schwarze getroffen. Jetzt aber genug.

Lili stöhnte lasziv. »Ahhh.«

Markus zuckte zusammen und legte blitzschnell auf.

Na also.

Frisch geduscht und fertig angezogen setzte sich Kommissar Spichtinger an den Frühstückstisch. Heute trat er seinen Dienst ausnahmsweise um neun Uhr an. Eigentlich hatte er Nachmittagsschicht. Aber heute musste er schon früher auf die Inspektion. Anlass: die Vorstellung des neuen Kollegen. Der kam um zehn Uhr. Helbich hatte eine außerordentliche Sitzung einberufen, bei der alle anwesend sein mussten, und diese Sitzung fiel natürlich zufällig auf den Morgen, an dem Spichtinger hätte ausschlafen können.

Zen-Attitüde. Nicht aufregen.

Er war wirklich gespannt auf den Neuen. Schlimmer als die anderen konnte er kaum sein. Es konnte also alles nur besser werden.

Pfeifend packte er ein Lunch-Paket in seinen Rucksack – grüner Salat, Spaghetti ohne Sauce und ein Apfel als Nachspeise, alles Bio, alles kalorienarm, ballaststoffreich und somit läuferfreundlich – und machte sich auf den Weg. Draußen schien beinahe die Sonne, und es regnete kaum.

Warm eingepackt in eine Fleecejacke, die er sich über die Uniform gestreift hatte, schlenderte er gemütlich die Watzlikstraße hoch in Richtung Volksschule und Friedhof. An der Muracher Straße angekommen, bog er nach rechts ab und marschierte bergab Richtung Stadtmitte. Insgesamt brauchte er nicht länger als sechs Minuten für den Weg bis zur Polizeiinspektion.

Pete, Mich, Feiti und natürlich Hauser waren schon da und warteten ungeduldig im Sitzungssaal. Na ja, Sitzungssaal. Im Amberger Kommissariat wäre es vermutlich die Abstellkammer, in der die Putzfrau ihre Kübel stapelt. Spichtinger nickte ihnen zu, brummte kurz »Guten Morgen« und setzte sich auf einen freien Platz neben der Tür.

»Habt's ihr ihn schon gesehn?«, fragte Feiti relativ leise für seine Verhältnisse. Mit »ihn« meinte er offensichtlich den Neuen.

Kollektives Kopfschütteln.

Draußen am Gang waren Schritte zu vernehmen, die sich rasch näherten.

»... und da wären wir auch schon«, dröhnte der Bass von Hauptkommissar Helbich durch den Gang in den Sitzungssaal. Eine Sekunde später tauchte der Chef im Türrahmen auf.

Fünf Augenpaare musterten eine Mikrosekunde lang Helbichs rundliche Statur und konzentrierten sich umgehend auf das Wesen, das hinter dem vor Schweiß triefenden Polizisten in den Raum schwebte. Fünf Kieferpartien sackten gleichzeitig herab.

»Darf ich Ihnen unsere neue Kollegin vorstellen«, verkündete Helbich. »Lena Preisler aus ... äh ... Regensburg, aber gebürtige Augsburgerin. Stimmt's?«

Die junge Frau nickte freundlich, allerdings ohne zu lächeln. Hübsch, ohne es zu betonen, dachte Spichtinger. Dünne, fast strähnige Haare hingen leblos um das ebenmäßige, blasse Gesicht mit dem ernsten, eher müden Ausdruck, der ihm schon bei anderen schönen Frauen aufgefallen war. Sie waren es schon so gewohnt, angestarrt zu werden, dass sie sich längst nicht mehr darum kümmerten. Lena Preisler trug ein blaues Kostüm, das ihre Weiblichkeit unterstrich, aber die dicken, schwarzen Strümpfe unter dem Rock und die praktischen Stiefeletten widerlegten jeden Verdacht, sie könne diese Wirkung kalkuliert haben. Sie ließ ihren Blick über die Anwesenden schweifen, als wäre sie eingetreten, um die anderen zu betrachten, und nicht umgekehrt.

»Das hier ist Herr Spichtinger, unser jüngster Mitarbeiter. Er kommt aus München. Dort sitzt Herr Völkl, daneben Herr Feitl, dann Herr Horn und hier haben wir Herrn Hauser.«

Hauser verbeugte sich eifrig im Sitzen.

»Lena war vier Jahre bei der Streife in Regensburg, wo sie hauptsächlich bei der Sitte zu tun hatte, aber sie hat auch einige Zeit in der Drogenabteilung gearbeitet«, fuhr Helbich fort und blickte dabei auf einen Zettel, auf dem er offenbar ihren halben Lebenslauf notiert hatte. »Juraexamen an der Uni Regensburg, 1999, Polizeihochschule und jetzt also Kommissarin bei uns. Ledig.«

Lena Preislers rechte Augenbraue hob sich ganz leicht. Helbich musste dies aufgefallen sein, oder er hatte sonst irgendwie bemerkt, dass der letzte Teil der Information überflüssig war, denn er fügte rasch hinzu:

»... sollte sich jemand dafür interessieren.«

Das drückende Schweigen sagte Helbich, dass er mit seiner letzten Bemerkung alles nur noch schlimmer gemacht hatte.

Er räusperte sich zweimal kräftig und verkündete dann, dass alle Mitglieder der Polizeiinspektion der neuen Kollegin natürlich bei Fragen jederzeit zur Verfügung stünden. Die fünf Männer im Raum brummelten eine Zustimmung und warfen sich ratlose Blicke zu. Keiner wusste so recht, was er als Nächstes tun sollte. Auch Lena Preisler wirkte leicht ratlos und verloren, wie sie da einsam und zierlich neben dem gewichtigen Helbich stand.

Hauser gewann als Erster den Kampf gegen die Verlegenheit.

»Ja … also … hm … willkommen im Haus … ähm … Frau Preisler … ach nein, ich meine natürlich Lena, wir können uns gern duzen, wir duzen uns ja alle, also fast alle, und …« Hausers Gesicht wurde immer röter, je länger sein Gefasel dauerte. Am Ende seiner Ausführungen ähnelten seine Backen den Kotflügeln eines Notarztwagens.

»Danke, Hauser«, würgte Helbich weitere Peinlichkeiten ab und drehte sich zu Lena um.

»Sie werden sehen, so schlimm sind die gar nicht. Setzen Sie sich doch!«

Sie nickte und nahm neben Spichtinger Platz.

Heiliger Bimbam! Zum Glück saß er, denn als ihm der zarte Geruch von Lenas Parfüm in die Nase stieg, wurden ihm die Knie weich. Unauffällig versuchte er, seine vor Aufregung feuchten Hände an seiner Hose abzuwischen, hielt sich aber in letzter Sekunde zurück. Was sollte sie von ihm denken! Stattdessen setzte er eine möglichst gleichgültige Miene auf, starrte auf die hellbraune Tischplatte vor sich und hörte seinem Herz zu, das einem Schlagzeug alle Ehre machte.

»So …« Helbich pflanzte sich vor der kleinen grünen Tafel auf und fragte mit Leutnantsstimme: »Herr Völkl, gibt's was Neues aus der Einsatzzentrale?« Dann, ohne die Antwort abzuwarten, wandte er sich Lena Preisler zu und erklärte:

»Dort nehmen wir die Anrufe aus der Bevölkerung an, das ist die Schaltstelle hier im Betrieb, aber das kennen Sie ja alles.«

Lena nickte ohne sichtbare Regung.

»Nun, Herr Völkl?«

»Zwei Anrufe heute Morgen. Eine gewisse Maria Huber aus Lindau hat angerufen, weil sie glaubt, dass irgendjemand ihr vorgestern den Hund betäubt hat.«

»Den Hund betäubt?«, fragte der Chef ungläubig.

»Ja, einen Bernhardiner.«

»Einen Bernhardiner?«, echote Hauser.

Pete warf ihm einen finsteren Blick zu.

»Sag ich doch. Einen Bernhardiner. Ich hab sie gefragt, wie sie da so sicher sein kann, ich meine, diese Viecher sind ja von Natur aus nicht die Hellsten, und da hat sie stockbeleidigt wieder aufgelegt.«

Kurzes Auflachen. Petes Bericht lockerte die angespannte Stimmung deutlich auf. Spichtinger spürte, dass auch Lena Preisler weniger steif auf ihrem Stuhl saß, als er aus den Augenwinkeln ihre Reaktion beobachtete. Aber ihr Gesicht zeigte weiterhin keine Regung.

Pete fuhr fort.

»Der zweite Anruf kam kurz vor der Besprechung rein. Von Elvira Schönthaler.«

Feiti pfiff durch die Zähne. »Die Schönthaler? Was will die denn von uns?«

»Sie sucht ihren Mann.« Pete grinste. Die anderen lachten auf. Nur Spichtinger und Lena sahen verständnislos in die Runde.

»Warum lacht ihr?«, wagte Spichtinger zu fragen.

Feiti hielt sich die Hände mit ausgestreckten Zeigefingern über den Kopf.

»Weil der alte Bock ihr seit Jahren saftig die Hörner aufsetzt, darum. Wo soll er schon sein, der geile Hammel! Bei irgendeinem Weibsbild halt, also ... äh ...« Lenas eisiger Blick schien ihn aus der Fassung zu bringen. »Ich meine natürlich, dass er seiner Frau nicht immer treu ist und vermutlich anderweitig übernachtet hat.« Feiti war knallrot im Gesicht.

Helbich schaltete sich ein.

»Lassen Sie dieses Waschweibergeschwätz, Herr Feitl. Ich kenne den Architekten Schönthaler persönlich, das ist ein integrer Mann. Was seine Frau betrifft … Am besten warten wir ab, bevor da einer von uns vorbeifährt. Diese hysterische K… also, äh … die gute Frau wird sich schon beruhigen, und ich bin sicher, dass der Schönthaler bald wieder nach Hause kommt.«

Die weibliche Präsenz brachte offenbar auch den Chef leicht aus dem Konzept. Spichtinger meldete sich noch einmal zu Wort:

»Hat sie denn schon öfter angerufen?«

»Wer?«, fragte Feiti.

»Na, diese Schönthaler.«

»Nein, das ist das erste Mal. Zumindest bei mir. Hat sie bei euch schon mal angerufen?« Alle in der Runde schüttelten den Kopf.

»Dann muss sie sich doch wirklich Sorgen machen, oder? Sollten wir nicht vorsichtshalber …«

»Herr Spichtinger vergisst manchmal, dass er nicht Hauptkommissar ist«, unterbrach ihn Helbich an Lena gewandt. »Das dürfen Sie ihm nicht verdenken. Er hat vor ein paar Monaten zum ersten Mal einen Fall aufgeklärt, so etwas kann einem zu Kopf steigen.« Dann drehte er seinen bulligen Körper um fünfzehn Grad und sah Spichtinger gerade in die Augen. »Sie haben doch gehört, was ich soeben gesagt habe. Wir warten ab. Sollte es so ernst sein, wie Sie unterstellen, dann meldet sie sich sicher wieder.«

Er klatschte in die Hände.

»Dann hätten wir das. Wer fährt heute Nachmittag Streife?«

Hauser und Feiti meldeten sich.

»Gut. Sonst noch Fragen? Nein? Dann einen schönen Tag, die Herren.«

Gott steh mir bei. Wie soll ich es hier länger als einen Tag aushalten?, dachte Lena Preisler, während sie sich gleichzeitig mit ihren neuen Kollegen erhob und den Raum verließ. Im nächsten Moment ermahnte sie sich bereits zur Vorsicht: In Regensburg hatte sie gelernt, die Menschen nicht nach dem ersten Eindruck zu beurteilen, und wenn die Versuchung noch so groß war.

Früher, als sie noch impulsiv und unreflektiert reagierte, hätte sie gesagt: Idiotenbande. Ich verzieh mich, so schnell es geht. Aber selbst wenn: Sie konnte sich nicht so einfach verziehen.

Hier konnte sie ihr Leben wieder von vorn anfangen. Hier kannte niemand ihre Vergangenheit, wusste niemand über sie Bescheid. Dieser Gedanke war unglaublich befreiend. Dafür akzeptierte sie sogar den schlimmsten Haufen von Hinterwäldlern, dem sie jemals begegnet war. Diese Kerle hatten bei ihrem Anblick peinlicher reagiert als die Dorftrottel in der Fernsehsendung »Bauer sucht Frau«. Gerade dass ihnen nicht die Augen aus dem Kopf gefallen waren. So mussten sich die Huren im Amsterdamer Rotlichtviertel fühlen. Sie schüttelte sich unwillkürlich.

Hinter sich spürte sie die Präsenz ihres Tischnachbarn von vorhin. Der Name war ihr bereits entfallen. Halt, nein. Spichtinger hieß er. Der schien noch der Vernünftigste dieser Bande zu sein. Ziemlich schüchtern, aber anscheinend ganz in Ordnung. Das würde die Zukunft noch zeigen. Sie drehte sich um und streckte die Hand aus.

»Hallo. Ich bin Lena.«

Der andere blieb wie vom Schlag getroffen stehen und starrte ihre ausgestreckte Hand an.

»Ist was?«, fragte sie.

Ihr Gegenüber erwachte aus seiner Starre, riss die Rechte hoch und zerquetschte ihr beinahe die Hand. Sie unterdrückte ein Stöhnen.

»Oh, Entschuldigung … Ich heiße Max.«

Die argwöhnischen Blicke der anderen Kollegen stachen ihr wie Stricknadeln in den Rücken. Sie wandte sich wieder um und gab ihnen reihum die Hand.

Im Gänsemarsch gingen die Polizisten in den ersten Stock hinab. Drei von ihnen verschwanden umgehend in einem Raum, wo sie zweifelsohne ihr Auftreten kommentieren und analysieren würden. Sie blieb mit Max Spichtinger und dem Kerl, der sich vorhin bei der Vorstellung so eifrig verbeugt hatte, im Gang zurück.

»Ich bin übrigens Christian, aber mich nennen hier alle nur Hauser«, erklärte ihr der Bückling. »Komm, ich führe dich kurz rum und zeige dir alles.«

Das hatte zwar der Dicke vorhin auch schon getan, aber was tat man nicht alles, um es sich nicht sofort mit allen zu verderben.

Sie nickte.

»Ich will dabei nicht stören«, sagte Spichtinger und war weg, ehe sie sagen konnte, dass er überhaupt nicht störe, im Gegenteil. Jetzt war sie allein mit diesem glitschigen Fisch.

Der Fisch zeigte die Treppe hoch.

»Also … dort oben ist der Sitzungssaal, aber das hast du ja schon mitgekriegt …« Höfliches Nicken. Für wie beschränkt hielt der sie? »Oben sind auch die ganzen Büros der Einsatzbeamten, die sind allerdings nur selten da, ständig im Einsatz …« Sie rang sich ein Lächeln ab, um den lahmen Versuch, witzig zu sein, nicht vollends scheitern zu lassen. »Das letzte Zimmer links ist das Büro vom Chef. Da gehen wir nur selten rein, eigentlich nie …«

»Wieso nicht?«

»Na ja, Helbich … ich meine, der Chef, hat gern seine Ruhe, wenn er arbeitet. Da stört man ihn besser nicht, wenn du verstehst, was ich meine …«

Sie verstand nicht wirklich, fragte aber nicht weiter nach, und Hauser erklärte ihr die übrigen Einrichtungen. Den Vernehmungsraum, in dem ein Computer mit Internetanschluss stand – dessen Festplatte vor Spielen bestimmt fast übersättigt war, dachte sie –; den Empfangsbereich mit dem Schalter, wo Hilfe suchende Bürger einen Ansprechpartner fanden, in der Regel vor allem Autofahrer, die bei einer Verkehrskontrolle ihren Führerschein nicht dabei gehabt hatten und diesen vorzeigen mussten. »Oder Touristen, meistens aus der nördlichen Gegend der Republik«, ergänzte Hauser.

Himmel, sag's doch gleich: Saupreußen, die das Rathaus nicht finden, weil sie nicht in der Lage sind, einen Stadtplan ordentlich zu lesen.

Die Führung endete in der Einsatzzentrale im hinteren Teil des Gebäudes.

»Hier sitzt immer einer von uns und nimmt die eingehenden Anrufe entgegen. Falls mal was Ernstes passiert, benachrichtigen wir sofort die Kollegen in Amberg. Aber das kommt nur selten vor.«

Der andere – verflixt, jetzt war ihr der Name schon wieder entfallen, ah, Spichtinger! – saß auf einem ungemütlich aussehenden Bürostuhl und tippte auf der Tastatur eines vorsintflutlichen Computers herum.

»Komm. Ich zeige dir gleich auch den Gemeinschaftsraum. Dort machen wir in der Frühschicht immer um halb elf Brotzeit. Bis dahin sind's noch drei Minuten. Aber so genau nehmen wir das nicht. Schon gar nicht heute an deinem ersten Tag. Hast du was zu essen dabei?«

Sie schüttelte den Kopf. Morgens aß sie nie etwas. Hatte keinen Appetit.

»Macht nichts. Ich hab genug für zwei. Die anderen können sicher auch noch was abgeben.« Er verließ die Einsatzzentrale und öffnete die Tür zum Vernehmungszimmer.

»Brotzeit, Leute.«

Dann drehte er sich wieder zu ihr um und zeigte den Gang entlang.

»Hier geht's lang.«

Spichtinger hatte nicht einmal aufgeblickt, als sie mit Hauser vorbeiging. Das fing ja gut an.

Noch immer kein Lebenszeichen von Heiner. Elvira Schönthaler blickte zur verchromten Wanduhr über der Tür zur Speisekammer. Gleich zehn Uhr. Bei seiner Mutter war er nicht. Auch nicht im Büro. Anja Winkler, seine Sekretärin, die Elvira vor einer Stunde erreicht hatte, hatte keine Ahnung, wo er sein könnte.

Sein Handy war immer noch ausgeschaltet.

Nervös spielte sie mit dem silbergrauen, schnurlosen Siemens Gigaset C385, das ihr Annelie zum Geburtstag geschenkt hatte. Ihre Tochter war wie immer unerreichbar. Das Leben in Rom war wohl sehr aufregend. Markus war vermutlich schon in der Uni, bei ihm landete sie sofort auf dem Anrufbeantworter.

Guido hatte sich vorhin gemeldet. Er war auf dem Weg. Von Schwandorf, wo er gerade eine Baustelle besichtigte, brauchte er eine knappe halbe Stunde. In ein paar Minuten würde er da sein. Seine tiefe, feste Stimme am Telefon hatte sie einen Moment lang beruhigt. Er hatte ihr sofort angeboten zu kommen. Erleichtert willigte sie ein. Es war ihr egal, was die Nachbarn dachten. Hauptsache, sie war nicht mehr allein.

Zum dritten Mal an diesem Morgen tippte sie die Nummer der Oberviechtacher Notaufnahme. Sie hatte es auch schon in den Weidener, Regensburger und Amberger Krankenhäusern probiert. Nichts. Inzwischen kannte sie die Nummern schon auswendig. Keiner schien ihre Sorge ernst zu nehmen. Nicht einmal die Polizei.

Warum glaubte ihr niemand? Hörten sie nicht, wie verzweifelt sie war?

Sie kannte Heiner. Er war noch nie einfach so fortgeblieben. Natürlich hatte es Höhen und Tiefen in ihrer Ehe gegeben. Aber gerade in der letzten Zeit lief es doch gut. Heiner kam mehrmals die Woche nachts in ihr Zimmer. Sie hatte das eigentlich längst abgehakt. Doch irgendwie hatte er seine Leidenschaft wiederentdeckt. Sie hatte sich schon gefragt, ob er stimulierende Mittel nahm, hatte aber nicht den Mut aufgebracht, ihn direkt darauf anzusprechen. In seinen Toilettensachen fand sie jedenfalls nichts, was darauf hindeutete.

Am anderen Ende wies eine samtweiche Stimme sie darauf hin, dass sie in Kürze mit dem Service der Notaufnahme verbunden würde. Dann setzte das inzwischen wohlbekannte Mozart-Klavierkonzert ein. Elvira konnte nicht stillstehen, lief in der Küche auf und ab, wischte sich die vor Aufregung feuchte Hand an der Hose ab. Sie sah aus dem Fenster.

Rechts unten stach ihr ein Fingerabdruck ins Auge. Natascha hatte die Scheibe wieder mal nicht richtig poliert. Verärgert fuhr sie mit einem trockenen Tuch darüber hinweg, bis er verschwunden war.

In der Leitung verstummte die Musik, ehe sie wieder von vorn einsetzte. Verfluchte Klaviermusik! Sollte dieses Geklimpere einen etwa beruhigen? Entnervt legte sie auf und schleuderte den Lappen auf die Anrichte.

Wer blieb ihr jetzt noch?

Die Polizei.

Diese Faulpelze sollten endlich ihren Arsch in Bewegung

setzen. Und wenn nicht, dann würde sie denen einheizen, dass ihnen Hören und Sehen verging. Nicht umsonst war Heiner gut mit dem neuen Landrat befreundet.

Spichtinger saß vor dem Computer in der Einsatzzentrale und verfluchte sich innerlich. Wieso war er unfähig, offen und freundlich auf unbekannte Menschen zuzugehen? Wieso war er so ein asozialer Depp? Sah tatenlos dabei zu, wie sein verhasster Kollege die Neue unter seine Fittiche nahm und um den Finger wickelte. Am besten warf er sich gleich aus dem Fenster, ihm war nicht mehr zu helfen. Finster stierte er auf den Bildschirm.

Das schrille Klingeln des Telefons riss ihn aus seinen schwarzen Gedanken.

»Polizeiinspektion Oberviechtach. Spichtinger«, meldete er sich.

»Mein Mann ist noch immer nicht aufgetaucht. Ihm muss etwas passiert sein. Das ist nicht seine Art, einfach so wegzubleiben. Sie müssen mir glauben. Und wenn Sie diese Vermisstenanzeige weiter auf die leichte Schulter nehmen, sehe ich mich gezwungen, Landrat Müller einzuschalten, und dann blüht Ihnen ein saftiges Donnerwetter, dann können Sie bei der Müllabfuhr Karriere machen und …«

»Darf ich fragen, wer am Apparat ist, gnädige Frau?«, unterbrach Spichtinger die atemlos vorgebrachte Schimpftirade.

»Bin ich bei der Polizei oder beim Institut für Alzheimerkranke? Ich habe vorhin erst angerufen, und da haben Sie mich abgewimmelt wie eine lästige Plappertante! Mein Name ist Elvira Schönthaler, der Name dürfte Ihnen ein Begriff sein, außerdem habe ich Ihnen das vorhin auch schon mitgeteilt. Mein Mann …«

»Vorhin haben Sie mit meinem Kollegen Herrn Völkl telefoniert, Frau Schönthaler, nicht mit mir. Können Sie mir bitte noch einmal genau sagen, was passiert ist, damit ich Ihre Vermisstenmeldung aufnehmen kann? Zunächst mal: Seit wann genau ist Ihr Mann denn verschwunden?«

»Seit gestern Abend. Eigentlich hätte er um sieben zum Abendessen da sein sollen, aber er hat angerufen und gesagt, dass es später wird. Irgendwas auf der Arbeit. Aber er ist bis jetzt nicht aufgetaucht. Ich weiß nicht mehr, was ich tun soll.« Ihre Stimme brach.

Die Frau war offensichtlich völlig am Ende.

»Ist es Ihnen recht, wenn ich kurz bei Ihnen vorbeikomme?«, fragte Spichtinger. »So könnte ich mir ein besseres Bild von der Lage machen.«

»Gut, ich erwarte Sie in zehn Minuten.«

Knack.

Aufgelegt, ohne ihre Adresse zu nennen. Offenbar ging sie davon aus, dass man bei der Polizei wusste, wo Schönthalers wohnten. Spichtinger hatte den Namen schon mehrmals gehört und in der Zeitung Fotos des Architekten gesehen, erinnerte sich aber nur dumpf, wie er aussah. Ziemlich groß, kräftig, wenn er sich nicht täuschte.

Sollte er den anderen Bescheid sagen?

Er machte zwei Schritte in Richtung Gemeinschaftsraum. Lautes Lachen ließ ihn aufhorchen. Er blieb stehen. Nein. Sollten sie sich doch mit der Neuen amüsieren. Er ging in den Vernehmungsraum und suchte im digitalen Telefonbuch die Adresse des Architekten heraus. Am Sandradl 17. Im Neubaugebiet, wo sonst. Mit Google Maps sah er nach, wie weit es von der Polizeiinspektion war. 1,8 Kilometer, sagte ihm der Wegbeschreiber. Die Bezirksamtstraße runter bis zur Kreuzung, dann nach links am Hütgraben entlang, bis es wieder links in den Bleichanger abging, der geradewegs in die Siedlung am Sandradl führte. Mit dem Auto drei Minuten.

Zu Fuß? Er warf sich in seine Jacke, verließ die Inspektion durch den Haupteingang und marschierte mit großen Schritten los.

Siebzehn Minuten später stand er schweißdurchnässt vor dem Eingangstor der Schönthalerschen Villa. Vereinzelte Sonnenstrahlen drangen durch die löchrige, grau melierte Wolkendecke. Er sog die herbe Oberpfälzer Luft ein und drückte auf den Klingelknopf aus Metall. Ein leises Summen ertönte. Er drückte gegen das Tor und trat ein.

Ein schmaler Pfad aus rohen Steinplatten führte durch einen perfekt geschnittenen Rasen zum Eingang der imposanten Villa.

Was tat man nicht alles, um freundlich zu sein und sich mit allen gut zu stellen. Das aufgeweichte Thunfisch-Sandwich, das ihr der Kollege Hauser in die Hand gedrückt hatte, hinterließ einen schalen Nachgeschmack im Mund, den sie unbedingt loswerden musste, sonst würde sie sich gleich übergeben. Verzweifelt sah sie sich nach einer Kaffeemaschine um. In einer Ecke des Raums thronte ein Kasten, der vage Ähnlichkeiten mit einem solchen Gerät hatte.

Hauser hatte ihren Blick aufgefangen. Er stand auf und klopfte gegen den Kasten:

»Unser neuer Kaffeeautomat. Möchtest du einen?«

»Gern«, erwiderte Lena.

»Irgendwelche Spezialwünsche? Das Ding hier kann fast alles. Milchkaffee? Cappuccino? Wir haben sogar Matschiato Vanille.«

»Das heißt Macchiato Vanilla«, grinste einer von den anderen. Pete. Der Athletischste im Team. Hatte erzählt, dass er gern Tennis spielte. Das sah man ihm an. Typ Waschbrettbauch. Den anderen sah man vor allem an, dass sie nicht gern

Tennis spielten. Mich, Hauser und Feiti – inzwischen kannte sie bereits sämtliche Spitznamen – fielen eher in die Kategorie Waschbärbauch.

Sie standen jetzt alle vor der Kaffeemaschine und kommentierten die verschiedenen Tasten.

»Café au lait, das ist französisch. Kaffee mit Milch. Das trinkt meine Frau immer im Urlaub an der Ostsee.«

»Was, ihr fahrt an die Ostsee, um französisches Zeugs zu trinken?«

»Café Mint, Café Crème, Latte …«

»Natürlich nicht. Ich meinte ja nur, dass meine Frau …«

»Einfach schwarzen Kaffee«, sagte Lena zu Hauser, während die anderen weiterdiskutierten.

Sie nahm den Becher mit einem dankenden Nicken entgegen und nippte vorsichtig daran. Im nächsten Augenblick verzog sie angewidert das Gesicht. Himmel, dieses chemisch süße Gebräu war ja noch schlimmer als der Thunfisch.

Über den Becherrand musterte sie ihre angeregt plaudernden zukünftigen Kollegen. Ihre Nervosität hatte sich halbwegs gelegt. Heute Morgen beim Frühstück hatte sie keinen Bissen heruntergebracht. Als sie sich nach dem Zähneputzen den Mund ausgespült hatte, war ihr aufgefallen, dass ihre Hand, die das Wasserglas hielt, zitterte. Jetzt war sie zumindest äußerlich völlig ruhig. In der knappen Stunde hatte sie sich einen ersten Eindruck verschaffen können. Klar, es war schrecklich, aber was hatte sie schon anderes erwartet? Und vielleicht war ja nicht alles so schlimm, wie es auf den ersten Blick wirkte.

Sie entschuldigte sich kurz und ging auf den Gang hinaus. Wo war die Toilette noch mal? Ach ja, oben. Sie betrat den winzigen Raum, der auch von ihren männlichen Kollegen genutzt wurde, beugte sich über das Waschbecken und drehte den Hahn auf.

Lena spritzte sich ein wenig kaltes Wasser ins Gesicht und

schlug sich ein paarmal auf die farblosen Wangen. Dann begutachtete sie sich in dem kleinen Spiegel, der links unten in der Ecke einen Sprung hatte. Was sie sah, gefiel ihr nicht. Ihre Augenbrauen waren schon lange keiner Pinzette mehr begegnet und schienen sich zu Erkundungstouren aufzumachen. Die Schlacht, die sie mit der Maxi-Tube Avon Anew Skin Care 30+ Rejuvenate gegen ihre Falten führte, würde, wenn es so weiterging, mit einer bedingungslosen Kapitulation ihrerseits enden. Keine einzige Falte hatte bisher den Kampf aufgegeben.

Sie war sich wohl bewusst, dass sie keine Schönheitsgöttin war, wenngleich die Männer ihr gern hinterhersahen. Trotz der unzähligen Stunden, die sie in Regensburg auf dem Stepper verbracht hatte, wog sie ihrer Meinung nach noch immer ein paar Kilo zu viel. Dazu kamen ihre strähnigen, viel zu dünnen Haare und ihre Brüste, die nicht wie früher straff und fest saßen, sondern mehr in Richtung Äquator hingen.

Es war Lichtjahre her, seit sie zum letzten Mal Sex gehabt hatte. Ihre Freundin Sara war auch nicht mehr die Frischeste. Aber sie besaß eine Art natürliche Sinnlichkeit, der kein Mann widerstehen konnte; wahrscheinlich hatte sie fünfmal die Woche umwerfenden Sex.

Lena dachte, dass sie Sex wohl mehr vermissen würde, wenn sie denn je guten gehabt hätte.

Jan.

Trotz der vielen Monate, die das alles nun zurücklag, trieb ihr dieser Gedanke, der stets irgendwo in ihrem Kopf herumschwirrte, die Tränen in die Augen, während sie sich in diesem schmutzigen Spiegel auf dieser mickrigen Polizeistation im tiefsten Oberpfälzer Wald anstarrte und sich plötzlich sehr einsam und verlassen vorkam. Doch sie weinte nicht, weil sie hier niemanden kannte und nicht wusste, wie sie an diesem Ort jemals glücklich werden sollte, sondern weil Jan ein so verdammt schlechter Liebhaber gewesen war. Diese ganzen Jahre … vergeudet mit schlechtem Sex. Das erreichte zwar nicht einmal die Top Ten der Gründe, weshalb er verdient hatte, was er bekommen hatte. Aber trotzdem machte sie es unheimlich traurig, wenn sie daran dachte, wie oft sie unter Jan gelegen hatte, während er auf ihr herumwerkte, stöhnte und schwitzte, als sei er dabei, an einem heißen Sommertag einen Bolzen in ein Loch zu treiben.

Natürlich war es eher ein Stift als ein Bolzen, mit dem er arbeitete. Dieser hämische Gedanke heiterte Lena so weit auf, dass sie sich mit einem Taschentuch das verwischte Make-up abtupfen und mit neuem Mut die Toilette verlassen konnte.

Die Herren unterhielten sich noch immer im Gemeinschaftsraum. Deshalb lief sie erst einmal in die Einsatzzentrale, wo momentan Funkstille herrschte.

Keiner da.

Auch Spichtinger war nicht zu sehen. Er hatte schöne Augenbrauen, war ihr aufgefallen, zumindest recht üppige für einen Mann, der auf dem Rest des Schädels nicht mehr besonders behaart war. Seitlich hoben sie sich ein wenig, sodass er ein bisschen wie ein naher Verwandter des Teufels aussah. Und auch sonst schien er nicht unsympathisch. Schade, dass er weg war. Sie ließ sich auf dem schwarzen Bürostuhl nieder und sah sich um. Hellbraune Schreibtische und Regale, auf denen sich ein paar Bücher aneinanderreihten, irgendwelche Gesetzestexte, die sowieso niemand konsultierte, ein Kleiderhaken, an dem drei Jacken hingen, und dahinter der Durchgang zum Empfangsbereich, ebenfalls aus hellbraunen Spanplatten.

Plötzlich schrak sie zusammen. Das Telefon zu ihrer Rechten klingelte. Was tun? Sie spitzte die Ohren. Keiner ihrer Kollegen schien sich berufen zu fühlen, den Anruf entgegenzunehmen.

Sie hob ab.

»Polizeiinspektion Oberviechtach, Preisler.«

Kurze Pause am anderen Ende.

»Oh ... äh, ja. Hier Spichtinger. Ich ... also ...«

»Ja?«

»Nun, Sie ... du warst ja vorhin bei der Besprechung dabei und hast von der Architektenfrau gehört ... Ich war gerade bei ihr und ...«

Wieder Pause.

»Ich wollte nur sagen, dass wir die Anzeige ernst nehmen sollten. Die Frau klang aufrichtig besorgt und schien mir nicht der hysterische Typ zu sein.«

»Hat sie sich denn schon bei Freunden und Verwandten erkundigt, ob die vielleicht ihren Mann gesehen haben?«

»Ja, hat sie. Angeblich hat sie sogar ihre Tochter in Rom benachrichtigt, aber die wusste auch nichts.«

»Seit wann genau ist er denn verschwunden?«

»Er sollte eigentlich gestern Abend gegen sieben zum Essen kommen, hat sich dann aber entschuldigt. Irgendein Arbeitstreffen. Die Frau meinte aber, dass die Sekretärin nichts von einem solchen Treffen wusste.«

»Also eine Liebschaft? Die anderen haben ja vorhin so etwas angedeutet«, schob Lena ein.

»Kann sein. Ich wollte diese Frage nicht so offen stellen, noch dazu, wo sie nicht allein war. Ein Bekannter ist bei ihr und kümmert sich um sie.«

»Hm. Hat sie denn in der letzten Zeit irgendwelche Veränderungen im Verhalten ihres Mannes entdeckt? Etwas, das darauf hindeuten könnte, dass er sie verlassen wollte?«

»Nein, gar nichts. Alles sei wie immer gewesen. Sie meinte auch, dass es in der Firma keine Probleme gegeben habe, ihr Mann ist angeblich sehr angesehen und gefragt.«

»Wie seid ihr denn jetzt verblieben?«

»Ich habe ihr gesagt, dass es noch zu früh ist, um eine Fahndung auszurufen und eine Suche zu starten. Aber wenn er morgen noch nicht wieder aufgetaucht ist, müssen wir reagieren. Sag mal Mich und Feiti Bescheid, ich meine … den anderen halt, die haben Wochenenddienst.«

»Mach ich. Was machst du jetzt?«, fragte Lena.

»Ich … äh … na ja. Nichts Besonderes«, stotterte Spichtinger.

»Alles klar, dann bis bald. Ich geh auch gleich.«

»Bis bald.«

Der Regen hatte tausend Gesichter. Seine Tropfen konnten unzählige Farben annehmen, sogar in der Nacht. Aus den am Boden liegenden Blättern wurden dann kleine mit Wasser gefüllte Schälchen, die Dachrinnen verwandelten sich in reißende Flussbetten, und die Straßen glitzerten im Schein der Laternen.

Bald würde die Leiche entdeckt werden. Lange konnte es nicht mehr dauern. Diesmal würden alle davon erfahren. Heute vermutlich nicht mehr. Es dämmerte schon. Der leichte Nieselregen verwandelte den Boden vor dem Haus in einen glitschigen Matsch.

Er lächelte.

Dachte zurück an die vergangene Nacht.

Der andere war tot.

Geschrien hatte er wie ein Schwein am Spieß. Schließlich hatte er ihn vorsichtshalber geknebelt, zwar war es schon sehr spät, aber man wusste ja nie, wer sich im Wald herumtrieb.

Als der andere endlich für immer schwieg, hatte ihn tiefe Zufriedenheit erfüllt. Endlich. Der würde niemanden mehr unglücklich machen. Niemanden mehr erniedrigen.

Er wandte sich um und ging ins Haus.

»Bin wieder da!« rief er.

Als Antwort vernahm er nur ein paar Schritte auf dem Holzboden im ersten Stock.

Sie war da.

Letzte Nacht, als er zurückgekommen war, hatte sie ihn ganz vorwurfsvoll angesehen. Es war gar nicht seine Art, so lange auszubleiben. Aber er hatte nichts gesagt, worauf sie sich eine Weile angeschwiegen hatten. Schließlich war er ins Bett gegangen. Er konnte lange nicht einschlafen.

Sie würde ihn verstehen.

Egal, was da kommen mochte.

Na komm schon! Geh endlich ran. Karin wusste, dass Heiner es nicht mochte, wenn sie ihn allzu oft anrief, aber was er ihr gestern gesagt hatte, machte sie ganz kribbelig. Sie wollte es so gern noch einmal hören. Den halben Tag hatte sie am Computer gesessen und im Internet gesurft. Sie platzte beinahe vor Aufregung.

Sie hatte ein wundervolles Angebot entdeckt.

Wieder nur die Mailbox.

Enttäuscht legte sie auf.

Unten hörte sie Geräusche an der Haustür. Manfred kam nach Hause. Bestimmt nur, um kurz nachzusehen, ob sie noch da war, und dann wieder zu verschwinden.

Jetzt rief er irgendetwas.

Wenn er etwas wollte, sollte er raufkommen. Sie setzte sich an ihren Schreibtisch. Der Computer war noch an und zeigte eine weiße Strandwelt mit Palmen.

Samstag, 17. April

Der Motor des Opels dröhnte auf. Max Spichtinger drückte das Gaspedal voll durch und rauschte in die Rechtskurve und den Hügel nach Lindau hoch. Sobald er auf der Anhöhe aus dem Wald kam, sah er rechts im Tal die Wolkenfetzen über die Felder gleiten und sich an den Waldrand schleichen. Dann zischte er mit über 120 durch die auf 80 begrenzte Zone, den Berg wieder hinunter in den Wald, ließ links den ehemaligen Skihang liegen, schnitt – so elegant es mit einem Opel ging – die darauffolgende Linkskurve, düste am Wildpark vorbei, bis er schließlich die Felder vor Eslarn erkennen konnte. Da bog er rechts in den Weg zum Lindnerbrunnen ein.

Nach einem guten Kilometer hatte er sein Ziel erreicht. Der Parkplatz stand bereits voller Autos. Vor allem Jeeps oder andere Geländewagen. Überall diskutierten grün gekleidete Menschen angeregt in kleinen Grüppchen. Jeder Zweite hatte einen Hund dabei. Wachtel, Labradore, Spaniel, Vorstehhunde. Alles vertreten.

Spichtinger parkte seinen Wagen etwas abseits und stieg aus. Was hatte ihn nur dazu gebracht, an der Frühjahrswanderung des Oberpfälzer Waldvereins teilzunehmen? Na, jetzt war es jedenfalls zu spät für einen Rückzieher. Er zog seinen Kragen zurecht und die Mütze etwas tiefer ins Gesicht. Der Regen hatte beinahe aufgehört.

»Bitte alle mal zum Brunnen kommen«, rief ein besonders grüner Mann. »Kurze Besprechung!«

Spichtinger folgte der Schar, die sich auf die zwei ineinander gefügten Steine zubewegte. Aus dem breiten Becken des Brunnens lief ein dünnes Rinnsal und versickerte im Kies, der rundherum ausgestreut war.

»Die meisten von euch kennen mich ja schon. Trotzdem

stelle ich mich kurz vor. Michael Forster, ich bin der hiesige Wanderwart und werde euch heute auf der Wanderung begleiten. Eine kurze Wegbeschreibung: Wir gehen von hier aus rechts durch den Wald bis zum Wildpark, dort überqueren wir die Schönseer Straße. Von da an geht's nur noch bergauf. Aber keine Sorge, wir machen langsam. Erst eine Weile auf dem unteren Stückstraßl bis zum Skihang, weiter durch den Wald, leicht bergan, bis wir weiter oben noch mal am Skihang rauskommen. Da führt dann der Wanderweg gerade hoch bis zum Aussichtsturm. Erfahrungsgemäß brauchen wir etwa zwei Stunden für die Strecke. Ich hoffe, alle haben was zu trinken und essen dabei.«

Zustimmendes Gemurmel.

»Na, dann kann ja nichts mehr schiefgehen. Beim Aussichtsturm legen wir dann eine Rast ein, ehe wir wieder zurückgehen. Eine angenehme Wanderung wünsche ich allen!«

Und damit setzte sich das kleine Völkchen in Bewegung. Wanderwart Forster marschierte voraus, Spichtinger folgte mit den anderen hinterdrein.

Seine anfängliche Verlegenheit legte sich bald. In den ersten Minuten lauschte er den Gesprächen seiner Gefährten. Doch schon bald sprach ihn ein älterer Mann freundlich an:

»Sie habe ich noch nie auf einer unserer Wanderungen gesehen. Sie sind sicher zum ersten Mal dabei, nicht wahr?«, fragte er.

»Ja, stimmt. Machen Sie das schon lange? Wandern, meine ich.«

»Ach, seit ich ein kleines Kind war. Beim ersten Mal war ich noch jünger als der da«, meinte der Alte und zeigte auf einen Jungen, der kaum acht Jahre alt sein konnte. »Das ist eine lange Tradition hier in der Gegend. Woher kommen Sie denn? Ihr Dialekt klingt so münchnerisch.«

»Richtig geraten. Ich bin in München aufgewachsen und wohne erst seit knapp drei Jahren in der Oberpfalz.«

»Was hat Sie hierher verschlagen?«

»In erster Linie der Beruf. Ich bin Polizist.«

»In Eslarn?«

»Nein, nein. In Oberviechtach an der Polizeiinspektion. Ich hatte die Stadt einfach satt und wollte mal was anderes sehen.«

»Und gefällt es Ihnen hier?«

Spichtinger dachte kurz nach. Die Wahrheit? Lieber nicht. Er entschied sich für die diplomatische Variante.

»Ganz einfach ist es ja nie, wenn man an einen Ort kommt, wo man niemanden kennt. Der Wechsel war schon nicht leicht. Aber man lebt sich ein mit der Zeit. Und die Natur ist wirklich wunderbar. Auch die Luft ist ganz anders, viel sauerstoffhaltiger. Zu Beginn wollte ich den ganzen Tag nur schlafen.«

Der Alte lachte auf.

»Ja, so ergeht es vielen. Ich verstehe, was Sie meinen. Die Umstellung von Stadt auf Land ist nicht selbstverständlich. Wir Oberpfälzer sind kein einfaches Volk. Misstrauisch gegenüber allem Neuen, jeder Fremde ist erst einmal suspekt. Aber glauben Sie mir, ich bin viel gereist, woanders ist es genauso. Ich habe zwei Jahre im Elsass verbracht, in Frankreich. Und da war es fast noch schlimmer als hier. Die Sprachbarriere hat den Abstand zu den Einheimischen noch vergrößert. Man sollte meinen, dass man in zwei Jahren Menschen kennenlernt. War ja auch der Fall, aber eben nur Fremde wie ich, die verzweifelt Anschluss gesucht haben. Nach zwei Jahren hat's mir gereicht. Dann bin ich wieder zurück. Ich bin einfach hier daheim. Da beißt die Maus keinen Faden ab.«

»Wieso wollten Sie denn überhaupt weg, wenn ich fragen darf?«, erkundigte sich Spichtinger interessiert.

»Tja«, antwortete der Mann, »als Jungspund bildet man sich ein, dass man die Welt mit links erobern kann und alle nur auf einen warten. Ich wollte im Ausland studieren und international Karriere machen. Dabei habe ich vergessen, dass man eines immer mitnimmt, wenn man fortgeht, egal wohin, und zwar sich selbst. Wie sagt der Franzose: Ein Esel, der nach Paris geht, kommt nicht als Rennpferd zurück. Und so ist es.«

Spichtinger nickte und fragte:

»Was haben Sie studiert?«

»Oh, eine ganze Menge«, lächelte der andere. »Angefangen habe ich natürlich mit Französisch, dann eine Weile Politik, und gelandet bin ich schließlich bei Forstwirtschaft.«

»Forstwirtschaft?«

»Ja, das liegt im Blut. Nur habe ich das zuerst nicht merken wollen. Mein Vater, mein Großvater und so weiter waren bereits Förster, damals noch in der ehemaligen Tschechei, als Sudetendeutsche.«

»Dann gehört Ihnen hier der Wald?«

Der Alte lachte.

»Gehören stimmt nicht ganz. Ich verwalte den Wald nur, gehören tut er dem Staat. Und der macht damit, was er will. Wir Förster sind heutzutage mehr Manager als alles andere. Mit früher kann man das nicht vergleichen.«

»Sie meinten gerade, Ihre Eltern kämen aus der Tschechei?«

»Ja, aus den sudetendeutschen Bezirken. Sie sind während des Krieges hierher geflüchtet und mussten alles zurücklassen.«

»Trotzdem fühlen Sie sich als Oberpfälzer?«

»Natürlich.« Der Förster sah Spichtinger an. »Ich bin hier geboren und aufgewachsen. Meine Eltern konnten zwar tschechisch, sprachen aber nur deutsch.«

Inzwischen war der Wandertrupp am Wildpark angelangt und lief den drei Meter hohen Drahtzaun entlang. Spichtinger konnte in einhundert Metern Entfernung ein paar Stück Rotwild ausmachen, die in Ruhe ästen. Weiter vorn zog der Drahtzaun eine Grenze zwischen der begrasten Fläche und einer wüsten Sumpflandschaft. Hier hausten offensichtlich die Wildschweine, auch wenn gerade keins davon in Sicht war.

Der Förster fuhr fort zu erzählen.

»Ich bin ein paar Jahre nach dem Krieg geboren. In Tschechien war meine Mutter Lehrerin. Das half ihr hier beim Neuanfang. Wir wohnten in Schwand hinter Schönsee. Das kennen Sie bestimmt, oder?«

Spichtinger nickte. Vor seinem inneren Auge sah er eine kleine Ansammlung von Bauernhöfen und mehr oder minder verfallenen Häusern.

»Dort unterrichtete meine Mutter an der Dorfschule. Alle Kinder aus der Umgebung kamen zu Fuß zum Unterricht. Das war eine abenteuerliche Zeit. Ich drückte gemeinsam mit Zehnjährigen die Schulbank, als ich gerade mal sechs war. Kann man sich heute gar nicht mehr vorstellen.«

Der Förster schüttelte gedankenverloren den Kopf.

»Geteerte Straßen gab es natürlich auch nicht. Gerade im Winter war es oft unmöglich, überhaupt aus dem Haus zu kommen. Einmal lag der Schnee so hoch, dass wir aus dem Fenster im ersten Stock rausgestiegen sind. Mein Vater fuhr damals das Futter noch mit den Skiern in den Wald. Ha, das waren noch Zeiten! Und jetzt jammern viele schon, wenn sie mal zweihundert Meter laufen müssen.«

Sie überquerten die Schönseer Straße und kletterten den Weg auf der anderen Seite hoch. Spichtinger begann zu schwitzen. Der Förster hingegen plauderte trotz des fünfzehnprozentigen Anstiegs munter weiter.

»Schauen Sie sich mal diesen alten Wurzelstock an«, sagte er und machte ein paar Schritte darauf zu. »Hier hat ein Specht reingehackt, um Käfer und Larven zu finden. Im Winter ist das eine seiner Hauptnahrungsquellen.«

Spichtinger nickte, zu sehr außer Atem, um einen geistreichen Gedanken anzubringen.

»Der Specht ist ein enorm wichtiger Regulator. Man nennt ihn deswegen auch den Polizisten des Waldes, das ist sozusagen ein Kollege von Ihnen. Er frisst die Schädlinge weg.«

Sie gingen weiter, und der Wald öffnete sich auf den breiten Skihang, der vor gut einem Jahr stillgelegt worden war. Spichtinger sah nach oben und stöhnte auf. Oh Gott, das konnte noch was werden.

Heidi Ebneth war eine geübte Wanderin. Für den heutigen Tag hatte sie sich professionell ausgestattet. Festes Schuhwerk, Regenmantel und Wanderstab. Sie lief den anderen deutlich voraus. Neben ihr trabte Frodo, ein zweijähriger gelber Labrador, den sie aus einem eigenen Wurf behalten hatte. Frodos Vater war Schweizer und internationaler Field-Trial-Champion, seine Mutter stammte aus Norditalien, der Mailänder Region, und auch ihr Stammbaum zählte viele Spitzenhunde. In ein paar Monaten würde Frodo die letzten Prüfungen bestehen, die nötig waren, um aus ihm selbst einen attraktiven Deckrüden zu machen. Obwohl Heidi Ebneth sich gar nicht sicher war, ob sie mit ihm decken wollte. Es ging ihr nicht ums Geld. Der Reiz lag ganz einfach im Bestehen der Prüfungen, den Adrenalinstößen, wenn in die Luft geschossen und in der Ferne Tauben, Hasen oder Fasane abgelegt wurden, die dann der Hund, ohne einmal mit der Wimper zu zucken, auf Fingerzeig holen musste.

Sie blickte auf den sehnigen Körper des Hundes zu ihrer Linken und lächelte. Frodo war mit Abstand ihr bester Hund im ganzen Zwinger. Insgesamt hielt sie momentan fünf Hunde, vier davon Weibchen. Nicht immer leicht für Frodo, den einzigen Rüden, vor allem weil die Damen munter abwechselnd läufig waren, sodass bei ihm mehrere Monate im Jahr die Hormone verrückt spielten.

Sie genoss es, mit ihm allein durch die Wälder zu streifen, ein paar Dummys auszuwerfen und Kommandos zu üben. Oder einfach nur dahinzuspazieren, wie jetzt.

Rechts glitzerte der Stückbergweiher. Bald war sie am Aussichtsturm. Sie sah sich um. Von den anderen keine Spur. Genug Zeit für einen kleinen Schlenker über den Marienbrunnen und zum Hutstein.

Der kleine, sehr zugewachsene Weg schlängelte sich durch junge Fichten und Tannen. Hin und wieder musste sie über einen umgestürzten Stamm steigen.

Kurz vor dem Marienbrunnen blieb Frodo auf einmal stehen. Witternd hob er die Schnauze in die Luft.

Ein Reh?

Ein Hase?

Dann fing er an zu knurren.

»Ruhig, Frodo«, mahnte Heidi Ebneth. Das sah ihm gar nicht ähnlich. Unruhig trippelte der Rüde auf der Stelle und blickte starr nach links ins Gebüsch. Heidi folgte seinem Blick, sah aber nichts Auffälliges.

»Komm weiter«, befahl sie und zog an der Leine.

Der Hund weigerte sich.

Ungewöhnlich.

Irgendetwas stimmte nicht.

Vorsichtig machte sie einen Schritt nach vorn und lugte in die Büsche. Frodo folgte ihr, den Schwanz steif in die Luft gereckt. Wieder erhob sich ein grollendes Knurren aus seiner Kehle. Er sprang über das schmale Rinnsaal neben dem Weg und schlüpfte in die Büsche.

Heidi Ebneth setzte ihm nach. Sie schob die Äste zur Seite und kämpfte sich hinter Frodo den Hang hoch. Nach dreißig Metern blieb der Hund wieder stehen. Diesmal vor einer breiten Buche.

Heidi Ebneth gefror das Blut in den Adern.

Dann schrie sie, wie sie in ihrem Leben noch nie geschrien hatte. Und gleichzeitig wusste sie, dass sie das, was sie jetzt sah, niemals würde vergessen können.

Die Wanderertruppe hielt inne.

»Da ist etwas passiert«, meinte der Förster besorgt. Alle Vögel schienen plötzlich zu schweigen. Keine einzige Grille zirpte mehr im Gras. Spichtinger blickte in die Richtung, aus der das gellende Kreischen einer Frau erklungen war. Einer Frau, der etwas Schlimmes zugestoßen sein musste. Nicht Angst oder Furcht, sondern blankes Entsetzen hatte in dieser Stimme gelegen, kein Ruf nach Hilfe, vielmehr ein ohnmächtiges »Das Darf Nicht Sein«.

»Ja«, antwortete Spichtinger zwischen zwei tiefen Atemzügen. Das Bergaufgehen war eine hervorragende Ergänzung zu seinem Marathontraining, jetzt mischte sich auch noch Aufregung dazu, sein Pulsschlag beschleunigte sich.

Da war etwas passiert.

Was würde ihn da oben erwarten?

Vielleicht nur ein blinder Alarm. Vielleicht war die gute Frau auf einen Ameisenhaufen gestoßen und ekelte sich. Oder … Nein, da schrie man nicht so. Spichtinger hatte der Stimme des Försters anhören können, dass auch er sehr erschrocken war.

Er versuchte, schneller zu gehen. Schwitzte trotz der Kälte. Eilte hinter dem in großen Schritten voranstapfenden Förster her, der offenbar ahnte, wo die Frau sich befand, denn er schlug sich rechts durch das Gehölz, an einem kleinen Tümpel vorbei.

Spichtinger dachte nicht mehr daran, sein Gesicht zu wahren. Er keuchte und schnaufte, was das Zeug hielt. Über ihnen ertönten laute Rufe, ein paar andere waren ihnen voraus.

Irgendwie spürte er Gewalt. Konnte sie fühlen. Roch er sie? Sandte sie Wellen aus, die er erkannte?

Sie kamen zu einer Böschung, kletterten hoch, kratzten sich an Brombeerranken die Arme auf und gelangten auf einen kleinen Pfad. Die aufgeregten Rufe waren ganz nah.

»Um Himmels willen!«

»Oh Gott!«

»Der Herrgott steh uns bei!«

»Weg! Weg! Lasst bloß die Kinder nicht ran!«

»Jemand muss die Polizei rufen!«

Die kommt schon, dachte Spichtinger, die kommt schon, war aber nicht in der Lage, den Satz laut zu rufen. Stöhnend arbeitete er sich durch ein Gebüsch und einen weiteren Abhang hinauf.

»Dort hinten«, sagte der Förster. »Hinterm Hutstein.«

»Hutstein?«, japste Spichtinger.

Der Förster zeigte auf einen riesigen Stein, der in der Tat wie ein Hut aussah. Darunter stand eine Holzbank. Ein paar Meter weiter gestikulierten ein paar Wanderer wild und schlugen die Hände vors Gesicht, als wollten sie nicht sehen, was sich ihnen darbot. Einige Hunde liefen bellend auf und ab. Das reinste Durcheinander. Etwas abseits saß eine Gestalt auf einem Baumstumpf und wiegte sich schluchzend vor und zurück. Zwei Männer beugten sich über sie und versuchten, sie zu beruhigen. Das war offensichtlich die Frau, die den Schreckensschrei ausgestoßen hatte. Aber weswegen?

»Jesses Maria«, entfuhr es dem Förster.

Spichtinger sah ihn an.

Die Augen des bärtigen Mannes waren starr nach vorne gerichtet. Spichtinger folgte seinem Blick, und da stockte ihm der Atem.

An einen Buchenstamm gelehnt saß ein Mann. Nackt bis

auf die Socken und die Schuhe. Letztere sah Spichtinger erstaunlicherweise zuerst. Dann erst wanderte sein Blick weiter nach oben. Die Arme des Mannes hingen neben seinem Körper. Regungslos. Leicht vorgebeugt. Wie in einem letzten Gebet verharrt.

Ihm wurde übel.

Was tun? Was tun? Wie ein Mantra pochte diese Frage in seinem Kopf. Was tun?

Zuerst die Leute wegschicken. So wenig Spuren wie möglich vernichten, wobei das inzwischen vermutlich sowieso zu spät war. Fünf Hunde und noch mehr Menschen waren hier rumgetrampelt, da war kaum noch was zu retten. Trotzdem.

Er wandte sich an den Förster, der die Sache mit ziemlicher Ruhe zu nehmen schien.

»Könnten Sie mir helfen, den Leuten klarzumachen, dass sie sich von dem Fundort der …« Er blickte kurz zur Buche, als gäbe es noch Hoffnung. »… der Leiche fernhalten sollen?«

Der Förster nickte, ging zu den anderen und sprach eindringlich auf sie ein. Spichtinger zog unterdessen sein Handy aus der Tasche und tippte die Nummer der Polizeiinspektion ein. Pete hatte Wochenendschicht. Kein Signal. Er blickte auf das Display.

Kein Empfang.

Verflixt und zugenäht.

Mit zitternden Händen schob er das Handy zurück in die Hosentasche und sah sich hilfesuchend um. Nur nicht in Richtung Buche schauen. Der Förster redete weiter beschwichtigend auf die Wanderer ein, und nach und nach gingen sie langsam davon. Die Frau hockte noch immer zusammengekauert auf dem Holzstumpf, umgeben von ihren beiden Samaritern.

Spichtinger trat hinzu.

Einer der Männer nickte ihm zu.

»Ich bin Polizist. Max Spichtinger. Sie haben … den Leichnam gefunden, nicht wahr?«, fragte Spichtinger behutsam. Die Frau hielt den Kopf gesenkt, antwortete nicht sofort.

Ratlos wandte Spichtinger sich an den Mann zu seiner Rechten:

»Leider habe ich hier keinen Empfang. Wissen Sie vielleicht, wo man telefonieren kann?«

»Oben am Turm dürfte es gehen«, antwortete der andere. »Soll ich das machen? Wenn Sie mir eine Nummer geben, laufe ich gleich los.«

Erleichtert diktierte Spichtinger dem jungen, athletischen Mann, der in der Tat so wirkte, als könne er den Weg in recht kurzer Zeit zurücklegen, die Nummer der Polizeistation. Kurz darauf war der Helfer im Sprint verschwunden.

Milan Treiber war dreißig Jahre alt und hatte vor Kurzem herausgefunden, was er mit seinem Leben anstellen wollte. Ein erster Fortschritt war schon mal gewesen, dass er überhaupt wieder daran glaubte, dass es noch möglich war, in seinem Leben etwas zu erreichen. Das hatte er eigentlich schon ad acta gelegt. Er wollte Journalist werden. Geschrieben hatte er, seit er denken konnte, Tagebücher, kleine Geschichten und Novellen, einen Roman, der in seiner Schublade versauerte und auch sicher nie ans Tageslicht kommen würde, weil er schlicht und ergreifend zu schlecht und persönlich war, in erster Linie eine Zusammenfassung seines Alltags: fantasieren, Filme, Fitness. Drei F, die sein langweiliges Dasein gut zusammenfassten.

Vor drei Monaten hatte er seinen ersten Artikel für die Lokalzeitung geschrieben. Und der war dann auch gedruckt worden. Sogar mit Foto. Okay, das Thema war jetzt nicht der Renner – er hatte über das Kuascheiß'n berichtet, das alljährlich vom Eslarner Fußballverein veranstaltet wurde. Dabei wurden zehn Kühe auf den alten Bolzplatz hinter dem Atzmannsee getrieben und Wetten abgeschlossen, welche Kuh wohin schiss. Strafraum, Anstoßkreis, rechtes Spielfeld, linkes Spielfeld, je genauer die Angabe, desto höher die Quoten. Kein sehr bedeutendes Ereignis, klar, aber für ihn war es ein richtiges Aha-Erlebnis gewesen. Mensch, machte das einen Spaß, eine Geschichte geordnet und verständlich aufzuschreiben und es dann kurz darauf in einer Zeitung abgedruckt zu sehen, die von mehreren zehntausend Leuten gelesen wurde!

Inzwischen hatte er schon zehn weitere Berichte geschrieben, zwei waren irgendwie durch das Raster gefallen, nicht angenommen worden, aber alle anderen hingen jetzt wie stolze Trophäen über seinem Schreibtisch, ausgeschnitten aus der Zeitung und mit Datum versehen. Obendrein wurde er dafür bezahlt.

Ein elektrischer Stoß fuhr durch seinen Körper, während er in Richtung Aussichtsturm rannte. Er war völlig unvorbereitet auf diesen Adrenalinkick und atmete tief ein und aus. Sein Brustkorb zog sich zusammen, er hatte Gänsehaut am ganzen Körper.

Ein toter Mann. Ermordet. Misshandelt. Kein Zweifel. Das Blut überall, das zu Brei geschlagene Gesicht, das war die Tat eines Wahnsinnigen. Und er war mittendrin. Er blickte beim Laufen zum wiederholten Mal auf sein Handy. Noch immer kein Empfang. Gleich war er beim Turm. Da musste doch … Jetzt!

Hastig tippte er die Nummer, die sich sofort in sein Gehirn gebrannt hatte, und presste das Telefon ans Ohr. Er hörte sein Herz rasen und seinen Atem pfeifen. Das Freizeichen ertönte.

»Polizeiinspektion Oberviechtach. Völkl.«

»Hier Treiber. Ich würde gern einen Mord melden.« Dann

schilderte er möglichst ruhig die grauenhafte Entdeckung und ihre Umstände, die Wanderung und die offenkundigen Hinweise auf eine Gewalttat.

»Wir kommen sofort. Sorgen Sie dafür, dass sich alle vom Fundort fernhalten.«

»Ja, einer Ihrer Kollegen kümmert sich schon darum. Spichtinger heißt er, glaube ich. Er hat an der Wanderung teilgenommen.«

»Was, der Spichtinger ist schon da? Na schön, sagen Sie ihm, dass wir in einer Viertelstunde da sind.«

Blitzschnell machte Milan Treiber kehrt und spurtete den Hang hinab, wich herumliegenden Ästen aus, sprang über Steine und Gruben und umkurvte umgefallene Baumleichen. Hier im Naturwaldreservat durfte weder hegend noch pflegend eingegriffen werden, das wusste er, und das zeigte sich auch. Eine wahre Kraterlandschaft. Wo der Borkenkäfer wütete, widerstand keine Fichte dem Schädling.

Angetrieben von einer Kraft, die er weder verstand noch genau erfasste, näherte er sich wieder dem Hutstein, wo der Polizist inzwischen allein vor der Buche mit dieser Frucht der besonderen Art stand.

Eine große Buchecker.

Konnte man daraus nicht einen tollen Titel basteln? Irgendwie sah der Tote einer Buchecker gar nicht unähnlich. Der runde Bauch, das viele Blut, das den Körper beinahe braun wirken ließ, dreieckig. Wie wär's mit *Die Buchecker fiel nicht weit vom Baum*?

Mja. Oder vielleicht könnte er was aus dem Spruch *Buchen sollst du suchen, Weiden sollst du meiden* machen ...

Während er so vor sich hinüberlegte, war er schon wieder bei dem Polizisten angelangt, der – das fiel ihm erst jetzt auf – recht untypisch für eine Aprilwanderung im Oberpfälzer Wald gekleidet war. Rote Wollmütze, blaue Jacke, Turnschuhe. Der war definitiv nicht von hier.

»Und?«, fragte der Polizist.

»Sie kommen gleich«, antwortete Milan.

»Vielen Dank.« Der Polizist wirkte erleichtert.

»Kann ich Ihnen sonst noch behilflich sein?«

»Im Moment eher nicht. Wir können eigentlich nur abwarten, bis die Kollegen kommen. Dann wird das Gebiet hier weiträumig abgesperrt, nehme ich mal an.«

Milan nickte.

Kurzes Schweigen. Er spürte, dass der Polizist am liebsten allein am Fundort gewesen wäre, aber seine Neugier und etwas, das der Sensationsgier von Schaulustigen ähnelte, die zufällig an einem Unfallort vorbeikommen, hielten ihn zurück. Fragen kostete schließlich nichts, der andere konnte ihn ja immer noch wegschicken.

»Ich heiße übrigens Treiber«, sagte er, um das Eis zu brechen.

»Spichtinger«, wiederholte der Polizist.

»Haben Sie schon eine Theorie?«

»Wie meinen?«

»Na, ich will sagen, haben Sie schon eine Ahnung, wie das hier vonstatten gegangen sein könnte?«

Spichtinger zuckte die Achseln und wirkte sichtlich geniert. Er vermied um jeden Preis, in Richtung Leiche zu schauen. Bei Milan war es genau das Gegenteil: Am liebsten hätte er sich direkt vor die Buche gestellt und minutenlang jede Facette des Opfers unter die Lupe genommen.

»Wie kriegt man so ein Mannsbild nur hierher?«, fragte er nachdenklich.

»Wieso?«

»Na ja, wir sind ziemlich weitab vom Schuss. Und er wiegt mindestens neunzig Kilo, Pi mal Daumen, würde ich sagen. Sicher kein Kinderspiel, ihn hierher zu ziehen.«

Dieser Gedanke schien dem Polizisten noch nicht gekommen zu sein. Er nickte.

»Stimmt. Vielleicht waren es mehrere. Aber das müssen die Ermittlungen zeigen.«

Beide blickten ins Leere.

Während Milan fieberhaft überlegte, welche Frage er noch stellen konnte, um einen Vorwand zum Bleiben zu haben, sah er den Polizisten aus den Augenwinkeln an. Spichtinger hatte recht feine Gesichtszüge, die mit der dünnen geraden Nase fast weiblich hätten wirken können, wenn da nicht die buschigen Augenbrauen gewesen wären, die sich jetzt bedrohlich bauschten, als er die Stirn runzelte und nachdachte. Milan Treiber stand zwei Meter neben ihm, nahm jedoch den Geruch seinen Atems wahr: Minze.

Spichtinger zog die Schultern hoch und schüttelte sich, als merke er erst jetzt, dass es kaum fünf Grad warm war.

Kein Wunder, dass dem kalt war. Seine Jacke war viel zu dünn, da half auch die Wollmütze nichts, typisch Stoderer, so was trug nur jemand, der daran gewöhnt war, aus dem Haus zu gehen, ins Auto zu steigen und zur Arbeit zu fahren.

Milans Blick wanderte wieder zu der Buche. Auf einmal fiel ihm etwas auf, das ihm bis dato entgangen war. Er machte einen Schritt auf den Baum zu.

»Schauen Sie mal, Herr Spichtinger.«

»Was denn?«

»Sehen Sie die Äste da? Rund um den Baum?«

Der Polizist folgte seinem ausgestreckten Finger. Vier Äste unterschiedlicher Länge standen an den mächtigen Buchenstamm gelehnt. Ein langer, zwei mittlere und ein kurzer Ast. Alle bildeten einen Fünfundvierzig-Grad-Winkel zum Boden.

Dass er das nicht sofort bemerkt hatte! Spichtinger verfluchte sich innerlich, während er auf die säuberlich aufgestellten Äste starrte. Was sollte das bedeuten? Hatte der

Mörder ihnen eine Botschaft hinterlassen wollen? Und wenn ja, welche?

Wo blieben nur die anderen?

Eigentlich hätte er den Mann wegschicken sollen, aber er wagte es nicht, unfreundlich zu sein, wo dieser ihm doch so nett geholfen hatte. So langsam ging er ihm allerdings auf die Nerven mit seiner eifrigen, dienstbeflissenen Art. Wenn Helbich nur da gewesen wäre, der hätte den Kerl im Handumdrehen davongejagt. Das musste man dem Chef lassen, er konnte sich durchsetzen und scherte sich einen Dreck um die Meinung oder die Gefühle der anderen.

Spichtinger setzte sich auf den Baumstumpf, auf dem vorhin die arme Entdeckerin der Leiche gekauert hatte, und versuchte, seine Gedanken in Reih und Glied zu bekommen, ohne sich von der Anwesenheit des Mannes stören zu lassen.

Ein nackter Mann. Tot. An einer Buche. Voller Blut. Schon älter, etwa fünfzig. Vier Äste fein säuberlich an den Stamm gelehnt. Wer war der Tote? Er erinnerte sich an die Vermisstenmeldung. Heiner Schönthaler. Unmöglich war es nicht. Alter und Figur des Toten sprachen dafür, das Gesicht ... Spichtinger schluckte. Er wollte nicht hinsehen. Da hatte jemand seiner Wut freien Lauf gelassen.

Von der Buche führte eine kaum erkennbare Spur nach rechts. Spichtinger stand auf, ging näher heran, ohne den Kopf zu heben. Richtig. Sah aus wie eine Schleifspur. Sie führte schräg nach unten. Ein Stück weiter: ein Gebüsch. Abgebrochene Zweige. Hatte der Mörder die Leiche hier entlanggezogen? Oder war das eine ganz andere Spur, die gar nichts damit zu tun hatte?

Ein lautes Rauschen riss ihn aus seinen Überlegungen. Der Wind oder herannahende Autos?

Das Rauschen ging über in Reifenknirschen auf Kies. Ah, endlich. Die Kollegen. Autotüren öffneten und schlossen sich. Er wandte sich an den jungen Mann, der noch immer wie gebannt vor der Leiche stand.

»Ich muss Sie jetzt leider bitten weiterzugehen. Wir werden die Umgebung absperren, Unbefugte müssen sich von der Fundstelle fernhalten, damit die Spurensicherung in Ruhe ihre Arbeit machen kann.«

»Natürlich«, antwortete der junge Mann und machte ein paar unschlüssige Schritte zur Seite.

Einige Meter weiter knackten Äste. Pete und Mich kamen aus Richtung des Wanderwegs angelaufen.

»Ach du Scheiße.« Michs erster Kommentar. »Ach du Scheiße, oh mein Gott. Verdammt.«

Der nackte und blutige Körper schien sich vor den Neuankömmlingen zu verbeugen. Ringsum knarrten die Wipfel der Bäume im Wind. Spichtinger drehte sich um und sah sich die Leiche zum ersten Mal richtig an. An manchen Stellen waren die Wunden tief, an anderen weniger. Der Täter hatte offensichtlich wahllos auf das Opfer eingestochen; der Penis hing nur noch an einem Hautfetzen, das Gesicht eine blaurote Masse, ein Auge zerstochen, nur das andere glotzte beinahe verwundert geradeaus.

»Das ist der Schönthaler«, sagte Pete tonlos.

Wie gelähmt standen die drei Polizisten vor dem Baum.

»Wo sind denn seine Kleider?«, fragte Mich.

Seine Kleider. Spichtinger starrte den nackten Körper an. Die hatte der Mörder wohl mitgenommen. Elvira Schönthaler hatte sich also nicht getäuscht. Ihre Sorgen waren berechtigt gewesen. Jemand hatte ihren Mann ermordet. Ihn ausgezogen, mit Messerstichen übersät und vor diese Buche gesetzt. Um den Baum war nur wenig Blut zu sehen. Doch das hatte nicht viel zu bedeuten, der Regen konnte es weggespült haben. Trotzdem wiesen die Schleifspuren am Boden, wenn es denn Schleifspuren waren, darauf hin, dass der Körper transportiert worden war. Vermutlich war das Ganze nicht hier passiert. Wohl aber ganz in der Nähe. So einen Körper kann man nicht allzu weit schleppen, und die Schleifspuren führten nach rechts unten, zum Marienbrunnen, weg von der befahrbaren Forststraße.

»Wir müssen das Gebiet weiträumig absperren«, sagte Spichtinger laut.

Seine Kollegen hörten ihm nicht zu.

»Da war jemand sehr wütend.«

»Eine Frau kann's nicht gewesen sein, unmöglich, eher ein betrogener Ehemann. An potenziellen Tätern mangelt es uns also nicht«, scherzte Pete.

»Glaubt ihr, dass es einen sexuellen Hintergrund hat?«, fragte Spichtinger.

»Welchen Hintergrund denn sonst?«, erwiderte Mich. »Ich geh kurz Absperrbänder holen.« Er wandte sich um. »He, was machen Sie da?« Seine Frage richtete sich an Milan Treiber, der noch immer dastand. »Gehen Sie bitte zu den anderen.«

Milan Treiber nickte, dachte aber gar nicht daran, so leicht aufzugeben. Sein Handy mit Fotofunktion brannte geradezu in seiner Tasche. Während er sich langsam umdrehte und dem Polizisten folgte, zog er es möglichst unauffällig heraus. Hinter sich hörte er den anderen neu angekommenen Polizisten streng »Morduntersuchung« und »Spurensicherung« und »Fundort« rufen.

Das war ihm egal. In diesem Augenblick zählte nur eines, diese Leiche. Er zückte das Handy und drehte sich um. Spichtinger und der andere waren damit beschäftigt, eine Spur am Boden zu untersuchen. Er drückte auf den Auslöser und erwartete beinahe, dass einer der Beamten auf ihn zurasen und ihm das Telefon aus der Hand reißen würde. Doch das passierte nicht. Er machte drei Fotos und steckte das Handy wieder weg.

Dann schloss er zu den anderen Wanderern auf, die sich vor dem Hutstein versammelt hatten. Niemand hatte etwas bemerkt.

Das Radio lief. Früher oder später würde die Neuigkeit kommen. Heute wanderte der Waldverein zum Aussichtsturm, einer der Teilnehmer würde die Leiche finden, und dann würde endlich die Öffentlichkeit davon erfahren.

Er lag auf dem Sofa in seinem Wohnzimmer und ließ seine Gedanken schweifen. Unter der Woche arbeitete er tagsüber hart, da kamen die finsteren Ideen nur nachts, wenn es still war und dunkel, eine teuflische Konstellation für ihn, Stille und Dunkelheit. Als brächen sämtliche Verteidigungsdämme in ihm, wenn die Sonne verschwand und die Nacht begann. Er war ein Meister der Verteidigung, sein ganzes Leben lang hatte er sich verteidigt.

Jetzt war Samstagvormittag, es war hell, draußen vor dem Fenster fuhren Autos vorbei, und doch konnte er an nichts anderes denken als an sie. Es war so schwer, vorbereitet zu sein, wenn der Körper müde war. Bereitschaft verlangte einen klaren Kopf und Wachsamkeit. Wachsam war er. Und auch daran gewöhnt, dieser erdrückenden Müdigkeit in sich nicht nachzugeben. Eines hatte sich in den letzten Wochen verändert: Er weinte nicht mehr. Vorher war das oft über ihn gekommen, ohne Vorwarnung, in den unterschiedlichsten Momenten. Das Gefühl von Schwäche und Ohnmacht war purer Entschlossenheit gewichen.

Frieden.

Seelenfrieden.

Er war auf einem guten Weg.

Aber noch nicht am Ziel.

Elvira kramte das Handy aus ihrer Handtasche und wählte Guidos Nummer. Am anderen Ende ertönten vier Freizeichen, dann hörte sie Guidos Stimme auf dem Anrufbeantworter. Das war ungewöhnlich, normalerweise antwortete er doch immer. Noch dazu in der momentanen Lage. Er hatte ihr versprochen, stets erreichbar zu sein, wenn sie jemanden zum Reden brauchte. Sie hatte so viel auf dem Herzen, Heiner war noch immer weg, sie fühlte, dass etwas Schreckliches geschehen war, sie stand vor einem Trümmerhaufen. Enttäuscht blieb sie am Bürgersteig stehen und fragte sich, was sie tun sollte. Einkaufen? Das beruhigte sie eigentlich immer. Aber hier in Oberviechtach? Planlos ging sie ein paar Schritte weiter, vor sich sah sie den Marktplatz, ein paar Autos fuhren im Schritttempo an ihr vorbei. Dabei dachte sie an das, was Guido ihr gestern gesagt hatte. Das hatte sie einfach nicht verdaut, er hatte sie verletzt, obwohl das ganz sicher nicht seine Absicht gewesen war.

»Eure Ehe ist doch schon lange tot«, hatte er gesagt. »Hör auf, dir etwas vorzumachen. Heiner liebt dich nicht mehr und du ihn auch nicht. Ihr führt eine Zweckgemeinschaft. Wahrscheinlich lässt er es sich gerade in irgendeinem Hotel gut gehen, du darfst dir diese Geschichte nicht so sehr zu Herzen nehmen. Wie oft hast du dich in den letzten Jahren über ihn und seine Untreue beklagt, sag? Jedes Mal, wenn wir uns sehen, drohst du damit, dass du ihn verlassen wirst. Jetzt hat er den ersten Schritt getan. Ganz ehrlich, ich hätte nicht gedacht, dass er den Mut dazu hat, aber richtig überrascht bin ich auch nicht.«

Sie war im ersten Augenblick zu schockiert gewesen, um sofort zu antworten. Doch dann hatte sie entschieden protestiert.

»Natürlich habe ich mich bei dir ausgeheult, aber in letzter Zeit ging es wirklich besser. Wir haben sogar wieder … du weißt schon. Ich hatte echt den Eindruck, dass er zur Vernunft gekommen ist.«

»Zur Vernunft? Heiner?« Guido hatte spöttisch gelacht. »Das glaubst du doch selbst nicht.«

»Jedenfalls ist das überhaupt nicht seine Art, einfach so zu verschwinden. Er hätte mir Bescheid gesagt.«

Sie hatten noch lange diskutiert, und Guido war hart mit Heiner ins Gericht gegangen. Dabei hatte sie einsehen müssen, dass er nicht unrecht hatte. Ihre Ehe war ein Desaster. Nur wollte sie sich das einfach nicht eingestehen.

Sie seufzte und blickte gelangweilt in das Schaufenster des Schreibwarenladens. Nur Kitsch und Schulkinderzeug. Außerdem ohnehin schon geschlossen, die meisten Läden machten hier ja um zwölf die Schotten dicht.

Also stelzte sie zurück zu ihrem Wagen, warf die Handtasche auf den Beifahrersitz und fuhr wieder nach Hause.

Alles leer und verlassen.

Sie legte ihren Mantel ab, zog die Hausschuhe an und blieb eine Weile an der Garderobe stehen. Vergrub die Nase in Heiners Wollpulli, der dort an einem Haken hing. Atmete tief seinen wohlbekannten Geruch ein, so männlich, so rau.

Dann setzte sie in der Küche Teewasser auf, nahm einen Apfel aus der Obstschale und begann ihn zu schälen, obwohl sie gar keinen Hunger hatte.

Sie war gerade dabei, den Kern aus der zweiten Hälfte zu schneiden, als es läutete. Verwundert blickte sie auf ihre Armbanduhr. 13.24 Uhr. Guido konnte es nicht sein, außer er wollte ihr einen Überraschungsbesuch abstatten. Vielleicht ein Paket. Oder Heiner? Ihr Herz schlug schneller. Aber er würde doch nicht klingeln.

Auf dem Weg zur Haustür warf sie einen Blick in den Spiegel und zupfte ein paar blondierte Strähnen zurecht. Blaue Augen, helle Wimpern. Schmale Lippen. Hohe Wangenknochen. Sie konnte sich noch immer sehen lassen, fand sie.

Die Frau, die vor der Tür wartete, trug einen schlichten, dunklen Mantel, eine dunkle Hose und ein Kragenhemd.

Ihre Augen blickten sie mitleidig an, als sie sich vorstellte und dabei einen Namen sagte, den Elvira Schönthaler nicht hörte. Sie sah auch die ausgestreckte Hand nicht. Ihre Sinne waren wie ausgeschaltet. Einen Moment lang spürte sie gar nichts. Dann kehrte die Wirklichkeit plötzlich wieder zurück. Sie hörte, wie die Frau erklärte, dass sie von der Polizei sei, und fragte, ob sie kurz hereinkommen könne.

Elvira Schönthaler nickte mechanisch und ging ins Wohnzimmer. Die Polizistin hängte ihren Mantel neben Elviras und folgte ihr.

Das Einzige, woran Elvira denken konnte, war der halb geschälte Apfel, der noch in der Küche lag. Sie wollte nicht wissen, was passiert war, stellte aber doch die Frage, die in dieser Lage von ihr erwartet wurde:

»Haben Sie etwas Neues von meinem Mann?«

Später würde sie sich nur an Bruchstücke der Unterhaltung erinnern, die Sätze schwirrten in ihrem Kopf herum, unkontrolliert, zusammenhanglos, Worte, Phrasen, Wanderung, Hund, Kollegen vor Ort, schrecklicher Fund.

Dann kam das Unausweichliche. Das, was sie innerlich schon wusste, sich aber noch nicht hatte eingestehen wollen. Das, was sie befürchtet und erwartet hatte.

»Leider muss ich Ihnen sagen, dass Ihr Mann tot ist.«

Der Wind kroch unter Spichtingers Jacke, seine Haut zog sich zusammen, er fror bis auf die Knochen. Der Regen nieselte unablässig vom Himmel, und dünne Nebelschwaden waberten durchs Unterholz. Er schauderte.

Das Gebiet war inzwischen weiträumig abgesperrt. Der Chef und Hauser auch eingetroffen. Sogar die Eslarner Kollegen waren da, mit voller Mannschaft, wann passierte so was schon mal, ein Mord, noch dazu eine Persönlichkeit, so demonstrativ inszeniert. Demonstrativ. Spichtinger dachte nach. Offensichtlich wollte der Täter, dass sein Opfer gefunden wurde, sonst hätte er ihn ja nur begraben müssen, am besten hundert Meter weiter, hinter dem Marienbrunnen, da kam monatelang niemand vorbei. Wahrscheinlich hätten sie den Architekten dann nie entdeckt.

Er hatte den Anblick der Leiche nicht mehr ertragen und stand jetzt außerhalb der Absperrbänder, ein paar Meter neben den tuschelnden Wanderern. Pete lief an ihm vorbei. Er hatte den Technikern aus Amberg per Funk den Weg erklärt, nicht leicht zu finden, hierher führte kein GPS. In der energischen Haltung seines Kollegen las Spichtinger Vorfreude und Arbeitslust. War das nicht absurd? Gewalt, Leid, Schmerz und Perversion gaben ihnen zu tun, verliehen ihrem Beruf irgendwie überhaupt erst einen Sinn.

Ob der Mörder wohl wusste, dass der Waldverein heute seine Frühjahrswanderung veranstaltete? Alles wirkte wie haarklein in Szene gesetzt. Als wollte jemand eine Botschaft vermitteln. Etwas hinausschreien in die Welt. Ein erlittenes Unrecht? Einen tiefen Hass? Abscheu? Was wollte der Täter ihnen sagen?

Und sie konnten den Architekten noch nicht einmal aus seiner grotesken Haltung erlösen. Er saß noch immer dort drüben, zum Glück unsichtbar hinter den Bäumen. Erst mussten die Techniker ihre Arbeit verrichten.

Spichtinger schüttelte sich. Die Techniker. Sie mussten den nackten Menschen am Baum ansehen, konnten nicht einfach davonlaufen, wie er es tat. Aber wahrscheinlich sahen sie gar nicht mehr den Menschen, in ihrem Kopf handelte es sich vermutlich nur noch um einen Haufen Fleisch, der von Haut umgeben war. Als Techniker musste man in der Lage sein zu verdrängen. Er konnte es nicht.

Unten am Weg hielt ein Wagen. Drei Männer stiegen aus. Die gaffenden Wanderer drehten sich neugierig um und beobachteten, wie die Techniker ihre weißen Schutzanzüge anlegten und dann mit Koffern bewaffnet in Richtung Absperrbänder abmarschierten.

Endlich.

»Liebe Bayern 3-Hörer. Bild.de berichtet von einem Leichenfund im Oberpfälzer Wald. Offenbar haben die Teilnehmer einer Wanderung am Morgen bei Oberviechtach die Leiche eines Mannes gefunden, der auf bestialische Weise getötet wurde. Gegenüber Bayern 3 wollte die Polizei den Fund zur Stunde noch nicht kommentieren. Aber vieles spricht dafür, dass es sich tatsächlich um einen Mord handelt. Bei Bild.de ist sogar ein Foto des Tatorts zu sehen. Und nun das Wetter …«

Endlich.

Wenn er die Augen fest schloss, ganz, ganz fest, dann sah er sie.

Ihr ernstes Gesicht. Die Enttäuschung in ihrem Blick. Das ergebene Seufzen. Sie hatte so viele Hoffnungen in ihn gesteckt, und nichts davon hatte er erfüllen können.

Das Schweigen war die größte Strafe. Die unausgesprochenen Vorwürfe die unheimlichste Last. Er hatte versucht, alles richtig zu machen. Verzweifelt und hartnäckig, hatte alles gegeben. Aber so wurde alles nur noch schlimmer.

Er hatte gespürt, dass es nicht an dem lag, was er tat, sondern an seinem ganzen Wesen, wie er war, was er war.

»Du bist der Teufel!«, hatte sie gebrüllt. »Die Inkarnation des Bösen! Geh mir aus den Augen! Ach, hätte ich dich nur nie zur Welt gebracht!«

Dann kamen noch mehr Schläge. Manchmal stellten die Lehrer Fragen, gaben sich aber stets mit seinen Ausflüchten zufrieden, hingefallen, ausgerutscht. Er weinte nie. Währenddessen. Erst danach, in seinem Zimmer. Leise. Ganz leise. Sie durfte es nicht hören, denn sonst kam sie zurück, immer.

Ihre Anklagen hatten ihm schreckliche Angst eingejagt. War er wirklich das Böse? Wieso? Was konnte er dagegen tun?

Immerhin auf die letzte Frage hatte er inzwischen eine Antwort gefunden.

Er lächelte und schaltete das Radio aus.

Die Jagd war eröffnet.

Er war wach.

Und vorbereitet.

Sechs Personen versammelt um den ovalen Tisch im Sitzungsraum der Polizeiinspektion Oberviechtach. Trügerisch ruhig. Eine Weile hörte man nur das schwere Atmen des siebten Beamten im Zimmer. Helbich stand vor der Tafel. Sein Bauch wölbte sich unter dem beige-gelben Diensthemd hervor, das er schlampig in die Hose gestopft hatte. Er seufzte.

Spichtinger lehnte sich auf seinem harten Holzstuhl zurück und spielte mit einem Kugelschreiber. Er blickte aus dem Fenster auf die Straße, dann zu seinen Kollegen. Alle wirkten konzentriert und ernst. Ein nackter Mann an einem Baum. Ermordet. Der stadtbekannte Architekt mit dem Ruf eines Schürzenjägers; das erweiterte den Kreis der Verdächtigen erheblich. Eines war sicher: Das war ein Skandal. Die Kleinstadt würde beben vor Gerüchten, kein Mensch würde sich mehr sicher fühlen. Sie mussten den Schuldigen finden, so schnell wie möglich. Er sah zu Helbich, der sich räusperte. Seine Stirn war zerfurcht, und mit seinen Hängebacken wirkte er ein wenig wie eine traurige Dogge.

»Nun, rekapitulieren wir. Der Tote heißt Heinrich Schönthaler, vermisst gemeldet seit gestern früh, also Freitagmorgen, von seiner Frau. Gefunden wurde er heute kurz nach zehn Uhr von einer gewissen Heidi Ebneth, die wie unser Kollege Spichtinger (kurzes Nicken in Spichtingers Richtung) an der Wanderung des Oberpfälzer Waldvereins zum Aussichtsturm am Stückstein teilgenommen hat. Die Spurensicherung arbeitet noch vor Ort, sie dürften bald fertig sein. Den Leichnam haben sie abgeholt, er ist unterwegs nach Amberg zur Autopsie. Vor übermorgen werden wir da nichts Konkretes erfahren. Was den Todeszeitpunkt angeht, wollten die Techniker sich noch auf keine Schätzung einlassen. Müssen wir abwarten. Mindestens aber vierundzwanzig Stunden vor Fundzeit, so viel konnten sie schon mal sagen. Schönthaler hat seine Frau Donnerstagabend um sieben angerufen, um sich zu entschuldigen, dass er nicht zum Essen kommen kann, das ist vorerst das letzte Lebenszeichen, das wir von ihm haben. Angeblich hatte er noch ein Arbeitstreffen, was aber nach Aussage seiner Sekretärin nicht stimmt. Er war mit seinem Wagen unterwegs, einem Mercedes, den haben wir bisher noch nicht gefunden. Die Fahndung ist raus. Was haben wir sonst noch?«

Pete ergriff das Wort.

»Wir hatten Glück.«

Verwundert starrte Helbich ihn an.

»Glück?«

»Schon«, antwortete Pete. »Normalerweise holt sich der Fuchs die Innereien. Da war aber noch alles dran.«

Spichtinger schüttelte sich und sah an den betretenen Mienen der anderen, dass ihnen die Vorstellung einer vom Fuchs zerfetzten Leiche auch Bauchschmerzen bereitete.

»Alles dran. Na ja, immerhin hat der Mörder dem Opfer das Gesicht zertrümmert, ihm mehrere Messerstiche zugefügt und das Geschlechtsteil abgeschnitten«, stellte Lena nüchtern fest.

»Vielleicht«, meldete sich Mich zu Wort, »hat der Täter

den Schönthaler in, sagen wir mal, einem Anfall von Eifersucht erschlagen, und dann hat er hinterher nicht gewusst, was er mit dem Körper anstellen soll, und ihn einfach dahin gesetzt.«

Spichtinger schüttelte entschieden den Kopf.

»Das ist doch Blödsinn. Wenn es so gewesen wäre, dann hätte er ihn einfach vergraben oder unauffälliger entsorgt. Der Mord muss geplant gewesen sein. Der Mörder wollte eine Botschaft hinterlassen.«

»Und wie lautet Ihrer Meinung nach … diese Botschaft?«, fragte Helbich.

Spichtinger zuckte ratlos die Achseln.

»Das abgeschnittene Glied deutet auf einen sexuellen Zusammenhang hin«, bemerkte Lena.

Die Furchen auf Helbichs Stirn wurden eine Spur tiefer.

»Bitte keine voreiligen Schlüsse. Das Getratsche unter den Leuten wird früh genug einsetzen, es geht um den Ruf eines Mannes, der sich hier in der Stadt um vieles verdient gemacht hat. Bitte bedenken Sie das!«

Lena nickte. Spichtinger warf ihr einen Seitenblick zu. Sie wirkte nicht im Geringsten beeindruckt von Helbichs rüder Zurechtweisung.

Der Chef fuhr fort:

»Diese Sache hat natürlich oberste Priorität. Ich habe bereits Anrufe vom Landrat und vom Staatsanwalt bekommen. Sie haben gefragt, ob wir Verstärkung brauchen, aber dazu sehe ich vorerst keinen Anlass.«

Typisch Helbich. Jede Einmischung ging ihm gegen den Strich. Am liebsten wäre es ihm wahrscheinlich gewesen, ganz allein in der Inspektion zu sein.

»Wie gehen wir vor, Chef?«, fragte Hauser. Ausnahmsweise keine dumme Frage. Irgendwo mussten sie ja anfangen.

»Sie und ich, Hauser, wir werden Frau Schönthaler einen

Besuch abstatten und sehen, ob wir etwas herausfinden können. Dabei müssen wir mit Fingerspitzengefühl und Takt vorgehen. Das hier ist eine delikate Angelegenheit, ich hoffe, Sie haben das alle begriffen.«

Helbichs Blick blieb an Spichtinger haften. Dieser nickte hastig.

»Gut. Spichtinger, Sie schauen mal bei Schönthalers Sekretärin vorbei, vielleicht hat die ja was zu erzählen. Nehmen Sie Frau Preisler mit.«

Helbich wandte sich an Pete und Mich.

»Sie …«

Welche Mission die beiden erwartete, blieb ein Geheimnis. Helbich wurde vom Klingeln seines Handys unterbrochen.

»Helbich!«

Die Stimme am anderen Ende war so laut, dass die ganze Truppe im Raum mitbekam, was sie sagte.

»Wir haben den Wagen gefunden!«

Manfred parkte den Audi auf einem soeben frei gewordenen Parkplatz vor der Kirche auf dem Oberviechtacher Marktplatz. Als sie ausstiegen, fuhr ihnen der böhmische Wind in die Glieder. Die Sonne lugte zwischen ein paar Wolken hervor und schickte schüchterne Strahlen herab. In den Pfützen des mit Kopfsteinpflaster ausgelegten Platzes spiegelte sich die Fassade des ehemaligen Eisenbahnmuseums, das vor ein paar Jahren in ein schickes Eiscafé verwandelt worden war. Ein vermutlich noch junger Kreativgeist hatte »Scheiß Kapitalisten« an die Hauswand gesprüht. Der Brunnen davor plätscherte munter vor sich hin.

Ein älterer Mann in schwarzem Mantel und Hut schlurfte mit gebeugtem Rücken die Stufen zur Kirche empor.

Karin merkte, dass sie lächelte, als sie auf das Eiscafé zuging. Sie erinnerte sich an die Einweihungsfeier. Dort hatte sie zum ersten Mal mit Heiner gesprochen. Er hatte eine wunderbare Rede gehalten, und sie hatte ihm anschließend zur gelungenen Inneneinrichtung gratuliert. Er war sehr höflich und zuvorkommend gewesen, hatte ihr immer wieder zugenickt, obwohl ihn die anderen Leute im Raum umschwärmten und ihm keine Sekunde Ruhe schenkten.

Rasch wandte sie das Gesicht ab, damit Manfred keine neugierigen Fragen stellte. Wieso lächelst du, Schatz? Nicht jetzt, sie wollte diese Erinnerungen genießen, sich beim Eintreten noch einmal vorstellen, wie sie Heiner erblickte, wie sie leicht errötete, wie er ihr zunickte. Ihre Gedanken wanderten zurück zu vorgestern Abend: der Sonnenuntergang, Heiners Blick, diese geradezu magische Stimmung. Ein paar Tage zuvor hatten sie zusammen gegessen, in Weiden, die Mahlzeit war hervorragend, Heiner hatte den Wein dazu gewählt und fachmännisch gekostet, er war eine Art Weinexperte, und sie hatte sich auserwählt gefühlt, wie auf einer kleinen Wolke, noch kein Mann hatte solch ein Selbstbewusstsein in ihr geweckt, ihr das Gefühl gegeben, so schön zu sein. Als er ihr zugeprostet hatte, drückten seine Augen genau das aus, du bist herrlich, er musste es gar nicht sagen, und es hatte sie fast erschreckt, wie sehr sie sich auslieferte, vollkommen und ohne Zurückhaltung.

»Wo willst du sitzen?« Manfreds müde Stimme brachte sie zurück in die Wirklichkeit. Karin zuckte die Achseln.

»Da drüben?«, sagte sie und zeigte auf zwei freie Plätze am Fenster. Das Lokal war gut besucht, fast alle Tische im Erdgeschoss waren besetzt, vor allem Touristen, die sich bei diesem Regenwetter mit einer Tasse Tee aufwärmen wollten.

Sie nahmen Platz, und Karin kramte in ihrer Handtasche nach einem Lippenstift. Nicht weil sie es nötig gehabt hätte, sich zu schminken, sondern um irgendetwas zu tun. Sie wusste nicht, was sie sagen sollte. Manfred und sie hatten kein interessantes gemeinsames Gesprächsthema, seit Langem schon nicht mehr. Ständig ging es um seine Praxis, Patientengeschichten, das Haus, den Garten, das Auto, das Zweitauto. Sie spürte, wie Kälte in ihr aufstieg, wie war es möglich, dass sie diesen Mann, der ihr gegenübersaß, jemals geliebt hatte? Früher hatte sein Wort ihr etwas bedeutet, seine Meinung. Sie hatte an seinen Lippen gehangen, wenn er redete, er hatte sie manchmal verletzt, wenn er nicht zuvorkommend genug gewesen war, wenn er sie nicht oft genug angerufen hatte. Früher hatte sie darauf bestanden, dass er sie mindestens einmal aus der Praxis anrief, damit sie wusste, wann er heimkommen würde, und seine Stimme hörte. Völlig absurd. Er langweilte sie. Am liebsten wäre sie schnurstracks wieder aufgestanden und gegangen. Seine Gegenwart machte sie ganz kribbelig, sein Tick, sich ständig mit der linken Hand über das Kinn zu streichen und an seinem Schnurrbart zu zupfen. Eigentlich hasste sie Schnurrbärte! Sie hatte sich nur nie getraut, es ihm zu sagen. Er war so stolz darauf. Schnippelte jeden Tag daran herum, betrachtete sich minutenlang von allen Seiten im Spiegel, um sich zu vergewissern, dass er auch wirklich perfekt gleichmäßig saß.

Vor zwei Jahren hatte sie hier mit einer Freundin gesessen und über Beziehungen, die Liebe und das Leben geplaudert. Damals hatte ihre Freundin sie gefragt, welche Träume sie habe, und Karin hatte pflichtschuldig ihre Ehe erwähnt und dass sie mit Manfred an der Seite alt werden wolle. Damals hatte sie nicht gelogen, sie hatte es ehrlich gemeint, in ihr glühte zu dieser Zeit noch ein Funken, sie wollte mit all ihrer Kraft und Energie für ein Leben mit Manfred kämpfen, damals. Wie weit das doch jetzt weg war. Nichts schien ihr jetzt abwegiger als der Gedanke, noch Jahre später neben Manfred aufzuwachen. Sie wusste gar nicht, wie sie es aushalten sollte, ihn überhaupt noch zu sehen. Manfred war mit seinen zweiundfünfzig Jahren knapp zehn Jahre älter als sie, die sah man ihm allerdings kaum an, er trieb viel Sport und war noch sehr gut in Form. Er war vor ihr schon einmal verheiratet gewesen, mit einer Schwedin, Lara oder Mara, Karin hatte den Namen vergessen. Sie hatte ihn verlassen, die genaue Geschichte hatte Manfred ihr nie wirklich erzählt, und sie hatte nicht darauf bestanden. Sein altes Leben interessierte sie nicht. Wenn sie so nachdachte, musste sie sich eingestehen, dass sie ihren Gatten eigentlich gar nicht richtig kannte. Wer war der Mann, der ihr hier gegenübersaß? Seine Eltern hatte sie nie getroffen, was ihr nichts ausmachte, aber seltsam war es ja schon. Er wiegelte Fragen nach seiner Familie rigoros ab. Sein Vater war vor zwanzig Jahren sehr jung gestorben, gerade sechzig Jahre alt, und die Geschwister hatten sich über dem Erbe zerstritten. Vor allem seinem Bruder verzieh er es nicht, wie er ihn dabei »betrogen« hatte, wie er immer sagte. Karin mischte sich nicht ein. Vor Jahren, kurz nach ihrer Hochzeit, waren sie einmal an dem Bauernhof vorbeigefahren, den der Bruder nach dem Tod des Vaters übernommen hatte. Außer einem grünen Torbogen und einem kläffenden Hund hatte sie nichts in Erinnerung. Manfreds Vergangenheit war ein weißes Blatt.

»Was möchtest du?« Standardfrage Nummer zwei. Nichts außer banalen Standardphrasen. Am liebsten hätte sie geschrien.

Karin atmete tief durch und lächelte, so gut es ging. Aber Manfred merkte sowieso nichts. Er war in die Karte vertieft und tippte mit den Fingern auf die Tischplatte. Noch so eine Manie: dieses verdammte Tippeln. Karin war kurz davor, ihm die Karte aus der Hand zu reißen und sie ihm brüllend um den Kopf zu hauen.

Sie knetete die Hände im Schoß und presste hervor:

»Einen Latte.«

Plötzlich war ihr zum Heulen zumute. Wenn Manfred

jetzt aufsehen und sie mit seinem Hundeblick mustern würde, wäre es um sie geschehen. Sie würde ihm alles sagen. Sie konnte einfach nicht mehr. Für ihn war sie doch nur noch eine Sache, ein Möbelstück, das er nach Belieben hin und her schob, das ihm in der Früh netterweise den Kaffee vorsetzte und immer schön dafür sorgte, dass zu Hause alles sauber war. In ihrem Kopf formten sich schon die Worte, die sie ihm sagen würde:

»Manfred, ich möchte dich nicht verletzen, und du bist ein wunderbarer Mensch (Notlüge, um den Schock aufzufangen), aber meine Gefühle haben sich geändert. Ich liebe dich nicht mehr. Ich möchte, dass wir uns scheiden lassen.«

Seine logische Antwort wäre:

»Hast du jemand anderes kennengelernt?«

Was würde sie darauf sagen? Die Wahrheit? Dass sie sich an seiner Seite wie tot und begraben fühlte, dass sie wiederauferstanden war, als sie Heiner begegnete? Dass sie ihn einmal geliebt hatte, aber dass es aus und vorbei war?

Sie wusste nicht, wie er darauf reagieren würde. Sie *wusste* es einfach nicht. Ihr Mann war ein Unbekannter. Sein Innenleben war wie von einer riesigen Steinmauer umgeben, die sie noch nie hatte überwinden können. Sie hatte es auch nie wirklich versucht. Sie war verliebt und wollte diese Liebe ausleben. Heiner würde seine Frau verlassen, diese Hexe, die ihn aussaugte.

»Ich nehme einen chinesischen Grüntee mit Jasmin, glaube ich«, meinte Manfred hinter der Karte.

Nimm, was du willst, dachte Karin und blickte aus dem Fenster.

Es regnete wieder. Der ältere Mann im schwarzen Mantel kam gerade aus der Kirche, spannte einen Regenschirm auf und überquerte den Marktplatz vor dem Café. Er sah in sich gekehrt aus.

Einen Spontanurlaub hatte Heiner vorgeschlagen. In den

Süden. Weg hier. Nur ein paar Tage. Nur sie beide, in einem Hotel, am Strand. Meer, blauer Himmel.

Sie seufzte.

Konnte es nicht erwarten.

Nur seltsam, dass er auf keinen ihrer Anrufe reagierte. Nicht einmal eine SMS. Das kam vor, wenn er sehr viel zu tun hatte, aber heute war doch Samstag, da arbeitete er normalerweise nicht.

Na ja, sie würde es nachher noch einmal probieren.

Wenn sie hier fertig war.

Auf einmal hatte sie den Eindruck, dass Manfred sie über den Rand der Karte musterte.

»Was ist?«, fragte sie. Sie brachte es nicht über sich, Schatz zu sagen. Sie merkte, wie aggressiv ihre Frage klang. Beinahe wie das Zischen einer Schlange. Einer Schlange, die sich bedroht fühlte.

Ahnte Manfred etwas?

»Nichts, nichts«, antwortete er achselzuckend. »Du wirkst nur etwas abwesend.«

Abwesend. Wie gern wäre sie abwesend. Aber genau das Gegenteil war der Fall. Sie war da. Gefangen. Belagert. Ausspioniert. Hatte den Eindruck, dass alle Blicke auf ihr ruhten. Als wäre sie nackt. Wer wusste, was die Leute über sie redeten?

Karin war so müde.

Jedes Mal, wenn sie an die Menschen in dieser Stadt dachte, wurde sie müde, wie gelähmt. Sie sollte sich schämen. Immerhin hatte sie Psychologie studiert, zumindest in der Theorie wusste sie, dass dieser Klatsch und Tratsch kein Ausdruck von Boshaftigkeit und Dörflichkeit war, auch in der Stadt redeten die Leute schlecht über andere, nur war es hier einfach viel offensichtlicher. Weniger versteckt.

Ihre Müdigkeit war sowohl physisch als auch psychisch. Einerseits hauchte ihr das Verhältnis mit Heiner neue Energie ein, ließ sie tiefer atmen. Aber zugleich kostete dieses Geheimnis sie immer mehr Kraft. Es war in den vergangenen Monaten immer größer geworden, hatte ungeahnte Ausmaße angenommen. Das fraß sie langsam aber sicher auf. Je länger dieses Spiel dauerte, desto angekratzter wurde das Bild, das sie sich von ihrer Zukunft mit Heiner machte. Die Zeit für den Absprung war gekommen, ehe alles noch den Bach hinunterging.

Manfred war nicht blind, früher oder später würde er sich Gedanken machen. Sie war sich dieses Risikos wohlbewusst. Und es jagte ihr eine Gänsehaut über den Rücken. Sie kannte ihren Mann nicht gut, aber sie ahnte, dass seine Reaktion sehr heftig ausfallen würde. Über seine Ex-Frau sprach er nie, einmal hatte er ihr gesagt, dass sie für ihn gestorben war. Mit eisiger Stimme. Allein deswegen hatte sie dieses Thema nie wieder angeschnitten.

Wieder blickte Manfred sie über den Rand der Karte an. Irrte sie sich oder war da ein Funkeln in seinen dunklen Augen? Instinktiv rutschte sie ein wenig auf ihrem Stuhl zurück, fasste sich an den Ärmel und zupfte daran herum.

»Wo warst du eigentlich Donnerstagabend?«

Karin erstarrte.

»Wieso?«

»Nur so. Ich habe versucht, dich zu Hause zu erreichen, aber du bist nicht rangegangen.«

»Ich war nur auf einen Sprung bei Gisela.« Sie biss sich auf die Lippen. Dumme Ausrede. Das konnte er leicht nachprüfen. Sie hätte doch nur zu sagen brauchen, dass sie mal kurz im Garten gewesen war oder einen Spaziergang gemacht hatte.

Doch Manfred nickte und schien sich mit dieser Antwort zufriedenzugeben.

Plötzlich war der Gedanke da.

Hässlich und beharrlich.

Vielleicht ahnte er etwas.

Hatte er sich in letzter Zeit irgendwie verändert? Schwer zu sagen. Sie hatten in den vergangenen Wochen und Monaten nebeneinanderher gelebt.

Routine. Aufstehen. Ein flüchtiges »Guten Morgen«. Dann in die Küche, Kaffee aufsetzen, Tisch decken, während er von draußen die Zeitung holte. Schweigend essen. Manchmal fragte sie sich, wieso sie mit ihm aufstand. Sie hatten sich ja ohnehin nichts zu sagen. Aber sie brauchte einen festen Tagesablauf, das gab ihr Sicherheit. Nach dem Frühstück fuhr er in die Praxis, und sie kümmerte sich um Einkäufe und Haushalt, traf Bekannte, führte Schnuppi, ihren kleinen Pudel, Gassi. Abends kam Manfred müde von der Arbeit zurück, um sofort wieder zu irgendwelchen Treffen oder Stammtischen zu verschwinden.

Er saß ihr gegenüber, aber trotzdem war er nicht da.

Zwischen ihnen hatte sich ein Raum aufgetan, den sie nicht betreten durfte, ein Raum, der sich nach und nach in einen unüberwindlichen Abgrund verwandelte.

Eine rundliche, freundlich dreinblickende Bedienung kam an ihren Tisch.

»Was darfs denn sei?«

Manfred bestellte.

Karin hörte nur mit halbem Ohr hin, ganz in Gedanken versunken. Erwiderte automatisch das Lächeln des Mädchens, das einen ganz furchtbaren Rock trug. Wie konnte man sich so in der Öffentlichkeit zeigen? Sie selbst würde vor Scham im Erdboden versinken. Aber die Kleine glaubte wahrscheinlich, dass ihr der Sack stand. Selig die Armen im Geiste.

Die Bedienung kritzelte die Bestellung auf ihren Zettel und watschelte davon.

Warum fühlte sie sich plötzlich so unbehaglich?

Sie nahm eine Spannung wahr, beinahe elektrisch, irgendetwas stimmte nicht mit Manfred. Und da fiel es ihr wie Schuppen von den Augen: Sein Verhalten war zu kühl und unberührt. Er riss sich zusammen. Spielte den Entspannten. Innerlich kochte er. Seit zehn Minuten starrte er jetzt schon auf diese verdammte Karte!

Karin strich über ihr Kleid. Sie merkte, wie ihre Hand zitterte. Die Stille wurde immer unerträglicher, war jetzt nicht mehr gleichgültig und banal, sondern bedrohlich und unheimlich.

Draußen grollte Donner in der Ferne. Ein Gewitter zog auf. Auch das noch.

»Hast du das vorhin im Radio gehört?«

Manfreds Blick bohrte sich in ihre Augen. Karin begann zu schwitzen. Im Radio? Wieso kam er ihr jetzt mit dem Radio?

»Was denn?«

»Am Stückstein haben sie eine Leiche gefunden.«

Karin erblasste.

Am Stückstein? Genau dort hatten Heiner und sie … Sie wagte es nicht, den Gedanken zu Ende zu führen.

»Was? Wissen sie schon, wer es ist?« Sie versuchte, so unbeteiligt wie möglich zu klingen, merkte aber, wie ihre Stimme zitterte.

»Ja.«

Und noch ehe er es aussprach, wusste sie, was er sagen würde.

»Heiner Schönthaler. Der Architekt.«

Die Aprilkälte ließ den Atem vor Spichtingers Gesicht dampfen. Wenn man friert, soll man sich warme Gedanken machen, sagte seine Mutter immer.

Ich muss sie irgendwann mal fragen, wo man die herkriegt.

Hier jedenfalls wird mir ganz und gar nicht warm, dachte er mürrisch.

Die blätterlosen Buchen, die vom Borkenkäfer totgefressenen, im Wind knarrenden Fichtenleichen, die kargen Felsenhaufen: Ihm lief ein Schauer den Rücken hinunter.

Seine Kollegen waren allesamt zum Wagen des Opfers geeilt, den ein Beamter mehr aus Zufall als aus besonderer Wachsamkeit – er musste dringend pinkeln – auf dem alten Parkplatz unterhalb des ehemaligen Skilifts gefunden hatte. Jetzt wuselten sie vermutlich gerade alle um den Wagen herum wie eine E-Jugend-Mannschaft um den Fußball und traten sich gegenseitig auf die Haxen.

Er hatte die anderen aussteigen lassen und war weitergefahren, wieder den Stückstein hoch. Von Weitem hatte er die Techniker am Wagen herumwerken sehen. Dort war er ohnehin nutzlos. Lieber noch einmal den Fundort untersuchen, ehe der letzte Rest von Tageslicht verschwand. Es war erst kurz nach sechzehn Uhr, doch die Dämmerung setzte bereits ein. Er fröstelte.

Er hatte den Wagen am Wegende stehen lassen, dort, wo der Steig in Richtung Marienbrunnen anfing. Jetzt war er unterwegs zur Buche. Die Leiche war vor zwei Stunden nach Amberg abtransportiert worden.

Der Anblick würde ihm also erspart bleiben.

Als er sich dem abgesperrten Bereich näherte, sah er sofort, dass etwas nicht stimmte. Das Absperrband flatterte im Wind. Jemand hatte es gelöst, in Stücke gerissen und an mehreren Ästen in etwa einem Meter fünfzig Höhe aufgehängt. Rund um die mächtige Buche, an der die Leiche gelehnt hatte: ein rot-weißes Fahnenmeer.

Eine Warnung? Ein Abschiedswinken? In Spichtingers Kopf überstürzten sich die Fragen. Lange konnte das noch nicht her sein. Die Techniker waren vor höchstens einer Stunde abgezogen.

Spichtinger spürte, wie sich sein Magen zusammenzog. Er blickte sich in alle Richtungen um. Niemand zu sehen. Und doch konnte der Schuldige nicht weit sein. Vielleicht versteckte er sich gerade hinter einem Felsen und beobachtete ihn.

Hastig zückte er sein Handy und stöhnte verzweifelt auf, als er sich erinnerte, dass er hier ja keinen Empfang hatte.

Er trat näher heran, um das groteske Schauspiel genauer zu besehen. Die Bänder war säuberlich um die Äste gewickelt und verknotet worden. Wer auch immer das getan hatte, er wollte damit ein Signal senden. Nur welches?

Als sein Blick von den Bändern die Stämme entlang nach unten wanderte, setzte sein Herz einen Schlag aus.

Wieder die Stangen!

Genau wie bei der Buche, an der Architekt Schönthaler gefunden worden war. Sie waren unterschiedlich lang und lehnten in einem Fünfundvierzig-Grad-Winkel gegen die Stämme. Spichtinger zählte zehn Bäume im direkten Umkreis der Buche, die von solch einem Kranz umgeben waren.

Er traute seinen Augen nicht.

Jeder größere Baum schien betroffen. Hektisch lief er ein paar Meter den Hang hoch. Dort auch. Überall. Egal, ob kurze Stümpfe oder dünne Stäbe, wer auch immer das getan hatte, er oder sie hatte einfach die erstbesten Zweige gegriffen und gegen die Bäume gestellt.

Spichtinger rannte nun fast. Von Baum zu Baum. Warum war ihm das vorhin noch nicht aufgefallen? Jetzt, wo er darauf achtete, stach es ihm fast ins Auge. Aber das war nicht alles. Alle zehn Meter hingen Plastikfetzen an den Ästen, in etwa anderthalb Meter Höhe, wie das Absperrband. Sorgfältig befestigt.

Spichtinger sog tief die Luft ein. Mahnte sich zur Ruhe. Es half nichts, jetzt durchzudrehen.

In dem Moment stellte er fest, dass die Dunkelheit den

Berg immer mehr einnahm. Die dichten Baumkronen bildeten schon ein massives Dach über seinem Kopf, der graue Himmel war zu schwach, um seine Lichtreste bis zum Boden zu schicken, bald würde Spichtinger die Hand nicht mehr vor Augen sehen.

Erleichtert und widerwillig zugleich schlug er den Rückweg zum Auto ein. Er musste den anderen von seiner Entdeckung berichten. Morgen würde er dann noch einmal in den Wald fahren, dann aber in Begleitung. Allein war es ihm eindeutig zu beklemmend.

Er beschleunigte den Schritt. Stolperte beinahe über eine Wurzel. Die hereinbrechende Nacht schien ihm etwas zuzuflüstern, die Blätter raschelten im Wind, verkündeten sie weiteres Unheil?

Spichtinger war beinahe wieder unten am Weg angekommen, als er rechts zwischen den Bäumen einen hellen Fleck wahrnahm, der sogleich wieder verschwand.

War da jemand?

Ohne weiter nachzudenken, bog Spichtinger rechts ab.

Da knackte unweit vor ihm ein Ast.

Er spitzte die Ohren, sein Puls begann zu rasen.

Kein Zweifel, da war jemand.

Vielleicht war es nicht klug gewesen, allein hierher zurückzukommen. Vielleicht hätte er einen Kollegen mitnehmen sollen. Aber jetzt war es zu spät. Der Druck in seiner Brust stieg. Bäume, totes Laub am Boden, Wurzeln, Felsen, kleine Sträucher.

Nichts zu sehen.

Und doch spürte er eine Präsenz.

Der Wald schien ihn anzufauchen, mit der ganzen Kraft seiner grünen Lunge.

Da war etwas in seiner Nähe.

Spichtinger blieb stehen.

Was?

Der Wind machte eine kurze Pause. Es wurde mucksmäuschenstill. Kein Vogel, kein Blatt, keine Grille. Nichts regte sich. Und doch spürte er Bewegung.

Kauerte da jemand? In seinem Kopf hetzte eine Frage die nächste, bohrte sich in seinen Magen und verwandelte sich in Gänsehaut.

Und dann musste er plötzlich an die Leiche denken. Das entstellte Gesicht, den mit Wunden übersäten Körper und das verstümmelte Glied. Himmel, war das leichtsinnig, allein hier rumzulaufen!

Vorsichtig ging er weiter. Trat mit Absicht auf ein paar Äste, irgendwie beruhigte ihn das Geräusch. Links unten sah er den Weg auftauchen.

Da sprang vor ihm plötzlich ein Motor an. Ein Moped.

Spichtinger spurtete los, achtete nicht auf die Zweige, die ihm ins Gesicht schlugen, stürzte auf den Weg und sah gerade noch ein rotes Moped in der Kurve verschwinden.

Er setzte nach.

Wie schnell fuhr so ein Fahrzeug? 25 Stundenkilometer? Nie im Leben würde er es einholen.

Wenn er doch nur seine Turnschuhe anhätte! Die braunen Lederschuhe rutschten auf dem Kiesweg.

Hinter der Biegung folgte eine lange Gerade. Der unbekannte Fahrer hatte deren Ende schon fast erreicht. Vage konnte er eine in eine grüne Kapuzenjacke gehüllte Gestalt erkennen, die sich über den Lenker beugte. Sie trug eine gelbe Mütze. Das Nummernschild war nicht auszumachen. In der nächsten Sekunde war das Gefährt weg.

Schnaufend blieb Spichtinger stehen und stemmte enttäuscht die Hände in die Hüften. Zum Auto zurückrennen und hinterherrasen hatte keinen Sinn, der andere war längst über alle Berge.

Langsam machte er kehrt.

Einen Hinweis hatte er immerhin. Das rote Moped. So

viele dürfte es hier in der Gegend nicht davon geben. Wäre doch gelacht, wenn er den Fahrer nicht aufspüren könnte! Und damit vielleicht auch den Mörder.

Ein altbekanntes Kribbeln setzte ein. Seine Schritte wurden sogleich beschwingter. Das wäre was, der Chef würde Augen machen! Und vielleicht könnte er damit auch bei Lena punkten. Hätte er doch nur schneller reagiert! Im Spurt hätte er dem Unbekannten von hinten die Beine weggesäbelt, ihn fachgerecht zu Fall gebracht und ihm die Arme hinter dem Rücken verdreht. Winselnd hätte der andere um Gnade gefleht. Ach verflixt!

Er steckte den Schlüssel ins Schloss, zog die Tür auf und ließ sich seufzend auf dem Fahrersitz nieder. Hatte nicht sein sollen.

Er war kaum ein paar hundert Meter gefahren, da klingelte sein Handy. Ah, offenbar wieder Empfang!

»Verdammt noch mal, Spichtinger! Wo steckst du denn?«, fluchte Mich. »Ich frier mir hier mit Hauser am Parkplatz einen ab. Ich versuch schon seit einer halben Ewigkeit, dich zu erreichen. Der Chef ist mit den anderen nach Ovi zurück, er hat ne Sitzung anberaumt. Es gibt Neues!«

»Bei mir auch! Ich …«

»Schau, dass du schleunigst hier auftauchst! Es ist arschkalt.«

Tine Haberl schob die Gardine zur Seite. Unten parkte Sepp gerade sein Mofa vor der Garage. Unter der Kapuze konnte sie sein Gesicht nicht sehen. Aber er wirkte aufgeregt. Seine Bewegungen waren fahrig. Er brauchte drei Anläufe, bis er den Ständer herausgekickt hatte, dabei kippte das Fahrzeug beinahe um.

Was war denn mit dem los?

Sie hörte ihn fluchen, während er auf die Eingangstür zuging. Er war mal wieder in Selbstgespräche vertieft. Vermutlich unter seinem normalen Pegel. Schlecht gelaunt. Würde sich schon wieder beruhigen, wenn er einen Schluck aus der Pulle genommen hatte.

Beim Gedanken an Alkohol wandte sich Tine Haberl vom Fenster ab und setzte sich wieder auf ihr Bett. Sie tastete nach der Flasche, die kaum versteckt neben dem Nachttischchen stand.

Tine Haberl wohnte seit gut drei Jahren im Heim für Drogen- und Alkoholsüchtige in Weiding. Das hatte sie ihrer Familie zu verdanken, die sie hierher abgeschoben hatte. So viel kapierte sie, ihr Gehirn war noch nicht völlig kaputtgesoffen. In der ganzen Zeit war ihre Schwester zweimal zu Pflichtbesuchen aufgetaucht. An Weihnachten. Und letztes Jahr nicht einmal mehr das. Wahrscheinlich, um kein schlechtes Gewissen zu bekommen. Wenn sie sich nämlich ernsthaft mit der Sache auseinandergesetzt hätte, dann hätte sie schnell einsehen müssen, dass dieses Heim für Entzug eher ein Drogen- und Schnapsumschlagsplatz war. Wer hier ankam und noch nicht völlig medikamenten-, alkohol- oder drogenabhängig war, der wurde es bald.

Den Pflegern war es egal. Nur ein Minimum an Diskretion galt es zu wahren. Solange sie sich in ihren Zimmern abschossen, ging das in Ordnung. Die Flaschen und Spritzen, die zu offenkundig herumlagen, wurden konfisziert, zumeist zum Eigengebrauch. Deshalb hütete hier jeder seine Sachen wie kleine Schätze.

Tine griff nach der Flasche und nahm einen kräftigen Schluck.

Jim Beam. Ihr Himmelreich.

Draußen auf dem Flur schlug eine Tür.

Sie legte sich auf den Rücken und starrte die weiße Decke an. Frisch gestrichen. Roch noch nach Farbe. Das Zimmer war lächerlich klein, aber das war ihr nur recht. Je weniger Raum sie umgab, desto weniger Raum musste sie ausfüllen. Sie war ganz schlecht im Raumausfüllen.

Tine Haberl schaltete den Fernseher ein, die Fernbedienung lag stets griffbereit auf dem Bett. Lautes, künstliches Lachen schallte durch das Zimmer. Sie hustete in ihre Hand. Eine Angewohnheit, die ihr der Vater eingeprügelt hatte, schon als kleines Kind. »Halt verdammt noch mal die Hand vor, wenn du hustest! Ich hab keine Lust, mir deine Scheißbazillen einzufangen!« Klonk. Seine Kopfnüsse taten besonders weh, wenn er sie doch nur geohrfeigt hätte, stattdessen schlug er sie immer mit den Fingerknöcheln von oben auf den Kopf. So hatte sie es sich angewöhnt, in die Hand zu husten.

Tine war Mitte fünfzig, sah aber aus wie achtzig. Mit ihrem aufgedunsenen und fleckigen Gesicht konnte sie niemanden täuschen, lange würde sie es nicht mehr machen. Vor allem nicht ihre Leber.

Sie stank.

Hatte keine Lust, sich zu waschen.

Der Fernseher flimmerte, brabbelte, sie sah nicht hin. Im Flur ging wieder eine Tür. Dürfte die Nummer acht sein. Sepp. Schlurfende Schritte näherten sich ihrer Zimmertür.

Ohne anzuklopfen, drückte Sepp die Tür auf.

»Mach die Scheißglotze aus, das hört man bis zu mir rüber!«, grunzte er.

»Was ist dir denn für eine Laus über die Leber gelaufen?«, erwiderte Tine. Ihr Ton war jedoch versöhnlich. Wenn Sepp mies drauf war, reizte man ihn besser nicht. Wäre nicht das erste Mal, dass er austickt. »Siehst müde aus.«

Auch wenn man es ihm inzwischen nicht mehr ansah: Sepp hatte sich in den siebziger Jahren von der Bodybuilder-Welle mitreißen lassen. Er war ein paar Jahre älter als Tine, wirkte aber zwanzig Jahre jünger. Der Alkohol hatte seine Muskeln abschlaffen lassen, aber sein Oberkörper war noch immer gewaltig. Im krassen Gegensatz zu seiner Beinmuskulatur, die sich so sehr abgebaut hatte, dass man sich wunderte, wie sie das enorme Gewicht überhaupt tragen konnte.

»Halt die Klappe, alte Schnapsdrossel«, brummte er und ließ sich auf den Sessel neben dem Bett fallen. »Schraub deine Flasche zu und komm her.«

Tine nahm ihm die Beleidigung nicht übel. Sie wusste, dass er es im Grunde nicht böse meinte. Sepp war noch einsamer als sie, wenn es das gab. Hatte keine Familie, keine Geschwister, Onkel oder Tanten. Die Eltern waren seit Langem tot.

Er erzählte ihr oft von den Wettbewerben, an denen er früher teilgenommen hatte. Von den unglaublich schweren Gewichten, die er gestemmt hatte, den Steroiden, den Amphetaminen. Alles querbeet, was er gerade bekommen und sich leisten konnte. Über die auf der Packungsbeilage vorgegebenen Dosierungen hatte er damals nur gelacht. Sein hartes Training brachte Entzündungen mit sich, die er mit Schmerzmitteln behandelte, ebenfalls maß- und hemmungslos, sein Herz wuchs und wuchs, es war so groß, dass es sicher den Wettlauf gegen den Alkohol gewinnen und ihn unter die Erde bringen würde.

Sepp hatte einen Hängebauch und so schlappe Brüste wie eine Schwarze aus der Sahelzone, die fünfzehn Kinder gestillt hat. Auch seine Bauchmuskeln waren im Arsch. Seit Jahren trainierte er nicht mehr, lief nur den ganzen Tag durch den Wald. Er war noch nie der Hellste gewesen, aber der Whiskey hatte die wenigen Gehirnzellen, die er hatte, auch noch durchgebrannt.

Der Whiskey.

Eine Leidenschaft, die verband.

Tine seufzte.

Sie wusste, was er von ihr erwartete.

Natürlich würde sie ihm den Wunsch erfüllen. Er war ja auch da, wenn sie ihn mal brauchte.

Sie fuhr sich mit der Zunge über die wenigen verfaulten Zähne, die noch in ihrem Kiefer steckten, um den vertrauten Restgeschmack des Whiskeys auszukosten.

Dabei stellte sie die Flasche hinter den Nachttisch zurück.

»Wo warste denn?«, fragte sie.

»Geht dich nix an.«

»Man wird doch wohl noch fragen dürfen«, meinte sie, während sie auf ihn zurutschte. Er hatte den Gürtel schon geöffnet.

Noch immer die weiße Unterhose. Die hatte er vor drei Tagen schon angehabt und den Flecken nach zu urteilen seitdem auch nicht mehr gewechselt.

»Warst wieder im Wald, oder?« Sie wollte es so lange wie möglich hinauszögern.

»Ja und?«

»Nur so. Was haste da gemacht?«

Eigentlich eine harmlose Frage, aber Sepp wirkte wütend. Sie hob beschwichtigend die Hand.

»Ist schon gut, geht mich nichts an.«

Täuschte sie sich oder atmete er erleichtert auf?

»Los jetzt«, befahl er und schloss die Augen.

Tine beugte sich vor.

Oberpfälzer Wald: BILD-Leserreporter macht Horrorfund

Oberviechtach – Es sollte ein idyllischer Ausflug mit dem Wanderverein werden... aber dann machte Bild-Leserreporter Milan T. (30) einen Horrorfund! Er und seine Wanderfreunde entdeckten am Sonnabendmorgen im Oberpfälzer Wald bei Oberviechtach die Leiche eines offenbar auf grausamste Weise getöteten Mannes.

Der Leserreporter zu Bild.de: »Ich bin immer noch geschockt von diesem Anblick. Das werde ich bis an mein Lebensende nicht vergessen. Die Leiche guckte mich an, als hätte sich das ganze Entsetzen in ihr Gesicht gegraben!«

Fotos der Leiche zeugen von einer grauenhaften Tat. Der Körper des getöteten Mannes ist blutüberströmt, der Kopf voller Wunden. Unglaublich: Der Mörder hat sich im Wahn sogar am Penis seines Opfers vergriffen! Aus Respekt vor dem Toten zeigt Bild.de das Foto der Leiche nur verpixelt.

Die Polizei hält sich zu dem Fall bedeckt, bestätigt bisher lediglich den Fund der Leiche. Die Identität des Opfers, der genaue Tathergang, mögliche Verdächtige und das Motiv des Täters: Unbekannt. Nur in einem sind sich die Beamten sicher: Es war Mord!

»Wenn ich dich zwischen die Finger kriege, dann weiß ich was, was du ebenfalls bis ans Lebensende nicht vergessen wirst!«, keuchte Helbich, während er ungläubig auf die Website von Bild.de starrte.

Dort prangte ein – zum Glück sehr undeutliches – Foto der vorm Baum sitzenden Leiche. Der Artikel schilderte in aller Ausführlichkeit, wie der Architekt aufgefunden worden war und die Polizeiarbeiten vor Ort verlaufen waren.

Spichtinger erinnerte sich an den zuvorkommenden jungen Mann, der losgelaufen war, um die Polizei zu benachrichtigen.

»Wie kommt die Journaille an ein Foto vom Tatort, das darf doch nicht wahr sein!«, wetterte Helbich weiter. Er wischte sich über die hochrote Stirn. Sein runder Bauch wogte unter seinem Diensthemd. Eines Tages würde ihnen der Chef hier noch umkippen. Wer wusste, wie lange sein Herz den Beruf noch ertrug.

»Der Qualität nach wurde es mit einem Handy gemacht«,

meldete sich Feiti zu Wort. Fast alle Kollegen waren um den Computer im Vernehmungsraum versammelt.

»Ist mir scheißegal, womit es gemacht wurde! Wer besitzt die Frechheit, das Zeug an die Zeitung zu schicken? Der Kerl kann etwas erleben! Notfalls krieg ich ihn wegen Behinderung der Polizeiarbeit dran. In diesem verdammten Bericht wird jede Einzelheit ausgewalzt!«

Spichtinger zögerte. Sollte er die Identität des Verräters preisgeben? Lieber nicht. Auch wenn er das Verhalten nicht billigte, wollte er es dem Jungen ersparen, von Helbich durch die Mangel gedreht zu werden. Außerdem hatten sie doch jetzt Wichtigeres zu tun! Seit einer halben Stunde versuchte er, seine Kollegen über die unheimliche Begegnung im Wald zu informieren. Aber in der Aufregung über den Zeitungsartikel ging das völlig unter.

»In fünf Minuten oben zur Besprechung!«, kommandierte Helbich und verließ den Raum.

Spichtinger gesellte sich zu Pete und Lena, die in der Einsatzzentrale saßen. Im Auto hatten Hauser und Mich ihm erzählt, dass die Techniker bei der Untersuchung des Autos Spuren im Kofferraum und eine Digitalkamera entdeckt hatten. Der Mopedfahrer hatte sie nur mäßig interessiert.

»Wahrscheinlich ein Neugieriger, der es mit der Angst zu tun bekommen hat, als du hinter ihm hergerannt bist. Der hat vermutlich geglaubt, dass du der Mörder bist!«, hatte Mich gescherzt.

»Aber der Typ hat sich im Gebüsch versteckt, abseits vom Weg, das ist doch nicht normal!«, hatte Spichtinger eingewandt.

Jetzt erzählte er auch Pete und Lena davon. Sie hörten ihm aufmerksam zu. Als er mit seinem Bericht fertig war, fragte Lena:

»Das Nummernschild hast du nicht gesehen?«

»Nein, er war schon zu weit weg«, antwortete Spichtinger,

erleichtert, dass endlich jemand seine Beobachtung ernst nahm.

»Wie alt würdest du den Mann schätzen?«, hakte sie nach.

Spichtinger zuckte die Achseln. Er wusste es nicht.

»Schwer zu sagen. Ich habe ihn nur von hinten gesehen. Auf jeden Fall älter und kräftig, ziemlich groß.«

»Hm, an älteren, untersetzten Männern mangelt es in dieser Gegend nicht gerade«, schaltete Pete sich ein. »Aber das rote Moped schränkt den Kreis schon mal ein. Davon dürfte es nicht so viele geben.«

Er dachte nach. Da kam ihm eine Idee.

»Ruf mal den Förster an. Der kennt seine Pappenheimer. Wenn da jemand öfter mit einem roten Moped durch den Wald tuckert, dann weiß der das.«

»Gute Idee«, rief Spichtinger.

Hauser steckte den Kopf zur Tür herein.

»Sitzung!«

Lena und Pete standen auf. Spichtinger blätterte im Telefonbuch.

»Ich komme gleich«, murmelte er. Seine Kollegen verließen den Raum. Spichtinger fand die Nummer ohne Probleme.

Forstdienststelle 1
Rudolf Bartsch

Er griff zum Hörer. Nach dreimaligem Läuten meldete sich jemand am anderen Ende.

»Bartsch.«

»Hier Spichtinger von der Polizeiinspektion Oberviechtach. Entschuldigen Sie die Störung. Sie erinnern sich bestimmt …«

»Natürlich!«

»Ich hätte da eine Frage, bei der Sie mir vielleicht behilflich sein können.«

Spichtinger berichtete von dem rätselhaften Mopedfahrer.

Dabei verschwieg er die an die Bäume gelehnten Äste und das abgerissene Absperrband. Man musste ja nicht gleich mit allem herausrücken.

»Wissen Sie, wer das sein könnte?«, fragte Spichtinger.

Der Förster dachte nach.

»Rotes Mofa, älterer Mann, am Stückberg. Ich tippe mal schwer auf den Binser Sepp, der ist dort praktisch Tag und Nacht unterwegs.«

»Tag und Nacht?«, fragte Spichtinger ganz aufgeregt.

»Ja, ich habe ihn schon öfter ermahnt. Eigentlich ist es verboten, dort mit dem Mofa zu fahren, aber nichts zu machen. Der Kerl ist sturer als ein Ochse. Ihre Eslarner Kollegen können ein Lied davon singen.«

»Wieso das?«

»Weil er seine Schnapsflasche immer dabeihat, wenn er unterwegs ist.«

»Ah. Können Sie mir auch sagen, wo ich ihn finde? Wo wohnt er?«

»Selbstverständlich kann ich das. Er wohnt in Weiding, in der Sozialtherapeutischen Einrichtung, kurz STE.«

»Herzlichen Dank!«

»Gern geschehen.«

Schwungvoll legte Spichtinger wieder auf. Immerhin eine erste Spur! Wenn dieser Binser nicht der Täter war, so war es durchaus möglich, dass er etwas beobachtet hatte, vorausgesetzt, es stimmte, was der Förster gesagt hatte.

Jetzt aber flott! Helbich wartete nicht gern.

Er lief in großen Sprüngen die Treppe zum Sitzungssaal hoch. Leicht außer Atem stieß er die Tür auf und unterbrach Helbich, der ihn wütend musterte.

»Ach, denn doch noch!«

»Entschuldigen Sie, ich hatte einen dringenden Anruf zu erled…«, stammelte Spichtinger und setzte sich auf den erstbesten freien Platz. Neben Hauser.

»Sagen Sie Ihrer Mutter das nächste Mal einen schönen Gruß«, donnerte Helbich. »Wir stecken mitten in einer Mordermittlung, haben Sie das schon vergessen?«

Hauser gluckste.

Spichtinger fixierte die Tischplatte und erwiderte nichts. Hatte ohnehin keinen Sinn.

»Also«, fuhr Helbich fort. »Wie soeben erwähnt, haben die Techniker unter der Rückbank des Mercedes eine Kamera entdeckt. Die darauf gespeicherten Fotos habe ich hier auf einer Diskette, vor allem eines dürfte uns interessieren.«

Er schob die Diskette in den Laptop, der vor ihm auf dem Schreibtisch stand.

»So ... hm ... *Dateien öffnen* ... und jetzt ...« Helbich begann zu schwitzen. Seine Informatikkenntnisse waren mehr als rudimentär. »Jetzt müssten die Bilder ... Ah, hier!«

Er räusperte sich und warf einen autoritären Blick in die Runde.

»Der Inhalt der Fotos ist natürlich streng vertraulich und wird diesen Raum nicht verlassen. Ein Wort an die Presse, und ich sorge dafür, dass der Schuldige demnächst ebenfalls vor einer Birke kniet.«

Einer Buche, korrigierte Spichtinger in Gedanken, während er mit den anderen im Chor gehorsam nickte.

Helbich drehte den Laptop so, dass seine Mitarbeiter den Bildschirm sehen konnten.

Beim Anblick des Fotos stockte ihnen der Atem.

»Ned schlecht«, stieß Pete hervor.

Im ersten Moment erkannte man nur vage Umrisse. Doch bei genauerem Hinsehen zeichneten sich ganz deutlich zwei feucht glänzende Brüste ab. Eine davon wurde von einer vermutlich weiblichen, da recht kleinen Hand geknetet. Ein Teil des Bauches, der Halsansatz, die Schultern, ein Ledersitz im Hintergrund. Sonst nichts.

»Laut Digitalanzeige wurde das Foto am vergangenen

Donnerstag um 21.44 Uhr geschossen. Es ist noch nicht erwiesen, wessen Kamera es ist, aber da sie im Wagen des Opfers gefunden wurde, deutet vieles darauf hin, dass sie Heinrich Schönthaler gehörte.«

Mich pfiff durch die Zähne.

»Na, seine Alte isses nicht.«

Kurzes Auflachen. Lenas eisige Miene ließ sie aber schnell wieder verstummen.

»Ja ...«, sagte Helbich, um das verlegene Schweigen zu füllen. »Das ist nicht alles. Der Kofferraum war mit Plastiksäcken ausgelegt, könnte also durchaus sein, dass der Mörder oder die Mörder den Architekten mit seinem eigenen Auto den Stückstein hochgefahren haben.«

Spichtinger nickte. Das klang einleuchtend.

Lena schaltete sich ein:

»Also doch ein sexuelles Motiv? Das Foto spricht dafür.«

»Vielleicht ein Gatte, der sich nicht so einfach vom Schönthaler die Hörner aufsetzen lassen wollte«, schlug Mich vor.

»Oder eine Prostituierte«, wandte Lena ein.

Gewagte These.

Helbich trommelte auf die Schreibtischplatte vor sich.

Die anderen sahen sich verlegen an.

»Hrm. Das können wir zum jetzigen Zeitpunkt weder ausschließen noch bekräftigen«, sagte Helbich.

»Das Ganze sieht aus wie eine Hinrichtung«, bemerkte Pete nachdenklich.

»Es sieht so aus, aber juristisch ist der Begriff falsch«, erwiderte Hauser beflissen. »Eine Hinrichtung wäre legitim. Ein Mord hingegen ist ungesetzlich. In manchen Ländern hat der Staat das Recht, seine Bürger zu töten, die Bürger selbst dürfen das nicht. Für den, der umgebracht wird, macht es kaum einen Unterschied, ob ihm ein Henker den Strick umlegt oder ob ein durchgeknallter Nachbar mit dem Gewehr auf ihn schießt. In soziologischer und juristischer Hinsicht jedoch ist der Unterschied gewaltig. Der Henker bewahrt die Gesellschaftsordnung, ist sozusagen deren Garant, der verlängerte Arm des Staates; der durchgeknallte Nachbar hingegen gefährdet sie, die Ordnung.«

Es wurde bemerkenswert still im Raum.

Hausers Worte hallten nach.

Eine Ruhe, hinter der das Chaos brodelte. Was war geschehen? Zwei Tage zuvor hatte Architekt Schönthaler mit großer Wahrscheinlichkeit aufregende Momente mit einer Unbekannten verlebt. Jetzt war er tot. Auf grausamste Weise ermordet. Welches Unheil hatte sich in die Wälder geschlichen? Der Schnee war kaum geschmolzen, Pflanzen und Lebewesen gewannen allmählich Farben und Düfte wieder. Und dann der Einbruch des Todes.

Die Polizisten schwiegen, warteten auf ein Signal von Helbich, ihrem Chef; ein Machtwort. War da noch eine Entdeckung, ein Hinweis, der den Täter entlarvte, diesem Albtraum ein Ende setzte?

Helbich seufzte und machte den Mund auf. Einen kurzen Augenblick lang glaubten die sechs anderen im Raum an ein Wunder, die Gefahr war vorüber, der Fall gelöst, sie konnten zurück zu ihrem Alltag, den Verkehrskontrollen, den harmlosen Schlägereien in den Wirtshäusern, sie konnten den Menschen in der Stadt erleichtert eine Lösung vorlegen.

Aber die Zeit für Wunder in Oberviechtach war noch nicht gekommen.

»Hauser hat recht. Bei einer Hinrichtung wird das Opfer auch nicht gefoltert, und das war hier offensichtlich der Fall. Die Autopsie erfolgt schon morgen, dann wissen wir mehr. Die genauen Ergebnisse der Wagenuntersuchung kriegen wir auch morgen im Laufe des Tages«, sagte Helbich. »Bis dahin müssen wir vorbehaltlos arbeiten. Ein sexueller Tathintergrund ist möglich, aber nicht notwendig gegeben. Die Entdeckung des Wagens hat unser Programm etwas durcheinandergewirbelt, daher nun noch mal zur Aufgabenverteilung: Hauser, Sie fahren mit mir zu Frau Schönthaler. Sie wird uns sagen können, ob die Kamera wirklich dem Architekten gehörte, und, wenn dem so ist, wer die fragliche Person auf dem Foto hier sein könnte. Hier werden wir mit Takt und Fingerspitzengefühl vorgehen, noch ist nichts erwiesen!«

Hauser nickte eifrig.

»Herr Feitl und ... ja?«

Mich hatte die Hand gehoben, um sich wie in der Schule zu melden.

»Spichtinger war vorhin noch einmal am Tatort«, sagte er. »Anscheinend hat jemand das Absperrband zerrissen.«

»Was!«, empörte sich Helbich. »Wieso haben Sie das nicht gleich gesagt, Spichtinger?«

»Ich, äh ...«, stammelte der.

»Sollte das wieder ein Alleingang werden?«

»Nein«, verteidigte Spichtinger sich. »Ich wollte nur nach dem Rechten sehen. Und da hab ich dann diesen Mann auf dem Mofa ...«

»Welchen Mann auf dem Mofa?«

»Deswegen bin ich ja gerade zu spät gekommen. Ich habe den hiesigen Förster angerufen. Als ich am Fundort war, habe ich eine Gestalt bemerkt, die sich abseits des Weges versteckte. Ich habe versucht, den Mann zu Fuß zu verfolgen, aber er ist auf einem roten Moped geflohen. Rudolf Bartsch, der Förster, meinte, es könnte sich um einen gewissen Sepp Binser handeln, einen Alkoholiker, der in der Sozialtherapeutischen Einrichtung in Weiding wohnt. Der treibt sich offenbar Tag und Nacht am Stückstein herum und fährt ein rotes Moped.«

»Diesen Binser knüpfen wir uns vor«, polterte Helbich. Alkoholiker waren sein rotes Tuch. Der Stier in ihm scharrte mit den Hufen. »Herr Feitl, Sie begleiten Spichtinger nach

Weiding. Bringen Sie den Kerl so schnell wie möglich auf die Inspektion. Bis dahin dürften Hauser und ich wieder da sein.«

Ein Telefon klingelte. Tine Haberl hob den Kopf. Oder war es ein anderes Geräusch? Ein Fernseher?

Sie hüstelte.

Ihr war schlecht.

Dieser Geschmack im Mund. Ihr Puls pochte wie in einer offenen Wunde.

Sie schielte nach oben.

Sepp hatte den Kopf in den Nacken gelegt. Starrte die Wand an. Sah müde aus. Seine rechte Hand spielte mit der Fernbedienung. Der kleine Finger fehlte. Den hatte er im Sägewerk seines Vaters verloren, an der Kreissäge, kaum fünf Jahre alt, das hatte er ihr mal gesagt, als er besonders betrunken war. Normalerweise erfand er irgendeine Schauergeschichte, wenn ihn jemand danach fragte. Sie wusste nicht, ob die Version von der Kreissäge wirklich stimmte. Einmal war es ein Jäger, der ihn ihm eines Nachts im Wald abgeschossen hatte; ein andermal hatte er beim Holzhacken das Scheit verfehlt.

Ihre Gedanken kamen rhythmisch. Folgten ihren Handbewegungen.

Sepp. Mann ohne kleinen Finger.

Sepp. Verrückt. Ja. War er.

Sie mochte ihn. Tat ihr leid. Geschwister im Geiste.

Seine Mütze. War nicht. Auf seinem Kopf.

Sie unterbrach sich.

»Wo haste denn deine Mütze? Ohne die gehste doch sonst nie ausm Zimmer.«

Er winkte unwirsch ab und stierte weiterhin die Wand an.

Sie machte weiter. Dachte an *Desperate Housewives*, die bald anfingen. Wollte vorher fertig sein. Beschleunigte.

Das Wetter sollte besser werden, morgen sogar ein bisschen Sonne in Aussicht, vielleicht ein paar Schauer, die waren ja immer drin.

Tine hustete heftig. Rang nach Atem. Blickte entschuldigend auf:

»Hab mich bloß verschluckt.«

Sepp reagierte nicht.

Kurz darauf kam er. Tine ging zum Waschbecken und spülte sich den Mund aus. Dabei warf sie einen Blick aus dem Fenster, ein Wagen fuhr vor. Zwei Männer stiegen aus. Sie kannte weder den einen noch den anderen, aber sie rochen beide hundert Meter gegen den Wind nach – Polizisten.

Eine finstere Ahnung.

Sie drehte sich zu Sepp um, der seine Hose schon wieder zugegürtet hatte.

»Da draußen steht die Bullerei. Wollen die zu dir?«

Sepp erstarrte.

In zwei Sätzen war er an der Tür, riss sie auf und verschwand. Tine schlug die Hände vors Gesicht. Was hatte er nur angestellt? An den ernsten Mienen der beiden Männer konnte sie ablesen, dass es sich diesmal nicht um eine banale Trunkenheitsfahrt handelte. Deswegen würden die Bullen nicht extra hier rauskommen.

Sie beobachtete, wie die Polizisten mit Kalle diskutierten, diesem kleinen Wichser von Hausmeister. Soff mehr als alle Bewohner zusammen. Ständig ein fieses Grinsen auf der Visage.

Jetzt deutete er auf den Seiteneingang an der Hausecke, aus dem Sepp gerade stürzte. Er rannte auf den Waldrand hinter dem Haus zu.

Laute Rufe ertönten.

»Polizei! Stehen bleiben!«

Einer der beiden Männer sprintete los. Er war leicht übergewichtig, holte aber trotzdem schnell auf. Sepp: wie ein Diesel, den man mit Benzin getankt hatte. Schleppte sich nahezu hilflos den Hang hoch.

Noch fünfzig Meter bis zum Wald.

Der Polizist inzwischen dicht auf seinen Fersen.

Sepp blieb stehen und hob die Hände.

Ende der Veranstaltung.

Elvira Schönthaler sah die Rücklichter des Streifenwagens aus der Einfahrt verschwinden. Sie stand auf den Stufen vor der Eingangstür zu ihrem Haus. Der schwache Schein der Lampen in den Glaskugeln entlang des mit Steinplatten ausgelegten Pfades erhellte die Nacht. Sie spürte den Nieselregen nicht, der ihre Bluse durchnässte.

Ihr Garten. Ihr Haus. Kein »unser« mehr. Hier draußen fühlte sich alles so anders an, so einfach und undramatisch. Als stünde die Welt still. Nur Dunkelheit, leises Plätschern und ein sachter Wind, der durch die Blätter der Zitterpappel fuhr, die im Nachbargarten thronte.

Heiner war tot, doch die Natur lebte fort, der Rasen duftete feucht, dunkle Wolkenfetzen zogen über den grauschwarzen Himmel. Ein Abend für einen Schmöker am offenen Kamin. Heiner war nie ein großer Leser gewesen, im Gegensatz zu ihr, aber er hatte früher oft neben ihr gesessen, mit einem guten Glas Wein in der Hand, das er hin und wieder abgesetzt hatte, um sie sanft im Nacken zu streicheln, eine Berührung, die ein wunderbares Kitzeln in ihr verursachte.

Wie lange war das schon her? Wo war all die Zärtlichkeit hin, die Verspieltheit und Lust? Nicht nur die sexuelle Lust, allein schon die Lust, zusammen zu sein? Wann hatte sie sich verflüchtigt, die Sehnsucht? In den letzten Jahren hatten sie mit dem Rücken zueinander gelebt, er in seinem Büro, mit seinen Plänen, sie zu Hause, bei den Kindern, jeder in seiner Welt, abgeschottet. Getrennte Schlafzimmer. Irgendwann hatte er dann aufgehört, nachts zu ihr zu kommen.

Er war Frühaufsteher. Ein Wettkampftyp. Nicht umsonst war er in seiner Jugend ein guter Leichtathlet gewesen, Weitsprung, Sprint. Schneller, weiter, besser. Immer voran. Das Altern war ihm schwergefallen. Kein einfacher Mensch. Rücksichtslos gegenüber Schwächeren. Seine Stärke hatte sie immer angezogen wie ein Magnet.

Sie war eigentlich das genaue Gegenteil. Schlief gern bis spät in den Vormittag, zufrieden mit dem luxuriösen Leben, das sie sich – dank Heiner – leisten konnte.

Vielleicht war es die Angst vor dem Älterwerden, die Heiner in die Arme anderer Frauen getrieben hatte. Früher hatte er sie nie betrogen, zumindest nicht so offensichtlich.

Sie hatte ihn nie abgewiesen. Gut, hin und wieder war es passiert, dass sie dabei eingeschlafen war.

Vor allem in den vergangenen Wochen war Heiners Lust wieder zum Leben erwacht. Deshalb war das Foto auch so ein Schock. Seinen letzten Abend hatte Heiner mit einer anderen Frau verbracht.

Ihr stiegen die Tränen in die Augen.

So vieles, das sie zusammen hätten unternehmen können. Ein feines Essen anstatt aufgetauter Fertigpizza, eine schöne Fahrradtour den Radweg entlang anstatt der langweiligen Sportsendungen im Fernsehen, sanfte Berührungen, nach denen sich die Haut sehnte, anstatt fruchtloser Phantasien.

Aber waren seine Phantasien so fruchtlos gewesen? Das Foto sprach Bände. War ihre Ehe hoffnungslos verloren gewesen? Sie weigerte sich, das zu glauben.

Eine bohrende Frage kam immer wieder: Mit wem hatte Heiner seine letzten Stunden verbracht? Darin lag wohl auch der Schlüssel zu seinem schrecklichen Tod.

Mit wem?

Vor einigen Jahren, als sie bemerkt hatte, dass Heiner sie betrog, war sie vor Eifersucht beinahe eingegangen. Sie hatte den halben Bestand an teurem Porzellan zertrümmert, ihm geschworen, dass sie ihn nie wieder sehen wolle, dass er von seinen Kindern nur noch Fotos zu Gesicht bekäme.

Hier auf den Stufen vor ihrem Haus spürte sie wieder den hilflosen Zorn, die Verzweiflung, die sie damals empfunden hatte. Eine ganze Welt war zusammengebrochen. Die Leute sagten zumeist, dass man mit dem ersten Kind seine Naivität verliert. Das war auch zu einem gewissen Grad wahr, sie jedoch hatte ihre Naivität an jenem Abend eingebüßt, als sie die SMS in Heiners Handy durchgeklickt hatte und auf die Nachricht einer Jessi gestoßen war, deren Inhalt sich in ihr Gehirn gefräst hatte.

Heini-Schatz, komm! Bin zu Hause. Will deine Kugel in mir spüren. Deine versaute Maus

Heiner log. Und er zog ihr eine andere vor. Er hatte sie verletzt, bis aufs Mark, nach fünfzehn Jahren Ehe. Der Schock war überwältigend gewesen, und es hatte Jahre gedauert, bis sie darüber hinweggekommen war. Doch sie hatte es geschafft. Sie beide hatten es geschafft. Sich zusammengerauft.

Trotz der vielen Lügen.

Sie wusste, dass Heiner sie weiterhin angelogen hatte.

Doch er war immer wieder zu ihr zurückgekommen. In den ehelichen Hafen. Wusste, wohin er im Grunde gehörte.

Sie hatte sich damit abgefunden.

Zweckehe?

Nein, sie hatten mehr als nur das. Heiner und sie, Komplizen. Sie verstand ihn und er sie. Ohne große Worte. Er hatte sie verletzt, aber das hatte sie überwunden. Im Leben zählte nicht nur der Sex, zumindest nicht für sie. Heiner wollte mehr, das hatte sie akzeptiert.

Auch seine Lügen.

Elvira biss sich auf die Lippe.

Wo fing Lüge an?

Die Lüge, sagte Pfarrer Meinhardt stets, hat weder Anfang noch Ende. Wie ein endloses Wurzelwerk gräbt sie sich in den Boden, ohne Ziel. Und wenn man dieses Wurzelwerk näher betrachtet, so sieht man reine Verzweiflung. Keinen Schimmer von Hoffnung. Nur Verleugnung. Denn dort beginnt die Lüge: In der Selbstverleugnung.

Irgendetwas ist geschehen – man schließt die Augen. Will nicht sehen. Verdrängt. Anstatt mutig den Kampf mit der Wahrheit und Wirklichkeit aufzunehmen, flieht man in eine Scheinwelt der Ausflüchte und Entschuldigungen.

Dort kommt die Lüge ins Spiel.

Elvira schloss kurz die Augen. Jetzt spürte sie den Regen, merkte, wie kalt ihr war. Sie schlang die Arme um die Brust. Ging zurück ins Haus.

Was hatte Heiner verdrängt? Gab es etwas, das sie nicht wusste? Das sie nicht wissen wollte?

»Meinetwegen können wir no a paar Stund'n weitermachen, koa Problem. I hab nix vor heut Abend.«

»So kann man es natürlich auch sehen, Herr Binser«, erwiderte Helbich bissig. »Das passt zu dem Unsinn, den Sie hier seit einer knappen Stunde verzapfen. Hier mal eine kleine Auswahl, nur um Ihnen vor Augen zu führen, was ich damit meine. Hauser?«

Hauser saß daneben, den Notizblock gezückt. Er las mit monotoner, unpersönlicher Stimme:

»Warum sind Sie weggelaufen, als die Polizei bei Ihnen vorgefahren ist?«

»Ich wollte mir noch ein bisschen die Beine vertreten vor der Befragung.«

»Woher wussten Sie, dass wir Sie befragen würden?«

»Weil ich weggelaufen bin.«

»Wenn Sie nicht weggelaufen wären, würden Sie vielleicht nicht hier sitzen.«

»Mei, was geschehen ist, das ist geschehen.«

Hauser befeuchtete sich den Zeigefinger mit der Zungenspitze und blätterte um. Spichtinger und Lena saßen im hinteren Teil des Vernehmungszimmers und hörten zu.

»Weder auf dem Weg nach Oberviechtach noch in der vergangenen halben Stunde haben Sie gefragt, warum wir Sie hergeholt haben. Wie kommt das?«

»Hier stelle nicht ich die Fragen, sondern Sie. Schließlich sind Sie der Gastgeber. Das wäre doch unhöflich. Meine Eltern haben mich zu Respekt und Anstand erzogen.«

»Sind Sie nicht ein bisschen neugierig?«

»Irgendwann werden Sie schon damit rausrücken.«

»Heute Morgen wurde am Stückstein eine Leiche entdeckt.«

»Oha. Normalerweise liegen da keine rum.«

»Waren Sie am Stückstein?«

»Ja, schon oft.«

»Als die Leiche dort war, verflixt noch mal.«

»Hm, nein. Ich glaube nicht. Wäre mir aufgefallen.«

Hauser hielt inne und blickte auf. Helbich gab ihm mit einer Handbewegung zu verstehen, dass es reichte.

Sepp Binser verzog spöttisch die Mundwinkel, eine kaum sichtbare Geste, die dadurch umso provokativer wirkte. Helbich ging nicht darauf ein. Er atmete tief durch und sagte dann, so ruhig er konnte:

»Ihr Auftreten und Verhalten ergeben nur Sinn, wenn Sie absichtlich versuchen, unsere Aufmerksamkeit zu wecken. Wahrscheinlich würden Sie gern im Rampenlicht stehen? Ist es Ihnen zu langweilig, sich jeden Tag zu betrinken und vor der Glotze zu hängen? Vielleicht finden Sie es lustig, dass wir hier mit Ihnen unsere Zeit verschwenden. Sie sind nicht der erste Dodel, der mir unterkommt, ich gehe jede Wette ein, dass Sie mit dem Mord nichts zu tun haben und sich nur interessant machen wollen. Spichtinger, Sie haben uns diesen Mann angeschleppt. Dann mal los. Zeigen Sie mal, was Sie können.«

Helbich stampfte aus dem Raum. Die Tür knallte hinter ihm ins Schloss. Hauser folgte ihm.

Zögerlich nahm Spichtinger auf dem Stuhl gegenüber Sepp Binser Platz. Auch er hatte ausnahmsweise mitgeschrieben und blickte zunächst auf seine Notizen, ehe er anfing.

»Sie sagten vorhin, dass Ihre Frau gestorben ist. Wie lange sind Sie schon Witwer?«

»Maria wurde vor zwanzig Jahren von einem Lastwagen überfahren, als wir spazieren gingen. Wir liefen Hand in Hand, aber ich kam ohne einen Kratzer davon. Der Fahrer flüchtete, vermutlich betrunken. Später haben die Bullen – Verzeihung, die Polizei – ihn erwischt und eingebuchtet. Nach ein paar Monaten war er wieder draußen und hat kurz darauf einen Jungen überfahren. Wieder betrunken. Der Kleine war kaum sechs Jahre alt und auf dem Weg zur Schule. Der Schulranzen liegt noch heute als Andenken am Straßenrand. Heute ist der Typ Vertretungslehrer an einer Grundschule.«

»Wie kommt es dann, dass wir in unserer Datenbank nichts über die erwähnten Unglücke finden? Im Gegenteil, daraus geht hervor, dass Ihre Frau beziehungsweise Ihre Ex-Frau überhaupt nicht tot ist. Sie hat wieder geheiratet, wohnt in Weiden und erfreut sich bester Gesundheit. Was haben Sie dazu zu sagen?«

»Jede Ex-Frau ist doch ein wenig tot.«

»Warum erzählen Sie so einen Blödsinn?«

»Muss an der Aufregung liegen.«

Lena schaltete sich ein.

»Das ist nicht alles. Sie lügen, was Ihre Aufenthaltsdauer im STE und Ihre angebliche Krebserkrankung angeht. Ein Anruf bei Ihren Pflegern hat genügt, um herauszufinden, dass Sie nicht seit vierzehn Jahren, sondern erst seit sechs Jahren im STE wohnen. Und in diesen sechs Jahren hatten Sie hin und wieder mal eine Erkältung, aber keinen Krebs. Sie erzählen uns, dass Sie regelmäßig Ihren Bruder in Regensburg besuchen. Auf die Frage, wie, antworten Sie ›mit dem Mofa‹. Dabei stellt sich heraus, dass Sie gar keinen Bruder haben. Sie behaupten auch, ein Alkoholiker zu sein. Das will ich Ihnen sogar glauben.«

»Na, das ist doch schon mal was.«

Lena fuhr fort, ohne den ironischen Kommentar zu beachten:

»Wir werden genau nachprüfen, was Sie in den letzten Tagen getrieben haben, wann Sie gekommen und gegangen sind, wir werden Ihr erbärmliches Leben auf den Kopf stellen. Ihre eigenen Aussagen werden dabei nur eine untergeordnete Rolle spielen, Ihre Glaubwürdigkeit ist dahin. Menschen lügen, das liegt in ihrem Wesen, aber wenn man mal ein bisschen an der Oberfläche kratzt, dann merkt man schnell, dass die meisten Lügen aus ganz traurigen, banalen Umständen erwachsen. Viele versuchen, ihr kleines, graues Leben aufzupeppen, ihm ein wenig Farbe zu verleihen. Sie liefern hier eine ganz andere Nummer, oder versuchen es zumindest, denn glücken tut Ihnen das nicht. Sie geben den Lässigen, den, der über allen Dingen steht, aber dieses Kostüm ist definitiv zu groß für Sie. Ihre Pfleger kennen Sie nicht als notorischen Lügner, sie beschreiben Sie als ruhigen Zeitgenossen, der keine Umstände macht und ein enges Verhältnis zur Natur pflegt. Was uns zu der Frage führt: Wieso tischen Sie uns so einen Schwachsinn auf? Was wollen Sie damit erreichen? Ich begreife das nicht.«

Sepp Binser zuckte die Achseln und grinste.

»Sie können gehen«, sagte Lena schroff. »So kommen wir nicht weiter. Finden Sie sich morgen um 10 Uhr wieder hier ein, und zwar nüchtern. In der Zwischenzeit werden wir weitere Erkundigungen über Sie einziehen. Und vielleicht bringt die Nacht Ihnen ja Rat und Sie beenden dieses jämmerliche Schauspiel.«

»Das war's schon? Das ging ja schnell.«

»Dieses Mal war ein Zuckerschlecken. Wenn Sie sich beim nächsten Mal genauso aufführen, werden Sie nichts mehr zu lachen haben, das verspreche ich Ihnen.«

»Schön. Dann bedanke ich mich für Speis und Trank.«

»Gern geschehen. Wenn Sie damit das Glas Wasser meinen.«

Lena stand auf. Sepp Binser tat es ihr gleich. Langsam und gemächlich. Spichtinger wusste nicht recht, wie ihm geschah. Alles ging so schnell. Er war überhaupt nicht mehr zu Wort gekommen.

Sepp Binser schlenderte auf die Tür zu. Plötzlich hielt er inne und drehte sich um. Sein Gesichtsausdruck hatte sich verändert. Nicht mehr gelangweilt und gleichgültig, sondern finster, beinahe hasserfüllt.

»Wenn es Sie so glücklich macht: Fragen Sie doch mal die Alte vom Roth Manfred in Ovi, was sie am Donnerstagabend getrieben hat.«

»Roth Manfred?«, echote Spichtinger.

»Ja, der Vorstand vom Tennisverein.«

Weg war er.

Spichtinger und Lena warfen sich einen verblüfften Blick zu. Was sollten sie von dieser Bemerkung halten? Ihn zurückrufen?

»Lass ihn gehen«, meinte Lena, als Spichtinger einen Schritt auf die Tür zumachte. »Der sagt uns nichts mehr.«

»Es klang so, als wäre er sich seiner Sache sicher. Was denkst du?«, fragte Spichtinger.

»Stimmt. Aber Mordfall hin oder her, für heute ist Schluss. Und nach alldem, was er vorhin verzapft hat, können wir nicht einfach bei dieser Dame aufkreuzen. Die Gattin des Tennisvorstands? Kennst du sie?«

Spichtinger schüttelte den Kopf.

»Aber Pete spielt Tennis. Der kennt sie bestimmt.«

Sie gingen in die Einsatzzentrale hinüber, wo Pete, Mich und Hauser zusammensaßen und diskutierten. Sie unterbrachen ihre Unterhaltung, als sie ihre beiden Kollegen erblickten.

»Und? Welchen Schmarrn hat er euch noch auf die Nas'n bunden?«, erkundigte sich Mich. Es war spät am Abend, und der Dialekt schlug deutlicher durch als sonst.

»Oje, alles Mögliche«, seufzte Lena. »Erst zum Schluss hat er seine Haltung plötzlich geändert und irgendwas von der Gattin eines Tennisvorstands gebrabbelt. Er meinte, wir sollten sie mal fragen, was sie am Donnerstagabend getrieben hat.«

»Die Frau vom Roth?«, horchte Pete auf. »Ehrlich gesagt könnte da sogar was dran sein. Bei uns im Club wird einiges über sie gemunkelt. Angeblich nimmt sie's mit dem Treuegelübde nicht ganz so genau. Ist also nicht völlig an den Haaren herbeigezogen. Würde irgendwie auch passen, ihr Mann, der Manfred, stand in den letzten Wochen ziemlich neben sich. Alle haben sich gefragt, was mit ihm los ist. Am Donnerstag war er nicht einmal beim Vereinsstammtisch.«

»Kannst du mal bei ihr vorbeischauen?«, fragte Lena. »Und ihr ein paar vorsichtige Fragen stellen?«

»Hm, meinetwegen. Ist eine delikate Angelegenheit ...«

»Ja, aber wir ermitteln in einem Mordfall, da müssen wir jedem Hinweis nachgehen, noch dazu, wo doch was dran zu sein scheint, wie du sagst.«

»Okay, mach ich. Ich fahr morgen Vormittag mal vorbei.«

»Ausflüge ins Grüne« hatte Heiner ihre Stelldicheins immer scherzhaft genannt. Diese Ausflüge hätten in der Stadt und in ihrem Bekanntenkreis gewaltige Folgen gehabt, wenn sie publik geworden wären. Eigentlich war es ja nur eine Frage der Zeit gewesen, bis alles aufflog. Jeden Tag hatte Karin sich insgeheim darauf gefasst gemacht, dass Manfred sie wutentbrannt damit konfrontierte. Aber es war nicht geschehen. Obwohl er davon gewusst hatte. Dessen war sie sich inzwischen sicher.

Im Café war es ihr gelungen, halbwegs die Ruhe zu bewahren. Sie hatte gewartet, bis die Bedienung die bestellten Getränke brachte, hatte ein-, zweimal an ihrer Tasse genippt und sich dann entschuldigt. Auf der Toilette hatte sie dann einen Heulkrampf bekommen. Zum Glück kam niemand anderes herein. Dann hatte sie ihr Gesicht trocken gerieben und war zu Manfred zurückgegangen. Der hatte ihr natürlich angesehen, dass sie völlig am Boden war. Aber es schien beinahe so, als bereite ihm das Ganze Vergnügen. Als wäre endlich er derjenige, der die Trümpfe in der Hand hatte. Er hatte sie einfach angeschwiegen.

Jetzt lief sie durch den Nieselregen das alte Bahngleis entlang. Sie bibberte. Hatte sich nicht warm genug angezogen. War so schnell wie möglich aufgebrochen, zu Hause hielt sie es nicht aus.

Mit einem Schlag stand sie vor einem Trümmerfeld. Wie sehr hatte sie davon geträumt, Manfred zu verlassen und an Heiners Seite ein neues Leben zu beginnen! Endlich raus aus diesem Sumpf, dieser Eintönigkeit, die sie in den Wahnsinn trieb.

Alles dahin.

Sie hatte im Internet nachgelesen und das Foto der Leiche gesehen. Allein der Gedanke daran ließ Übelkeit in ihr aufsteigen.

Manfred im Wagen auf dem Nachhauseweg. Still. Überlegen. Beim Aussteigen:

»Alles in Ordnung, Schatz?«

Sie hätte nie gedacht, dass er so gut heucheln konnte.

Tausend Fragen schossen Karin durch den Kopf, während sie stoßweise atmend den Kiesweg entlanglief. Um sie herum herrschte Dunkelheit, ein paar hundert Meter entfernt leuchteten die Straßenlaternen an der Schönseer Straße.

Einsam.

Verlassen.

Was ging in Manfreds Kopf vor?

Was wusste er?

Und wenn er auf dem Laufenden war, wieso hatte er dann nichts gesagt? Er wirkte so kühl und distanziert. Und wenn er … Sie wagte es nicht, den Gedanken zu Ende zu führen, und doch schien es offensichtlich. Wenn Manfred über ihr Verhältnis mit Heiner Bescheid wusste, dann hatte er ein erstklassiges Mordmotiv. War er zu einer solchen Tat fähig? Sie konnte es nicht sagen. Sie lebte mit einem Fremden unter einem Dach. Manfred war verschlossen und unzugänglich, das genaue Gegenteil von Heiner.

Karin keuchte vorwärts.

Heiner hatte ihr bei der Einweihungsfeier des Cafés seine Karte zugesteckt. Eigentlich wollte sie ihn gar nicht anrufen, aber die Karte behielt sie trotzdem.

Eines Abends war sie bereits ausgehfertig angezogen, als Silvia, eine Bekannte, ihr kurzfristig absagte. Kopfschmerzen. Dumme Ausrede. Verärgert hatte sie aufgelegt und den langweiligen Abend verflucht, der ihr bevorstand. Da hatte sie die Karte in ihrer Jackentasche gespürt.

Eine halbe Stunde später stand sie in Heiners Büro, wo er ihr die Pläne für ein neues Fitnessstudio in Dietersdorf zeigte. Karin beugte sich interessiert über die Papierbögen. Heiner erklärte ihr alles. Dabei befand er sich hinter ihr. Sie hatte die Spannung in der Luft gespürt. Heiner roch nach Sex.

»Gefällt es dir?«, fragte er und lehnte sich sanft gegen ihren

Po, sodass sie merkte, wie er unter dem weichen Stoff anschwoll. Seine Hände suchten ihre Brüste.

»Nicht jetzt. Vielleicht kommt jemand«, flüsterte sie.

»Um diese Uhrzeit ist hier niemand mehr.«

Der Rest dieses Abends jagte ihr noch jetzt die Schamesröte ins Gesicht.

Lust war eine Droge. Wie konnte es sein, dass die Haut sich so sehr nach einer Berührung sehnte, dass das Gehirn alle Warnglocken überhörte, und wenn sie noch so laut schrillten? Für einen Abend mit Heiner hätte sie ihr ganzes bisheriges Leben über Bord geworfen. All die Jahre neben Manfred waren wie ausgelöscht.

Ein paar Stunden im Paradies. War es das wert?

Waren diese Stunden der Grund, wieso Heiner sterben musste? Ihr rannen die Tränen über die Wangen. Sie rannte fast. Schluchzte.

Sie musste der Polizei von ihrem Verdacht berichten. Auch wenn der sich gegen ihren eigenen Mann richtete. Aber verheiratet waren sie ohnehin nur noch auf dem Papier.

Doch würde dann nicht alles an die Öffentlichkeit gelangen? Darauf kam es jetzt auch nicht mehr an.

Karin verschränkte die Arme vor der Brust, beugte sich leicht vor und kämpfte gegen den eisigen Wind an. Etwa fünfzig Meter vor ihr tauchte der Weg in ein Wäldchen ein. Das bedrohliche Rauschen der Bäume machte ihr plötzlich Angst.

In den Augen der Leute war sie doch sowieso eine Schlampe. Als handle es sich dabei um eine besondere Spezies. Einmal Schlampe, immer Schlampe. Abgestempelt auf Ewigkeit.

Sobald Manfred erfuhr, dass sie sich an die Polizei gewandt hatte, wäre es endgültig vorbei mit ihrer Ehe. Was hatte sie in den vergangenen Monaten eigentlich noch daran gehindert, ihn zu verlassen?

Karin gestand es sich nur ungern ein, aber es war wohl Bequemlichkeit. Sie hatte in ihrem Leben keine Waschmaschine angeschlossen; die Steuererklärung, ein Damoklesschwert, das Manfred jährlich wacker entfernt hatte. Sie konnte ja nicht einmal einen Grill einschalten. Auch so etwas bindet. Eine Art Unselbständigkeitsfessel. Manfred hatte sie im Laufe der Jahre an sich gekettet. Und sie hatte keinerlei Gegenwehr geliefert. Wie sollte sie ohne ihn zurechtkommen?

Angst und Bequemlichkeit.

Die Bäume türmten sich vor Karin auf. Vor ihr nur Finsternis. Ihre Schritte wurden langsamer. Plötzlich brachen die Geräusche mit niederschmetternder Wucht über ihr herein. Der Regen, der auf die Blätter prasselte. Der Wind, der in den Wipfeln heulte. Die knirschenden Äste. In der Ferne ein Auto. Zwei Scheinwerfer, die kurz aufblitzten und gleich wieder verschwanden.

Karins Herz pochte wie wild.

In ihrem Kummer war sie beinahe bis Lind gelaufen. Allein in der Dunkelheit.

Sie dachte an Heiner. Und plötzlich auch an den Mörder, der frei herumlief.

Karin machte auf dem Absatz kehrt und rannte los. Um sie herum toste die Natur. Tausend Schatten, der eine bedrohlicher als der andere.

Nach wenigen hundert Metern bekam sie Seitenstechen. Sie presste die rechte Hand in den Blinddarmbereich und schleppte sich verzweifelt weiter.

Jemand folgte ihr.

Ganz sicher.

Knirschte da nicht der Kies in ihrem Rücken?

Sie traute sich nicht, sich umzudrehen.

Rannte weiter. Als wäre ihr der Teufel persönlich auf den Fersen.

Rannte um ihr Leben.

Lena schloss die Wohnungstür hinter sich. Müde legte sie ihre Tasche auf den erstbesten Stuhl. Einen Augenblick lang spielte sie mit dem Gedanken, sich sofort in die Badewanne zu legen. Dann aber packte sie wieder ein nervöses Kribbeln, und sie verbrachte ein paar Minuten damit, jeden Winkel des Apartments zu durchsuchen, den Schlüssel mehrmals im Schloss der Eingangstür hin- und herzudrehen und so lange am Griff zu rütteln, bis sie sicher war, dass niemand hereinkommen konnte.

Beruhigt zog sie ihre feuchte Jacke aus und hängte sie zum Trocknen über die Sofalehne.

Dann stopfte sie eine Ladung schmutzige Kleidung in die Waschmaschine und stellte sie an. Das regelmäßige Brummen erfüllte die Wohnung. Sie schenkte sich ein Glas Mineralwasser ein und lehnte sich an den Türrahmen zum Schlafzimmer.

»Hallo!«, sagte sie, aber niemand antwortete.

Es war lange her, dass jemand zu Hause auf sie wartete. In ein paar Jahren würde sie anfangen, Selbstgespräche zu führen, um diese unbehagliche Stille zu vermeiden.

Sie ging zum Telefon.

Zwei neue Nachrichten auf dem Anrufbeantworter.

Sie wusste, von wem.

»Lena, denk daran, die 300 Euro Kaution für die Wohnung zu überweisen. Deine Vermieter werden langsam ungeduldig.«

»Lena, schreib dich im örtlichen Fitnessclub ein, du hast zwei Kilo zugenommen!«

Schon seltsam, dass die eigene Stimme so anders klang, wenn man sie auf Band hörte. Beinahe wie eine fremde Person. Kühl. Distanziert.

Sie löschte die Nachrichten.

Blieb vor dem Apparat stehen.

Sollte sie sich bei Flo melden? Seit dem Prozess hatte sie

jeglichen Kontakt vermieden, sich völlig von ihrem Bruder abgeschnitten. Er fehlte ihr. Mehr als sie zugeben wollte. Lena zuckte die Achseln, vielleicht morgen, oder nächste Woche.

Sie ging ins Schlafzimmer und ließ sich aufs Bett fallen. Verschränkte die Arme hinter dem Kopf und blickte zur Decke. Die gelb-rote, wie ein Cocktail geformte Nachttischlampe – immerhin hatte sie ein ganz neues Verständnis von Kitsch, seit sie in dieser Zweizimmerwohnung zur Untermiete wohnte – verbreitete einen gedämpften Schein, der wohl erotische Stimmung hervorlocken sollte. Bei Lena lockte er nur ein verächtliches Schnauben hervor.

Vier Wochen. Dann kamen die Vermieter wieder zurück, und sie musste etwas anderes gefunden haben als diese Übergangslösung. Aber da machte sie sich keine Sorgen. Schlimmer konnte es kaum kommen. Ein breiter Wandschrank aus Pappmaché – so sah er zumindest aus – nahm die rechte Seite des Raums in Beschlag. In den gegenüberliegenden Ecken zwei kleine Lautsprecher für die winzige Stereoanlage, die links neben dem Bett auf einem Glasabsatz stand. Der orange Teppichboden sollte wohl Wärme vermitteln. Lena wurde bei seinem Anblick von Schüttelfrost gepackt. Der restliche Teil der Wohnung passte wunderbar zum Schlafzimmer: furchtbar. Lena war es egal. Sie bezahlte eine lächerlich niedrige Summe, um hier vier Wochen zur Untermiete zu wohnen. So brauchte sie vorerst weder Möbel noch andere Haushaltsgegenstände, die man so zum Leben benötigte, zu besorgen. Mal sehen, wie lange sie in dieser Gegend bleiben würde. Ihre alten Sachen waren noch in Regensburg. Sie hatte keine Lust, sie je wieder zu Gesicht zu bekommen. Alles erinnerte sie an eine Epoche, mit der sie abgeschlossen hatte. Spätestens seit dem Urteilsspruch vor zwei Monaten.

Sie dachte an den toten Architekten. Seine Ehefrau, die geschockt, aber doch relativ gefasst auf die Todesnachricht reagiert hatte. Oberpfälzer Bürgerlichkeit. Dieser Schönthaler hatte seine Gattin betrogen, und sie wusste davon. Hatte sich damit abgefunden. Ihre ganze Haltung, die Resignation, die oberflächliche Ordnung in der Villa, all das sprach Bände. Am liebsten hätte sie der guten Frau erst einmal einen Vortrag über Emanzipation gehalten. Aber es war nicht der richtige Moment. Und vielleicht würde sie es eines Tages auch so begreifen. Schließlich war sie jetzt darauf angewiesen, selbst zurechtzukommen, ohne sich hinter einem angeblich starken Mann zu verstecken. Die Leute verbanden heutzutage viel zu oft Reichtum mit Charakterstärke. Dabei widersprach sich das doch in fast allen Fällen. Lena schüttelte sich vor Ekel.

Ausgerechnet so einer wurde kurz nach ihrer Ankunft ermordet. Das machte die Aufgabe nicht gerade leicht. Sie musste um alles in der Welt jegliche Sympathie für den Mörder aus ihrem Kopf bannen. Auch wenn die Welt jetzt um ein Schwein ärmer war.

Sie seufzte.

Stand auf, um ihren Notizblock zu holen.

Der war in einem schlimmen Zustand, nach nur wenigen Tagen. Ein Kaffeefleck auf dem Umschlag, dort, wo sie zerstreut ihren Becher hingestellt hatte, und einige Seiten klebten zusammen, weil sie gestern beim Abendessen ihr Saftglas umgestoßen hatte. Da ihre Notizen solchen Versehen sehr oft ausgesetzt waren, brauchte sie in der Regel bei jedem neuen Fall einen neuen Block. Die kaufte sie gleich in Zehnerpacks, wenn sie im Sonderangebot waren. Der aktuelle stammte aus einem besonders günstigen Kauf. Micky Maus grinste sie neben dem braunen Kaffeering an, und darunter stand in geschwungenen Buchstaben geschrieben: »Walt Disney's lustige Taschenbücher«.

Von Lorenz, ihrem zwölfjährigen Neffen, der den Großteil seiner Zeit darauf verschwendete, an den Nerven anderer zu sägen, wusste sie, dass Micky Maus total out war. Zum

Glück gingen ihr Trends ohnehin am Allerwertesten vorbei. Lustige Geschichten schrieb sie zurzeit allerdings eher nicht nieder.

Lena setzte sich wieder auf ihr Bett, das Kissen als Lehne in den Rücken gestopft, und dachte an ihre neuen Kollegen.

Inzwischen hatte sie sich schon ein differenziertes Bild machen können.

Feiti.

Sah ständig müde aus. Demotiviert. Schien familiäre Probleme zu haben, zumindest hatte er das angedeutet. Drei Kinder, das jüngste zwei Jahre alt. Kein Wunder. Interessierte sich nur mäßig für den Mordfall, ließ hin und wieder ein paar rassistische Kommentare fallen. So wie am Nachmittag, als er meinte, dass wahrscheinlich die Zigeuner den Architekten umgebracht hatten, weil er ihnen die Parkplätze für die Wohnwagen zubaute. Fand sie nicht sehr komisch. Früher sei alles anders gewesen, meinte er, als die Grenze noch dicht war. Da sei das ganze Gesindel erst gar nicht rübergekommen. Und wenn, dann hatte man es gleich wieder zurückgekarrt. Lena war sich nicht sicher, ob er scherzte oder es ernst meinte. Im Zweifel für den Angeklagten.

Pete und Mich, die üblichen Machos, wie man sie auf jeder Polizeistation traf. Im Grunde vermutlich ganz okay. Etwas einfach gestrickt, aber offen und ehrlich. Lena mochte Menschen, die geradeheraus waren, etwas grob. Die beiden fielen in die Kategorie. Mit ihnen dürfte sie ganz gut auskommen.

Ganz anders sah es bei Hauser aus. Im Gegensatz zu Pete und Mich hatte er keine einzige eigene Meinung zu irgendetwas. Ehrgeizig und bestimmt nicht hinterlistig oder bösartig, aber so standhaft wie ein Wetterhahn im Wind. Ein Schwächling. Lena wusste, dass sie etwas ungerecht war, aber wenn sie etwas verachtete, dann Menschen, die nicht wussten, was sie wollten, die nicht mit beiden Beinen im Leben standen. Felsenfest, komme, was da wolle. Vielleicht lag es an dem, was sie durchgemacht hatte. Viele Dinge, die sie erlebt hatte, hätten so manch einem das Rückgrat gebrochen. Sie war gestärkt daraus hervorgegangen.

Über Spichtinger hatte sie sich noch keine richtige Meinung bilden können. Er war am schwierigsten zu durchschauen. Offenbar der Außenseiter im Team, ständig gehänselt von Helbich. Hauser hasste ihn, und allein das machte ihn sofort sympathisch. Beim Verhör von Sepp Binser war er sehr zaghaft zu Werke gegangen, sie hatte nicht zusehen können und war selbst eingesprungen. Viel hatte es nicht gebracht. Wobei die letzte Bemerkung des Verrückten – er war sicher nicht so verrückt, wie er sich gab – über die Frau des Tennisvorstands recht interessant gewesen war.

Helbich, der Chef, war eigentlich ein netter Typ. Davon war sie überzeugt. Mal abgesehen von seiner Masche, ständig den harten Kerl raushängen zu lassen. Seine Analysen wirkten etwas vorschnell, er schien ein hitziges Temperament zu haben und öfter über das Ziel hinauszuschießen. Aber der erste Eindruck war eher positiv. Eine seltene Sache. Bisher hatte sie vor allem die Erfahrung gemacht, dass erträgliche Chefs nicht gerade auf den Bäumen wuchsen. Vitamin B und Alter gingen viel zu häufig vor Kompetenz. Trotzdem war sie gern Polizistin. Eigentlich konnte sie sich nichts anderes vorstellen. Hatte schon immer davon geträumt. Ihr Beruf gab ihr das Gefühl, etwas Wichtiges zu tun, sich für die Gesellschaft einzusetzen. Aber das war nicht das Entscheidende. Sie fühlte sich in gewisser Weise auserwählt. Natürlich musste man diverse Prüfungen und Tests bestehen, um zu zeigen, aus welchem Holz man geschnitzt war. Aber als Frau reichte das noch lange nicht. Da musste man beweisen, dass man wirklich zu etwas nütze war und nicht nur hilflos dabeistand, wenn es mal brannte. Man musste in der Lage sein, in einer kritischen Lage die Initiative zu ergreifen und eigenständige Entscheidungen zu treffen. Polizist war auch heute noch ein Männerberuf. Der Großteil aller schwereren Delikte wurden von Männern verübt, als Frau hatte man da einen schweren Stand. Körperlich war man zumeist unterlegen. Obwohl Lenas durchtrainierter Körper wohl so manchen ihrer Kollegen vor Neid erblassen ließ. Als sechzig Kilo schwere Frau kämpfte man im Fliegengewicht, gegen einen Zweizentnerkerl hatte sie keine Chance. Wollte man als Frau aufs Terrain und sich nicht in irgendeinem Büro verkriechen, dann hieß es Ohren anlegen und los. Mit Zaudern und Zögern kam man nicht weit. Mit dem Loslegen hatte sie keine Probleme, ihr fiel es eher schwer, sich im Zaum zu halten, aber bei ein paar einschlägigen Erfahrungen hatte sie sich die Hörner bereits ordentlich abgestoßen.

Die menschlichen Körperzellen erneuerten sich ständig. In ein paar Jahren wäre sie ein neuer Mensch. Alles Alte ausgetauscht und ersetzt. Dieser Gedanke gefiel ihr. Damit tröstete sie sich über die dunklen Momente hinweg, wenn sie an die vergangenen Monate dachte. Ganz so unschuldig, wie der Richter gemeint hatte, war sie nicht. Gut und böse, schwarz und weiß, das gab es nicht. Man befand sich immer in einer Grauzone.

Sie schloss kurz die Augen und ermahnte sich, in der Gegenwart zu leben. Das Vergangene hinter sich zu lassen. Dann öffnete sie die Augen wieder und blickte auf ihre Notizen.

Der Wagen.

Schmutzige Reifen, im Wald gefahren.

Das war ihr als Erstes aufgefallen. Ein schmutziger Mercedes, das war wie ein Topmodel mit schwarzen Zähnen, absurd. Was die Vermutung zuließ, dass der Mörder den Architekten im oder am Wagen überwältigt hatte und daraufhin damit durch den Wald gefahren war. Die Säcke im Kofferraum bekräftigten diese Hypothese.

Prostituierte?

Diese Frage war inzwischen in den Hintergrund gerückt, durfte aber nicht ausgeschlossen werden. Sepp Binsers Glaubwürdigkeit war mehr als zweifelhaft, seine Andeutungen mussten also mit Vorsicht genossen werden. Wobei man doch eigentlich recht schnell herausfinden könnte, ob eine Dame aus dem horizontalen Gewerbe im Spiel war; so viele dürfte es davon in dieser Gegend nicht geben. Und sie konnte es sich schwer vorstellen, dass der Architekt dafür nach Tschechien gefahren war. Wo gab es hier in der Gegend ein Bordell? Ihre männlichen Kollegen müssten das wissen.

Lena zückte ihr Handy.

Wen konnte sie um diese Uhrzeit noch anrufen?

Sie entschied sich für Spichtinger. Er wohnte allein. Ihn würde sie weder mit der Frage noch mit dem späten Anruf stören. Wo hatte sie noch mal die Liste mit den Telefonnummern? Oje, die Seite hatte einiges an Saft abbekommen. Mit Mühe entzifferte sie Spichtingers Handynummer.

Nach dreimaligem Klingeln hob er ab.

»Ja?«

»Lena hier. Entschuldige die späte Störung.«

»Kein Problem.« Sie hörte Stimmengewirr im Hintergrund und das Klirren von Gläsern. Spichtinger klang neugierig, als er hinzufügte: »Was ist los?«

»Nichts Besonderes. Ich hab mich nur gerade gefragt, wo ich um diese Zeit eine Prostituierte treffen könnte«, meinte Lena.

»Eine Prostituierte?«, erwiderte Spichtinger verblüfft. Die Geräusche im Hintergrund wurden eine Spur leiser, offenbar lauschten die anderen gebannt.

»Na ja«, Lena merkte selbst, wie komisch ihre Frage klang, »nur um herauszufinden, ob Schönthaler in der Mordnacht eine Professionelle bestellt hatte. So viele dürfte es ja hier nicht geben, oder?«

»Äh, ja ...«, stammelte Spichtinger hörbar verlegen. »Aber

ich weiß ehrlich gesagt nicht, wo ... Angeblich gibt es bei Waidhaus auf tschechischer Seite ein Bordell, aber sonst ... Ich kann ja mal hier fragen.« Lena hörte, wie Spichtinger jemanden fragte, ob er wüsste, wo man eine Prostituierte herbekam.

Die Antwort fiel recht ausführlich aus. Lena wartete geduldig. Schließlich vernahm sie wieder Spichtingers Stimme:

»Die anderen hier meinen, dass es in Eslarn eine Mutter gäbe, die zusammen mit ihrer Tochter diesem Geschäft nachgeht. Die beiden sind sogar überregional bekannt. Viele Zeitungen haben schon über sie berichtet. Aber sie empfangen nur bei sich, damit können wir sie wohl von der Liste der Verdächtigen streichen. Ansonsten gibt es nur das Bordell bei Waidhaus. Die dortigen Damen kann man wohl auch zu einer kleinen Tour mitnehmen ...«

»Danke. Wo bist du denn gerade?«

»Ich?«, fragte Spichtinger. »Im Gasthof zur Krone ... Willst du noch vorbeischauen? Bist herzlich eingeladen.«

»Das ist nett, aber ich denke, ich leg mich gleich schlafen.«

»Alles klar. Bis morgen.«

»Jupp. Bis morgen.«

Lena legte das Handy beiseite. Eine Mutter und ihre Tochter! Heureka, Sachen gab's, die gab's gar nicht. Die Prostituierten mussten warten.

Sie gähnte.

Als sie den Block zuschlug, fiel ihr Blick auf eine Bemerkung, die sie an den Rand gekritzelt hatte.

Alte Frau noch mal befragen.

Unweit vom Fundort des Wagens stand ein kleines Holzhaus. Dort hatte laut ihrer Kollegen der ehemalige Betreiber des Skilifts gewohnt. Der war seit ein paar Jahren tot. Jetzt lebte dort nur noch seine Mutter, schon über neunzig, aber noch recht fit, wie Lena festgestellt hatte, als sie dort geklingelt hatte.

Die Alte hatte behauptet, nichts bemerkt zu haben, aber Lena hatte in ihrem Verhalten ein tiefes Misstrauen gegenüber den Polizisten wahrgenommen. Sie würde ihr noch einen Besuch abstatten. Allein.

Mit diesem Gedanken beugte sich zu der scheußlichen Nachttischlampe und drückte auf den Schalter. Wenige Minuten später schlief sie tief und fest.

Noch immer angezogen.

Sonntag, 18. April

Im Osten dämmerte der Morgen. Kurz nach sieben Uhr am Sonntag. Der Regen hatte seit ein paar Stunden aufgehört. Die Luft war klar und rein. Es wehte nur eine leichte Brise. Herrlich.

Wastl Obermeier liebte diese Momente, so etwas gab es nur in der Oberpfalz, hier in seiner Heimat, die er um nichts in der Welt verlassen würde. Die Jungen zogen alle weg, suchten ihr Glück in der Ferne und übersahen dabei das, was das Leben ausmachte: gute Luft und Ruhe. Was erhofften sie sich nur in der Hektik der Großstädte? München, Regensburg, Berlin. Je weiter weg, desto besser; je größer, desto attraktiver. Was fehlte ihnen denn? Vermutlich glaubten sie, dass man sich hier nicht genug amüsierte. Überhaupt war das doch das Einzige, was diese Jungspunde im Kopf hatten: Diskos, Bars, Freundin oder Freund.

Wastl war seinen Lebtag in keiner Disko gewesen. Das Tanzbein hatte er trotzdem öfter und energischer als manch anderer geschwungen. In diesen modernen Schuppen ging es ja gar nicht mehr ums Tanzen. Die Gesellschaft war krank. Eine Spaßgesellschaft, in der die richtigen Werte nichts mehr wert waren. Wert reimte sich nur noch auf Geld. Und Geld auf Spaß. Keiner hörte mehr auf den Rat der Älteren. Früher hatten die Jungen noch Respekt, ihm hatte der Pfarrer immer gesagt: »Liebes Kind, willst du folgen, so wirst du weise; und nimmst du es zu Herzen, so wirst du klug.« Heutzutage lachte man über solche Ratschläge.

Er ging zu seinem Anhänger, auf dem der kleine Bagger stand.

Da musste man sich nicht wundern, wenn so etwas dabei herauskam. Eifer und Zorn verkürzen das Leben. Mord, Totschlag, Verfall. Der Jüngste Tag war nicht mehr fern. Wastl Obermeier bückte sich und nahm einen Lehmklumpen in die Hand. In einigen Jahren würde von dem Architekten nicht mehr als das übrig sein. Das sollten sich diese Streber mal hinter die Ohren schreiben. Sie rannten irgendeiner Vision hinterher, die ihnen von den Medien und anderen Konzernen eingebläut wurde, und vergaßen dabei zu leben. Wie stand es schon in der Bibel: Sie achten alles für nichts und reden übel davon und reden und lästern hoch her.

Lebensqualität: eine gute Mahlzeit beim Weiherblasch. Ein kühles Bier und eine gescheite Brez'n. Spaziergänge im Wald. Offene Diskussionen mit den Spezln am Stammtisch. Jeden Tag an der frischen Luft.

Das würde er gegen nichts in der Welt eintauschen.

Angeblich gab es in der Gegend zu wenige Arbeitsplätze. Da konnte er nur lachen. Wer suchet, der findet. Hier hatte noch jeder sein Plätzchen bekommen, seine drei Söhne arbeiteten alle. Der Älteste bei MMM in Stadlern, der Zweite beim Steinmetz, und der Jüngste würde den Hof übernehmen. Keiner brauchte sich Sorgen um die Zukunft zu machen.

Inzwischen war er bereits Opa. Sein Ältester hatte ein Haus gebaut und eine fleißige Frau gefunden. Wenn er die anderen Leute jammern hörte, wie schlecht es ihnen doch ging, dass sie es in dieser Gegend nicht mehr aushielten, kam ihm stets das Wort des Herrn in den Sinn: Denn es ist kein guter Baum, der faule Frucht trage, und kein fauler Baum, der gute Frucht trage. Zu Deutsch: Aus nix wird nix.

Er formte eine Kugel aus Lehm, zerdrückte sie und ließ die Erde zu Boden rieseln. Dann packte er die beiden Bretter, die neben dem Bagger auf dem Anhänger lagen, öffnete die hintere Luke und klemmte sie quer, sodass sie eine kleine Rampe bildeten. Daraufhin stieg er in den Bagger, ließ den Motor an und fuhr an. Vorsichtig rollte er über die provisorische Rampe nach unten.

Den kleinen Bagger hatte er sich vor knapp zehn Jahren angeschafft. Zuerst war er skeptisch gewesen. Ein Totengräber arbeitet mit einer Schaufel, im Schweiße seines Angesichts, aus Respekt vor den Toten. Aber der Rücken hatte ihm da einen Strich durch die Rechnung gemacht, es ging einfach nicht mehr. Der Kauf des Baggers hatte seine Tätigkeit revolutioniert. Er konnte sich gar nicht mehr vorstellen, wie er jemals ohne die Maschine ausgekommen war. Was früher eine tagelange Schufterei gewesen war, erledigte er jetzt innerhalb von ein oder zwei Stunden.

Sobald er an der Grabstelle angelangt war, schaltete er den Motor wieder aus und kletterte ins Freie. Andächtige Stille senkte sich im Morgenlicht über den Oberviechtacher Friedhof. Ein paar Gräber weiter flog eine Krähe auf. Wastl seufzte. In dieser Stimmung ertrank man leicht in Melancholie. Er ließ seinen Blick über die Gräber schweifen. Erst jetzt sah er, dass er nicht allein war. Am anderen Ende des Friedhofs stand eine schwarze Gestalt mit dem Rücken zu ihm vor einem Grab.

Neugierig kniff Wastl die Augen zusammen.

Ein Mann. Er verschwand aus Wastls Blickfeld, kniete offenbar nieder. Ein Besucher so früh am Morgen war eher eine Seltenheit. Wastl zögerte. Er wollte den anderen nicht stören. Andererseits war er schon neugierig, wer um diese Zeit auf den Friedhof ging.

Der Mann richtete sich wieder auf. Blickte sich kurz um. Bemerkte Wastl und schien zu erschrecken, denn er wandte sich sofort ab und lief in raschen Schritten auf den nördlichen Ausgang zu. Kurz darauf war er verschwunden.

Komischer Kauz.

Seit über zwanzig Jahren arbeitete Pete nun schon als Polizist. Deshalb konnte er wohl auch mit Fug und Recht behaupten, eine gediegene Erfahrung als Ermittler mitzubringen und eine gute Intuition entwickelt zu haben. Man sagte ihm oft, dass er ein sicheres Gespür für Angelegenheiten habe, die nicht ganz koscher waren. Und so ein Gespür war ausschlaggebend. Fakten, Beweise und Indizien, das war alles schön und gut; es kam aber darauf an, dass man diese Puzzlestücke am Ende auch zu einem Bild zusammenfügen konnte. Gerade bei Drogendelikten konnte ihm keiner etwas vormachen, er kannte seine Pappenheimer. Wenn man bei jemandem im Wohnzimmer drei Hanfpflanzen fand, dann konnte man sicher sein, dass das Gewächshaus im Garten nicht unbedingt saftige Tomaten für einen leckeren Salat enthielt. Dasselbe galt für Verkehrsvergehen oder Schlägereien, Pete hatte ein gutes Näschen, witterte sofort, wenn einer die Wahrheit verbog.

Seine Eltern hätten gern gesehen, dass er Lehrer wurde. Die Familientradition weiterführte. Aber er hatte sich in seiner Berufswahl nicht beirren lassen. Sein Vater hatte zunächst zurückhaltend reagiert, die Entscheidung seines Sohnes aber letztendlich wohlwollend akzeptiert. Vielleicht auch deshalb, weil sein Bruder Lateinlehrer geworden war.

Pete hatte großes Glück gehabt. Als er aus der Polizeischule kam, wurde gerade ein Posten in Oberviechtach, seinem Heimatort, frei. Er hatte sich beworben und die Stelle bekommen. Bald darauf hatte er Rita geheiratet, das erste Kind hatte nicht lange auf sich warten lassen.

Mit seinen Kollegen hatte er es ebenfalls gut getroffen. Keiner fiel besonders aus der Reihe, außer ab und zu Spichtinger, aber der war im Grunde auch kein übler Kerl, ein Münchner halt. Die Neue, Lena, wirkte auch ganz passabel. Er linste zu ihr hinüber. Sie saß links hinter ihm im Vernehmungszimmer. Ein bisschen steif, hielt den Rücken extrem gerade, als hätte sie eine Ausbildung beim Militär absolviert. Sehr konzentriert. Ließ Manfred Roth nicht aus den Augen.

Der wand sich auf seinem Stuhl, sichtlich geniert. Eigentlich hatte Pete vorgehabt, gegen neun Uhr bei ihm vorbeizufahren, aber der Vorsitzende des Tennisvereins war vor einer halben Stunde von selbst in der Polizeiinspektion aufgetaucht, um das Verschwinden seiner Frau zu melden.

Pete seufzte:

»Okay, Manfred. Dann noch mal kurz von vorn, damit wir sehen, dass wir nichts ausgelassen haben. Du sagst also, dass du deine Frau gestern gegen 19 Uhr zum letzten Mal gesehen hast.«

»Ja. Wir waren im Café am Marktplatz und …«

Die Tür ging auf, und Mich steckte den Kopf herein. Winkte Lena zu sich. Sie schloss die Tür hinter sich. Pete nickte Manfred Roth zu:

»Und als ihr heimgekommen seid, bist du ins Wohnzimmer, um das Bundesligaspiel anzuschauen.«

»Richtig.«

»Aber das hat doch erst um halb neun angefangen?«

»Schon, aber du weißt ja, wie das ist. Ich hab mir eine Halbe eingeschenkt und wollte die Reportagen vorm Match nicht verpassen. Übern Ribéry und die ganze G'schicht.«

»Ja, hm. Und deine Frau wollte das also nicht sehen?«, fragte Pete.

»Nein, Fußball interessiert die nicht. Deswegen hab ich auch nicht gemerkt, dass sie weg war. Erst nach dem Spiel …«

»Um ein Uhr? Ziemlich spät …«

»Na ja, ich hab natürlich noch die Interviews angeschaut, war ja schon ein Mordsspiel, die Bayern haben ganz schön aufgezunden.«

»Ha. Die Berliner haben auch nix anderes verdient, arrogante Zipfel«, stimmte Pete zu.

»Absolut! Das Tor vom Schweinsteiger, erste Sahne«, rief

Manfred Roth, ehe er sich bewusst wurde, dass seine Begeisterung fehl am Platze wirkte. Er senkte beschämt den Blick. »Ich bin ins Bad und hab geduscht. Dann bin ich ins Schlafzimmer, und da …«

»Da war sie nicht da«, ergänzte Pete. »Hast du dich nicht schon vorher gefragt, wo sie ist?«

Manfred Roth wirkte verlegen.

»Eigentlich nicht. Die Stimmung war leicht … angespannt, als wir vom Kaffeetrinken zurückgekommen sind.«

»Wieso? Hattet ihr euch gestritten?«, wollte Pete wissen.

»Ach«, erwiderte Manfred, »nur das Übliche. Kommt in jeder Ehe vor, oder?«

»Natürlich«, beeilte sich Pete zu sagen. Die Luft im Raum war unbegreiflich schwül. Er schwitzte heftig.

Die Tür öffnete sich. Lena kam zurück.

Doch anstatt sich wieder auf ihren Stuhl zu setzen, trat sie an den Tisch heran. Starrte Manfred Roth an, bis dieser nervös zur Seite blickte.

»Ich hatte gerade Ihre Frau am Telefon«, sagte sie. Pete sah überrascht auf. Lenas Ton war scharf, gar nicht fröhlich oder tröstend. Manfred Roths Nervosität schien durch die Neuigkeit eher zu wachsen als sich aufzulösen.

»Ja … Wie …«, stotterte der Zahnarzt.

»Ihre Frau hat bei einer Freundin übernachtet, weil sie einen gewalttätigen Übergriff Ihrerseits fürchtete. Sie erhebt schwere Vorwürfe gegen Sie. Können Sie mir sagen, wo Sie in der Nacht von Donnerstag auf Freitag waren?«

Pete blickte seine neue Kollegin mit offenem Mund an. Was sollte denn das jetzt? War sie komplett übergeschnappt?

»Gewalttätiger Übergriff … Ich verstehe nicht …«, stammelte Manfred Roth.

»Sie wussten, dass Ihre Frau ein Verhältnis mit dem ermordeten Architekten Schönthaler hatte, nicht wahr?«, sagte Lena.

Pete zuckte zusammen. Er wusste nicht, wie er reagieren sollte. Die Situation lief aus dem Ruder.

Manfred Roth setzte zu einer Antwort an. Dann schlug er die Hände vors Gesicht und schluchzte auf.

»Sie sind Ihrer Frau am Donnerstagabend gefolgt, stimmt's?«, fragte Lena. Ihr Gesicht verriet keine Regung. Pete hob die Hand, um einzuschreiten. Doch als er sah, dass Manfred zögerlich nickte, ließ er sie entsetzt wieder sinken.

»Ich ... hab schon eine ganze Weile geahnt, dass Karin mich betrügt«, sagte Manfred stockend. »Aber ich hatte keine Gewissheit. Also hab ich angefangen, sie auszuspionieren. Hab heimlich ihre Handynachrichten und ihre Mails gelesen. So hab ich herausgefunden, dass sie mit einem gewissen Heiner eine Affäre hat. Ich wusste aber lange nicht, dass es der Architekt war. Zu dem Schluss bin ich erst vorige Woche gekommen, als ich die letzte Telefonrechnung durchgesehen habe, da ist die Nummer des Architekturbüros öfter aufgetaucht. Und so viele Heiner gibt es hier in der Region nicht, das konnte kein Zufall sein.«

Er hob den Kopf und sah Lena an.

»Sind Sie jetzt zufrieden?«

»Nein«, antwortete Lena, »Sie haben uns noch immer nicht gesagt, was Sie am Donnerstagabend gemacht haben.«

Manfred seufzte und schien mit sich zu ringen.

»Haben Sie Heiner Schönthaler umgebracht?«, fragte Lena brutal.

Manfred zuckte zusammen.

»Nein! Um Himmels willen! Natürlich nicht.«

»Es muss doch ein Riesenschock für Sie gewesen sein, als Sie herausgefunden haben, dass Ihre Frau Sie mit dem Architekten betrügt.«

»Schon«, gab Manfred Roth zu.

»Bestimmt haben Sie ihn verflucht und ihm den Tod an den Hals gewünscht.«

»Ja!«, rief der Zahnarzt. »Oder nein! Natürlich war ich sauer auf ihn, aber deswegen bringt man doch nicht gleich jemanden um!«

»Dann sagen Sie uns bitte, wo Sie zur Zeit des Mordes waren! Jedenfalls nicht beim Stammtisch des Tennisvereins, mein Kollege hier (Sie machte eine Kopfbewegung in Petes Richtung) war dort und hat Sie nicht gesehen.«

Pete warf Manfred einen entschuldigenden Blick zu, den der jedoch nicht wahrnahm, weil er die Tischplatte anstarrte.

»Ich bin ihr gefolgt«, murmelte er.

»Wie bitte?«, fragte Lena.

»Ich bin ihr gefolgt«, wiederholte Manfred lauter.

»Zum Wildpark?«

»Ja.«

»Und? Jetzt lassen Sie sich doch nicht alles aus der Nase ziehen«, sagte Lena streng.

»Ich hatte in einer SMS gelesen, dass sie sich um 21 Uhr mit Schönthaler am Wildpark treffen wollte. Ich weiß, es klingt kindisch, aber ich wollte die beiden auf frischer Tat ertappen und ...«

»Ja?«

»Und keine Ahnung. Ich hatte mir keine Gedanken darüber gemacht, was ich dann tun würde. Gegen acht bin ich aus dem Haus und habe vorgegeben, wie immer zum Stammtisch zu fahren. Dann habe ich zweihundert Meter neben unserer Ausfahrt auf dem Feldweg geparkt und gewartet. Um Viertel vor neun ist Karin weggefahren. Ich bin ihr in sicherem Abstand gefolgt. Aber ich glaube nicht, dass sie oft in den Rückspiegel geschaut hat. Sie war in Gedanken schon längst bei ihrem Heiner.« Er stieß ein bitteres Lachen aus. »Noch ehe sie in den Parkplatz zum Wildpark eingebogen ist, wurde mir klar, wie dumm ich mich angestellt hatte. Ich konnte mich ja nicht einfach neben sie hinstellen. Also bin ich wie der Trottel, der ich bin, weitergefahren und hab irgendwo gewendet.

Als ich wieder zum Wildpark kam, stand nur noch ihr Auto da. Sie selbst war wie vom Erdboden verschluckt.«

»Was hast du dann gemacht?«, fragte Pete, der die Sprache wiedergefunden hatte.

Manfred warf ihm einen müden Blick zu.

»Nix hab ich gemacht. Mir ist die ganze Situation auf einmal total lächerlich vorgekommen. Wie ein billiger Privatdetektiv fahr ich meiner eigenen Frau hinterher. Ich bin dann zwei Stunden lang durch die Gegend gekurvt, ich weiß gar nicht, wo ich alles war. In Nabburg. Schwandorf. Bis der Tank auf Reserve war und ich zurückmusste. Das war so gegen Mitternacht, glaube ich. Karin hat da schon im Bett gelegen und geschlafen. Oder hat so getan, als würde sie schlafen.«

»Sie haben also kein Alibi für die Zeit zwischen acht Uhr und Mitternacht«, stellte Lena nüchtern fest.

»Ja, meinetwegen«, schrie Manfred verzweifelt. »Aber ich habe den Schönthaler nicht umgebracht! Pete, Mensch, sag doch mal was. Ich bin doch kein Mörder!«

»Das behauptet auch niemand«, beschwichtigte Pete ihn mit einem warnenden Blick in Lenas Richtung. Die zog ihren Stuhl etwas heran und setzte sich. Sie sagte nichts, doch ihre Miene verriet, dass sie mit Petes sanftem Kurs nicht einverstanden war.

»Hast du wirklich niemanden, der bezeugen kann, wo du am Donnerstagabend warst? Hast du nicht irgendwo angehalten? Oder getankt?«

Der Tennisvorstand schüttelte den Kopf. Dachte angestrengt nach.

»Doch!«, rief er plötzlich. »Ich habe zwar keinen Zeugen, aber ich bin ziemlich sicher, dass ich in Untereich geblitzt worden bin! Du weißt schon«, fuhr er an Pete gewandt fort. »Kurz vor Nabburg, wo die Schnellstraße durch den Ort führt. Da stehen sie ja ständig. Normalerweise pass ich auf, aber ich war zu aufgeregt. Recht viel schneller als sechzig war ich zwar bestimmt nicht unterwegs, aber na ja …«

»Das können wir im Handumdrehen nachprüfen«, sagte Pete erleichtert. »Und dann kannst du wieder nach Hause gehen.«

Er nickte Lena zu, die das Zimmer ein zweites Mal verließ. Fünf Minuten später war sie zurück.

»Er hat recht«, verkündete sie grimmig. »Die Nabburger Kollegen haben ein hübsches Foto von ihm und seinem Wagen. 21.37 Uhr.«

»Na wunderbar!«, sagte Pete und schlug mit den Handflächen auf die Tischplatte. »Dann wäre das ja geklärt. Entschuldige die Unannehmlichkeiten, Manfred, aber du weißt, wir müssen …«

»Freilich«, unterbrach ihn der Zahnarzt. »Ihr macht bloß eure Arbeit. Hoffentlich kriegt ihr den Schurken. Auch wenn ich zugeben muss, dass ich dem Schönthaler keine Träne hinterherweine.«

Er stand auf und verabschiedete sich mit einem Händedruck von den beiden Polizisten.

Elegant und kraftvoll zugleich. Eduard »Edi« Sterr drückte auf das Gaspedal seines Nissan Patrol, und der Wagen zog schön an in der Steigung. Sein Hund hechelte aufgeregt mit heraushängender Zunge an seinem Platz vor dem Beifahrersitz.

»Gleich darfst du raus, Ador«, sagte Edi und tätschelte den Kopf des Deutsch Drahthaar, den er sich vor zwei Jahren fertig ausgebildet angeschafft hatte. Hatte ihn eine hübsche Stange Geld gekostet, das war es aber wert. Zum Erziehen war Edi nicht geschaffen, und er konnte es sich schließlich leisten. Wieso sollte er sich also mit einem widerspenstigen

Welpen abrackern, wenn es Leute gab, die damit ihr Brot verdienten? Unter Adors drahtigem Fell traten die Muskeln hervor. Der Hund roch, aber er roch angenehm rau, passend zur Landschaft.

Edi rauschte am Eslarner Ortsausfahrtsschild Richtung Schönsee vorbei. Rechts ging das Sträßchen nach Gmeinsrieth ab, dort lagerte er sein Holz, 200 Festmeter bestes Bauholz. Wenn sein Sohn erst einmal ein sauberes Weibsbild gefunden hatte, würde er ihm eine feine Hütte hinstellen. Die Leute sollten sehen, dass auch ein Sterr es zu etwas bringen konnte. Edis Mutter war zu Lebzeiten eine einfache Schneiderin gewesen, sein Vater Holzhauer. Er war in bescheidenen Verhältnissen aufgewachsen, hatte kämpfen müssen, um seine Eltern davon zu überzeugen, dass er gut genug fürs Gymnasium war. Die hatten nicht verstanden, warum er seine Zeit mit Lernen verschwenden wollte. Hauptschule, Lehre, dann arbeiten. So sah ihr Plan aus. Aber er hatte nicht nachgegeben und sich schließlich durchgesetzt.

Inzwischen konnte er stolz auf das Erreichte zurückblicken. Gut, das mit dem Studieren war nichts geworden, aber eines hatte er im Laufe der Jahre gelernt: Rechnen. Und als Metzger war es von entscheidendem Vorteil, gut in Mathematik zu sein. Sieben Filialen besaß Edi im Landkreis, und er war kurz davor, in Waidhaus eine achte zu eröffnen. Selbst brauchte er sich schon lange nicht mehr die Finger schmutzig zu machen. Seine Routine wochentags: zu wechselnden Uhrzeiten von Ort zu Ort fahren und Überraschungsbesuche abstatten. Kontrollieren, ob die Angestellten sauber zu Werke gingen und ob die Kasse stimmte. Das funktionierte wunderbar.

Er genoss sein Leben in vollen Zügen. Konnte in Ruhe seinen Hobbys nachgehen: der Jagd und der Fischerei. 2000 Hektar Wald hatte er gepachtet, die Hälfte davon auf tschechischer Seite. Bei der letzten Jagdgenossenschaftssitzung hatten die anderen ziemlich gemault; er monopolisiere die Jagd, hatte er sich anhören müssen. So ein Schwachsinn. Er hatte keine Lust, in einem winzigen Jagdbezirk ein paar Jährlingsböcke abzuknallen, die verschreckt aus den Nachbarrevieren flohen. Wenn er Jagd sagte, dann meinte er Hochwild. Die Hirsche liefen bei den Tschechen in Horden herum, warum also nicht dort auf die Jagd gehen? Und die Tschechen dachten praktischer als die Neidhammel auf der deutschen Seite. Solange er den fälligen Betrag überwies, war denen egal, wer dort durchs Revier stiefelte und das Rotwild über den Haufen schoss.

Rechts im Tal sah er seinen großen Karpfenteich. Sein Augapfel. Die ältesten Karpfen waren knapp zehn Jahre alt, er kannte sie alle beim Namen.

Hm ... Stand da nicht jemand am Teichufer?

Edi blinzelte.

Nein, das hatte er sich wohl nur eingebildet. Er fuhr weiter. Zuerst die Saiblinge und Bachforellen im Weiher am unteren Stückstraßl. Die hatte er seit gut einer Woche nicht gefüttert.

Edi war erst gestern spät in der Nacht von einer einwöchigen Safari in Kenia zurückgekommen. Hatte dort einen Riesenbüffel erlegt. Den Kopf würde er sich ausstopfen lassen und ins Wohnzimmer hängen.

Er bekam Gänsehaut, als er an das Hochgefühl beim Erlegen dieses Prachtexemplars dachte.

Das war schon etwas anderes als die ewigen Wildsauen und Böcke und Hirsche. Im Überschwang der Begeisterung hatte er für September gleich noch eine Safari gebucht.

Vorbei ging es an der Abbiegung nach Ödmeiersrieth und den Berg hoch auf der breit ausgebauten Straße. Früher hatte hier beinahe wöchentlich jemand seinen Wagen zu Schrott gefahren. Jetzt ähnelte das Stück eher einer Autobahn, links und rechts vom Straßenrand hatte man Erdwälle aufgehäuft, sodass die Raser nicht in die Bäume knallten, sondern wie in der Formel 1 besser geschützt waren. Ihm sollte es nur recht sein. So konnte sein Nissan zeigen, wie viele PS in ihm steckten.

Ador wurde unruhig, begann zu winseln. Er wollte raus.

»Gleich, Ador«, wiederholte Edi.

Er bog kurz nach dem Waldrand rechts ab ins untere Stückstraßl. Nach wenigen Metern hielt er an, beugte sich über den Beifahrersitz und öffnete die Tür. Auf diesen Moment hatte Ador ungeduldig gewartet. Mit einem großen Satz sprang er aus dem Wagen und hetzte den Weg entlang. Edi schloss die Tür wieder und fuhr langsam hinterher. Sah seinem Hund zu, wie er immer wieder innehielt, um an Ästen oder Grashalmen zu schnüffeln, das Bein hob und sein Revier markierte.

Sein Wald.

Seine Landschaft.

Hier war Ador in seinem Element, genauso wie sein Herrchen. Edi drückte auf den elektrischen Fensterheber und atmete die frische Luft ein, die ins Wageninnere wehte.

Sein Hang zur Natur, das Erbe seiner Eltern. Hier fing alles an. Hierhin führte alles. Wenn diese Bäume sprechen könnten …

Manchmal, wenn Edi in seinen Wäldern unterwegs war, bildete er sich ein, die Seelen jener Menschen wahrzunehmen, die sein Leben geprägt hatten. Nicht alle waren ihm wohlgesinnt.

Edi blickte sich im Rückspiegel an. Das alles war nicht spurlos an ihm vorübergegangen. Er wusste, dass er hässlich war. Fliehendes Kinn, große Nase, schütteres, dünnes Haar, abstehende Ohren, stelzenhafte Beine und ein kleines Bäuchlein. Seine Ex-Frau hatte ihn sitzen lassen, war vor zehn Jahren mit einem anderen davon, aber eigentlich war er ihr dankbar. Bei der Scheidung war er glimpflich davongekommen.

Eine Kosten-Nutzen-Rechnung bezüglich der Alltagsausgaben offenbarte das Offensichtliche: Seine Frau war ein Fass ohne Boden gewesen. Hatte mit Geld um sich geworfen. Und im Bett ... Da hatte er sich ohnehin schon längst bei den Nutten in Regensburg geholt, was sie ihm verweigerte.

»Blöde Kuh«, stieß er zwischen den Zähnen hervor. Trotz allem hatte sie ihn verletzt, nicht emotional, aber in der Öffentlichkeit war sein Ruf angekratzt, die Leute hatten sich über ihn lustig gemacht, und wenn er etwas nicht ertragen konnte, dann war es, bloßgestellt zu werden.

Mit einem grimmigen Kopfschütteln verbannte er diese Erinnerungen aus seinem Kopf, parkte am Wegrand und stieg aus. Ador rannte bereits den schmalen Pfad entlang, der sich links vom Weg durch die Bäume schlängelte. Er hüpfte über einen kleinen Busch und verschwand im Dickicht. Edi stand einsam neben dem Geländewagen. Blickte zu den Baumwipfeln auf. Die Sonnenstrahlen wurden mutiger, kämpften sich durch das Blattwerk und malten bewegliche Muster auf die Stämme.

Hart. Gnadenlos. So sprachen die Konkurrenten über ihn, die er aufgekauft oder ausgebootet hatte. Er war jemand, ein häufiges Gesprächsthema, nicht selten bewundert in einer Welt, in der Erfolg gleichbedeutend war mit einem gelungenen Leben.

Neid. Abscheu. Hassbriefe und abfällige Bemerkungen. Für ein gutes Omelett musste man wohl oder übel ein paar Eier zerschlagen. Da jammerten die Hühner. Er hingegen ließ sich das Mahl genießerisch auf der Zunge zergehen.

»Ador!«

Edi öffnete den Kofferraum und holte den Eimer mit Fischfutter heraus. Der Hund war bestimmt auf einer Hasen- oder Rehfährte. In einer Woche war die Schonzeit für die Böcke vorbei, dann ergab sich bald wieder die eine oder andere Nachsuche für Ador.

»Ador!«

Vermutlich hörte der Hund den leicht verärgerten Unterton, denn er kam sogleich angefetzt und strich eifrig wedelnd um Edis Beine. Ador war nass von oben bis unten.

»Brav. Bei Fuß jetzt. Komm!«

Gehorsam lief Ador neben Edi her. Knapp zweihundert Meter bis zum Weiher. Kurz davor musste man über einen kleinen Bach springen, drumherum dehnte sich ein morastiges Gelände aus, in dem noch der Nebel hing. Die Bäume ähnelten riesigen Gerippen, die ihre knochigen Arme hilflos in die Luft reckten. Edi schlug den Kragen seines Mantels hoch. Es war kühl.

Plötzlich blieb Ador stocksteif stehen und reckte den Schwanz in die Höhe. Edi blickte seinen Hund an.

»Was ist denn los, mein Lieber? Hast du ein Reh gewittert?«

Ador schenkte seinem Herrchen keine Beachtung, sondern stierte in die Richtung, aus der sie gerade kamen. Edi lauschte ebenfalls. Er hörte nichts.

»Na, komm weiter.«

Kurz darauf tat sich der Weiher vor ihnen auf. Er war nichts besonders groß, maß gerade mal fünfzig auf zwanzig Meter. Aber für die Entenjagd perfekt. An einem guten Abend holte Edi hier mehr als zehn Stück runter. Sie fielen in Scharen ein. Für Ador war das jedes Mal ein wahres Fest. Er durfte die gefiederten Freunde dann aus dem Wasser holen.

Edi tauchte eine Hand in den Eimer und schleuderte eine Ladung Futter in den Weiher. Blitzschnell sausten die Fische herbei. Zweihundert Saiblinge und hundert Regenbogenforellen hatte er vor drei Wochen eingesetzt. Da waren sie kaum fünfzehn Zentimeter lang. Heute bekamen sie nur Trockenfutter, während der Jagdzeit wurden sie mit dem Aufbruch des erlegten Wildes verwöhnt. Edi besaß einen enormen Fleischwolf, damit zerkleinerte er Lunge, Herz und

Nieren. Für die Fische das reinste Bankett. Das sparte Kosten und sorgte obendrein dafür, dass sie noch schneller zunahmen. Bis zum Abfischen im Herbst würden sie zu ordentlichen Speisefischen herangewachsen sein.

Ador knurrte. Seine Nackenhaare waren aufgerichtet. Er starrte in den Nebel.

»Ruhig, Junge«, sagte Edi und klopfte ihm auf den Rücken. Ador machte einen Schritt zur Seite und knurrte weiter. Seltsam. Edi warf noch einige Handvoll Futter in den Weiher. Die Wasseroberfläche kochte. Die Fische stürzten sich wie Haie auf die kleinen braunen Stäbchen.

Plötzlich bellte Ador auf.

»Sitz jetzt, Ador!«, befahl Edi. Da ließ man seinen Hund mal eine Woche allein – seine Schwester hatte auf Ador aufgepasst, während er auf Safari war –, schon schlug er Kapriolen.

Ador gehorchte widerstrebend.

Edi wandte sich wieder dem Weiher zu und bemerkte deshalb den Schatten nicht, der sich lautlos aus den Büschen löste und den Pfad entlang Richtung Waldweg verschwand.

Manchmal begegnete man Menschen im Leben, die einem einfach von Grund auf sympathisch waren, obwohl man es sich eigentlich nicht erklären konnte. Sepp Binser war so ein Fall. Spichtinger erinnerte sich noch zu gut an das absurde Gespräch vom Vorabend. An und für sich hätte er jeden Grund gehabt, diesen Trunkenbold zu verwünschen, stattdessen tat er ihm irgendwie leid. Da übersah er schon mal, dass Sepp Binser zweifelsohne ein sehr unangenehmer Zeitgenosse sein konnte, die vielen Narben in seinem Gesicht, der Stiernacken und die vom Alkohol aufgedunsene Haut, alles deutliche Anzeichen, dass dieser Mann ein Vollblutrohling war, dem man besser nicht allein im Dunkeln über den Weg lief.

Aber alles war relativ, das hatte Einstein bewiesen, und ein paar Prügeleien änderten nichts daran, dass Spichtinger hinter dieser heruntergekommenen Fassade einen festen Charakter sah. Einen im Grunde guten Menschen, der nichts mehr zu verlieren hatte. Der im Leben ein paar Fehler gemacht hatte, die ihn auf die schiefe Bahn geworfen hatten, dazu vermutlich zerrüttete Familienverhältnisse oder eine Scheidung oder beides zusammen.

»Setzen Sie sich doch, Herr Binser«, sagte er deshalb freundlich und deutete auf den freien Stuhl, den Manfred Roth erst vor wenigen Minuten verlassen hatte.

»Am Ende der gestrigen … Unterhaltung haben Sie uns einen Hinweis gegeben, dem wir nachgegangen sind«, begann Spichtinger. Wenn er Binser zeigte, dass er ihn ernst nahm, würde dieser vielleicht seinen Zirkus nicht wiederholen. Er wirkte halbwegs nüchtern und schien ihm zuzuhören. Ein gutes Zeichen.

»Ich kann Ihnen aus ermittlungstechnischen Gründen nicht mitteilen, was Karin Roth und ihr Mann genau gesagt haben, aber nur so viel: Sie waren beide Donnerstagabend in der Nähe des Tat- beziehungsweise Fundorts, nämlich am Stückstein. Jetzt stellt sich uns natürlich die Frage: Wie konnten Sie das wissen? Waren Sie ebenfalls dort? Und wenn ja, was haben Sie beobachtet?« Oje, drei Fragen auf einmal. Spichtinger gab sich innerlich die Peitsche. Er hatte doch vorsichtig anfangen und nicht gleich mit der Tür ins Haus fallen wollen! Na ja, jetzt war es auch schon zu spät.

Sepp Binser räusperte sich. Er schien nachzudenken.

»Sie hat also zugegeben, dass sie am Wildpark war. Aber nicht, dass sie den Schönthaler umgebracht hat?«

Na wunderbar, auf drei Fragen antwortete der Kerl mit einer Gegenfrage! Spichtinger nickte säuerlich:

»Ja, hat sie. Aber ich will von Ihnen wissen, wo Sie in der besagten Nacht waren! Auch am Wildpark, nehme ich mal schwer an. Was haben Sie dort gemacht?«

Sepp Binser seufzte.

»Na gut, ich war dort.«

»Und?«, fragte Spichtinger gespannt.

»Nichts ›und‹. Ich hatte meine Aufräumtour beendet und habe noch eine Weile bei den Wildschweinen meditiert.«

»Ihre Aufräumtour?«, wiederholte Spichtinger.

Sein Gegenüber sah auf. Jetzt kam endlich Leben in ihn.

»Wissen Sie eigentlich, wie viele Leute täglich zum Aussichtsturm hochwandern? In Scharen rennen die da hoch. Am Wochenende ist es natürlich am schlimmsten. Aber selbst unter der Woche läuft Ihnen da alle naselang ein Preuße über den Weg. Das wäre an sich nicht katastrophal. Aber diese … diese …« Er suchte nach dem richtigen Wort. »… diese Barbaren schmeißen ihren Abfall einfach in die freie Natur. Ihre Dosen, Aluminiumfolien, Plastiktüten. Rücksichtslos. Und da wundert man sich, dass alles vor die Hunde geht!«

»Und Sie«, schob Spichtinger ein, »Sie räumen diesen Müll weg?«

»Am Anfang ja, da war ich noch naiv, dachte, dass die Leute schon selbst draufkommen und ihr Verhalten ändern würden. Aber nix da!«

»Ach, und deshalb hängen Sie …«, rief Spichtinger, dem langsam ein Licht aufging.

»… das Zeug deutlich sichtbar an den Ästen auf. Stimmt! Als Warnung. Und glauben Sie mir, es hilft. Die Leute werfen viel weniger weg.«

»Wo wir dabei sind«, sagte Spichtinger. »Dann waren Sie es auch, der das Absperrband zerrissen hat, nicht wahr?«

Sepp Binser nickte.

»Wieso? Das hätten wir doch wieder weggenommen.«

»Nun, sagen wir mal, dass hier meine antiautoritäre Veranlagung zum Ausdruck gekommen ist …« Sepp Binser grinste.

»Aha. Und diese antiautoritäre Veranlagung, sorgt die auch dafür, dass Sie Äste und Stangen an die Bäume lehnen?«

Der Befragte wurde sofort ernst.

»Nein. Das mache ich wegen der Energieströmungen.«

»Energieströmungen?«, fragte Spichtinger perplex.

»Die Bäume beziehen ihre Energie aus der Erde, Herr Kommissar«, antwortete Sepp Binser. »Ich weiß, wie so viele andere glauben Sie, dass die am Boden herumliegenden Äste tot und nutzlos sind. Nun, sehen Sie, das ist falsch. Im Wald ist nichts nutzlos. Im Gegensatz zum Menschen gibt es in der Pflanzenwelt keinen Ausschuss, alles hat seinen Platz, auch die sogenannten toten Äste. Ich bin überzeugt, dass sie in der Lage sind, den Bäumen Kraft einzuhauchen, deshalb stelle ich sie auf. Da brauchen Sie gar nicht so zu grinsen, Herr Kommissar.«

»Ich grinse doch gar nicht«, verteidigte sich Spichtinger.

»Und ob Sie das tun, Sie verkneifen es sich nur. Jeder macht sich darüber lustig, aber mir ist das egal. Ich habe schon längst den Glauben an das Gute im Menschen verloren.«

»Weshalb Sie uns auch nicht verraten wollen, ob Sie den Mörder des Architekten gesehen haben?«, wagte Spichtinger einzuflechten.

»Ich habe den Mörder nicht gesehen. Und ja, da haben Sie recht, selbst wenn ich wüsste, wer es getan hat, würde ich nichts verraten.«

»Wieso nicht?«

»Weil der Schönthaler ein ausgefeimtes Arschloch war, deshalb.«

Spichtinger zuckte ob der harschen Worte zusammen.

»Na, na«, versuchte er einzuwenden. »Ganz so …«

»Sagen Sie mir nicht, was ich von den Leuten zu halten habe«, fuhr Sepp Binser ihn an. Seine Augen funkelten zornig. »Ich bin hier im Dorf aufgewachsen und mit dem Schönthaler zur Schule gegangen. Sie haben doch keinen blassen Schimmer! Ein verwöhntes Bürschchen, der seit jeher hinter jedem Weiberrock her war. Und wenn die Betroffene mal nicht wollte, dann war jedes Mittel recht! Man ist ja selber kein Unschuldslamm, aber der Kerl hat einfach nur bekommen, was er verdient hat. Ich ziehe den Hut vor demjenigen, der die Courage hatte, diesem rücksichtslosen Arsch den Garaus zu machen!«

Heureka! Spichtinger dachte fieberhaft nach, wie er das Gespräch wieder in ein ruhigeres Fahrwasser lenken könnte.

Ihm fiel nichts ein.

Nelly Furtado quäkte in den Lautsprechern, und Lena trällerte die Melodie mit. »Flames to dust, lalala«. Lena, unser Brummbär, hatte ihr Klassenleiter in der Grundschule gesagt, als die Klasse an Weihnachten ein Krippenspiel veranstaltete und dabei »Stille Nacht, Heilige Nacht« singen sollte. Er hatte ihr eine Triangel in die Hand gedrückt und ihr strengstens verboten, laut mitzusingen. Mit einem verkrampften Lächeln hatte Lena am besagten Abend daher stumm die Lippen bewegt und ein paarmal auf die Triangel gedroschen. Ihre Eltern waren wahnsinnig stolz, glaubten sie doch, ihre Tochter habe die Ehre, neben dem Gesang auch noch ein Instrument zu spielen. Verflucht seist du, Herr Wild, dachte Lena. Jetzt singe ich, wann auch immer ich will, und wenn es noch so falsch ist.

Soweit sie wusste, waren Hauser und Helbich dabei, Karin Roth zu befragen, um den schweren Anschuldigungen, die sie gegen ihren Mann erhob, nachzugehen. Lena war gespannt, was die Ehefrau des Tennisvorstands zur Aufklärung des Falles beizutragen hatte. Möglicherweise war ihr bevorstehender Besuch bei der alten Dame, die in dem Holzhaus am ehemaligen Skihang wohnte, völlig überflüssig.

Das Haus lag ein paar Meter abseits von der Straße. Ein weitläufiger Parkplatz bot Raum für über zehn Fahrzeuge. Lena parkte nahe am haus. Hohe Fichten ragten um das Haus in den Himmel, im Garten wucherte das Gras, die Hecke hätte eine Bearbeitung mit der Schere nötig gehabt.

Lena lief zur Haustür und klingelte.

Sie hörte, wie der schrille Ton im Gebäude widerhallte.

Keine Reaktion.

Sie drückte noch einmal auf den bronzenen Knopf.

Endlich regte sich etwas im Haus. Sie vernahm schlurfende Schritte, die sich langsam näherten.

Lena wartete geduldig.

Die krächzende Stimme der Alten ertönte hinter der Holztür.

»Wer ist da?«

Lena holte tief Luft und sagte laut und vernehmlich:

»Polizei, Frau Wirnshofer! Ich war gestern schon einmal kurz bei Ihnen. Sie wissen schon, wegen dem Fahrzeug, dass wir dort drüben am Skilift gefunden haben.«

Leises Gebrummel, das alles andere als erfreut klang. Dann rasselte ein Schlüssel im Schloss, und die Tür ging ein paar Zentimeter auf.

Die Alte lugte durch den Spalt.

Schien sie wiederzuerkennen.

Schob die Tür weiter auf.

»Kommen Sie rein«, sagte sie mürrisch. Dann drehte sie sich um und schlurfte voraus. Der geflieste Eingangsbereich endete an einer Glastür. Links davon führte eine massive dunkelbraune Holztreppe nach oben. Die Alte drückte die Glastür auf.

Lena folgte ihr.

Eine angenehme Wärme schlug ihr entgegen, als sie in den großen Raum hinter der Tür trat. Hier war der Boden nicht gefliest, sondern schien aus einem bunten Steinmosaik zu bestehen. In der Raummitte thronte ein riesiger Holzherd, dessen Stahlplatte mindestens zwei Meter lang und einen Meter breit war. Links befanden sich eine Küchenecke und ein breiter Wandschrank. Rechts eine gemütlich aussehende Sitzecke um einen großen Holztisch. Die gewölbeartige Decke sorgte für eine besonders urige Stimmung. Lena war beeindruckt.

»Schön haben Sie's hier!«, meinte sie aufrichtig.

Ein sanftes Holzaroma, gemischt mit dem Geruch von altem Menschen, etwas säuerlich, aber überhaupt nicht unangenehm. Und das Gefühl, hundert Jahre in die Vergangenheit zurückversetzt zu sein. Die Alte quittierte das Kompliment mit einem kurzen Nicken.

»Setzen Sie sich doch«, sagte sie.

Lena tat wie geheißen und sah ihr zu, wie sie eine altertümliche Kaffeekanne auf die Herdplatte stellte und zwei mit blauen Motiven geschmückte Porzellantässchen aus dem Wandschrank holte.

Bequemer Holzstuhl, weiches Sitzkissen. Wo anfangen?

»Gestern meinten Sie, Sie hätten am Donnerstagabend nichts Außergewöhnliches bemerkt ...«

»Ganz recht«, erwiderte die Alte und stellte die Tassen neben eine Schale mit Zucker und ein Sahnekännchen auf ein Tablett.

»Hier draußen passiert nicht sehr viel«, sagte Lena vorsichtig. »Fällt es einem da nicht auf, wenn jemand sein Auto da drüben am Waldrand abstellt?«

Die Alte antwortete nicht, sondern brachte das Tablett an den Tisch und holte dann die Kaffeekanne. Sie schenkte mit zitternden Händen ein. Lena musste sich zurückhalten, um ihr nicht reflexartig die Kanne abzunehmen. Eine innere

Stimme warnte sie rechtzeitig. Die alte Frau wäre sicher beleidigt gewesen.

Lena wiederholte ihre Frage.

Die Alte zuckte die Achseln und setzte sich.

»Wissen Sie, hier halten eine ganze Menge Autos. Da achtet man nicht drauf.«

»Auch nicht nachts?«, fragte Lena.

»Ich lege mich früh schlafen. Sehen Sie, ich bin bald neunzig. In meinem Alter ist man froh, wenn man morgens noch aufwacht.«

Lena nickte und nahm einen Schluck von dem Kaffee. Huch, war der stark.

»Manchmal«, fuhr die Alte fort, »passiert es, dass ich mir nicht sicher bin, ob ich etwas geträumt habe oder ob es wirklich geschehen ist. Ich habe nicht mitbekommen, dass jemand diesen Wagen dort am Waldrand geparkt hat. Das Fenster meines Schlafzimmers geht zum Skilift. Ich habe nachgedacht seit Ihrem Besuch gestern. Es ist möglich, dass ich an diesem Abend einen Wagen gesehen habe, der dort oben den Waldweg entlanggefahren ist. Ich meine, nicht den Wagen, sondern die Scheinwerfer. Aber wie gesagt, ich bin mir nicht sicher. Manchmal träume ich davon, wie ich nachts aufstehe und durch das Haus laufe. In meinem Alter ist es nicht so leicht, Wirklichkeit und Traum auseinanderzuhalten.«

Lenas Neugier war geweckt.

»Ein Wagen auf dem Waldweg? Um wie viel Uhr etwa, können Sie das sagen?«

»Wenn es kurz vor dem Schlafengehen war, dann dürfte es gegen neun Uhr gewesen sein.«

Neun Uhr? Das stimmte mit Manfred Roths Angaben überein.

»Erinnern Sie sich noch, wohin das Auto fuhr? In welche Richtung?«

»Nun, es fuhr nicht weit …«

»Nicht weit?«, fragte Lena.

»Es hat oberhalb von der Skihütte gehalten. Etwa dort, wo die Schutzhütte der Holzfäller steht. In einer kleinen Einbuchtung neben dem Weg; da stellt der Förster öfter sein Auto ab, wenn er auf die Jagd geht. Deshalb hab ich mir auch nichts Besonderes dabei gedacht.«

Lena überlegte hastig. Karin Roth war laut ihrem Ehemann kurz vor neun auf dem Parkplatz am Wildpark angekommen. Schönthaler musste kurz darauf erschienen sein, sodass der Zahnarzt nur noch den abgestellten Wagen seiner Gattin gesehen hatte, als er ein zweites Mal an dem Parkplatz vorbeigefahren war. Der Architekt und seine Geliebte waren unterdessen nur ein paar hundert Meter weiter im Wald. Das passte.

»Vielen Dank. Das hilft uns schon weiter. Kannten Sie den Architekten eigentlich?«

»Den Schönthaler?« Die Alte blickte auf. Ihre Hände spielten mit ihrer weißen Schürze. Sie schüttelte den Kopf. »Nur aus der Zeitung. Ich bin ihm nie persönlich begegnet.«

Lena erhob sich.

Ihr Blick fiel auf ein paar Fotografien an der weiß getünchten Wand. Sie trat heran.

»Sind das Ihre Kinder?«, fragte sie und zeigte auf ein Foto von einem vierzigjährigen Mann und einer etwas jüngeren Frau, die auf einer Bank im Garten des Hauses saßen. Das Bild musste zu einer Zeit aufgenommen worden sein, in der das Gebäude und seine Umgebung noch sorgfältig gepflegt wurden.

»Das ist meine Tochter mit ihrem Mann.«

Erst jetzt bemerkte Lena den schwarzen Rahmen.

»Sind sie schon gestorben?«

»Ja.«

»Oh, das tut mir leid«, sagte Lena mit ehrlichem Bedauern.

Die Alte räumte schweigend die Tassen ab. Sie wollte offensichtlich nicht näher auf das Thema eingehen. Lena verstand sie. Neben dem Paar hingen zwei weitere Fotos. Auf dem einen lächelte ein sehr hübsches Mädchen kess in die Kamera, das andere zeigte einen ernst dreinblickenden jungen Mann.

»Das sind Ihre Enkel, nehme ich an?«, riet Lena. Die Alte nickte wortlos.

»Sie haben eine sehr hübsche Enkelin«, meinte Lena.

»Ja, das sagen alle«, erwiderte die Alte und stellte das Tablett scheppernd auf die Küchenanrichte.

Lena bedankte sich für den Kaffee und ging wieder Richtung Ausgang. Dabei zeigte sie auf die zweite Tür, die in den anderen Teil des Gebäudes führte. »Gaststube« stand darüber.

»Hatten Sie hier früher ein Wirtshaus?«

»Ja, als mein Mann noch lebte. Er hat auch das Haus gebaut. Vor allem im Winter war viel los, wenn Schnee lag. Da kamen die Skifahrer zum Essen. Heutzutage könnte man ohnehin kein Geschäft mehr machen. Früher gab es in der Region noch drei Skilifte, inzwischen existiert nur noch der in Lindau. Na ja, für mich spielt das sowieso keine Rolle mehr. Ich hab meine kleine Rente und komm gut über die Runden.«

»Sind Sie ganz allein hier? Das muss schwer sein, oder?«

»Ach, das geht schon. Mein Enkel kümmert sich um mich, und der Arzt kommt auch einmal pro Woche vorbei, um mir die Medikamente zu bringen.«

Lena verabschiedete sich und ging zurück zum Wagen. Ehe sie die Fahrertür aufschloss, blickte sie noch einmal zum Haus. Die Eingangstür war bereits zu. Die Alte nicht mehr in Sicht. Sie seufzte. So würde sie auch gern altern. Geistig noch fit. Abgeschottet von der Umwelt. Niemand, der einem auf die Nerven ging. Fern von den künstlichen Sorgen der Gesellschaft.

Doch die Idylle täuschte.

Immerhin war hier vor wenigen Tagen ein Mann auf grausamste Weise ermordet worden. Selbst der friedlichste Ort konnte ungeheuren Schrecken bergen.

Lena glitt auf den Fahrersitz und schaltete den Motor an. Heizung auf Volldampf. Jetzt noch einen kurzen Schlenker zur Schutzhütte. Zwar hatte der Regen wahrscheinlich sämtliche Spuren vernichtet, aber man wusste nie. Danach würde sie den Volvo abliefern und nach Hause gehen, um sich etwas auszuruhen.

Ein erster kleiner Fehlschlag.

Den Hund hatte er nicht eingeplant.

Programmänderung.

Er lief zurück zu seinem Wagen, der gut versteckt in einem Seitenweg geparkt war. Ihm blieben ein paar Minuten. Solange brauchte der andere, um die Fische an diesem Weiher zu füttern. Dann würde er zum nächsten fahren. Der lag etwas tiefer im Wald. Ebenfalls ungünstig.

Er musste sich gedulden.

Der Karpfenteich.

Etwas riskant, da man ihn von der Straße her einsehen konnte. Aber nicht unmöglich. Die Baumgruppe um die Fischerhütte bot ausreichend Deckung. Irgendwie musste er den Hund weglocken.

Oder auch nicht.

Was machte es schon, wenn der andere ihn sah?

War es nicht viel besser, wenn der andere wusste, was ihm blühte?

Die Idee gefiel ihm.

Sehr gut sogar.

Drei Minuten bevor es an der Haustür klingelte, hatte Lisa Roggenhofer den Wecker zum sechsten Mal auf Snooze gestellt. Noch ein wenig liegen bleiben. Es war Sonntag. Der einzige Tag in der Woche, an dem sie halbwegs ausschlafen konnte. Diese Nacht hatte sie allerdings kein Auge zugetan. Seit Karin am Vorabend völlig hysterisch bei ihr geklingelt hatte, ging alles drunter und drüber. Anfangs hatte sie überhaupt nichts verstanden, als Karin in wirren Wortfetzen versucht hatte, ihr klarzumachen, worum es ging. Nach und nach erst hatte sie herausgefiltert, dass Karin, ihre beste Freundin, einen Liebhaber hatte, von dem sie, Lisa, nichts wusste. Dass dieser Liebhaber obendrein Heiner Schönthaler hieß, eine örtliche Berühmtheit, die vor wenigen Tagen ermordet worden war. Als wäre das nicht alles schon genug, glaubte Karin auch noch, dass Manfred diesen Widersacher auf dem Gewissen hatte.

Lisa hatte versucht, ihre Freundin zu beruhigen. Wenn sie sich eines nicht vorstellen konnte, dann dass Manfred ein Mörder war. Wie sie sich da so sicher sein könne, hatte Karin sie gefragt.

Na ja, Lisa konnte ihr schlecht eingestehen, dass Manfred sie hin und wieder abends oder in der Mittagspause besuchte. Oft nur um sich zu unterhalten, manchmal auch mehr. Bisher hatte Lisa Roggenhofer immer ein leichtes Schuldgefühl gegenüber Karin empfunden; wenn sie nur schon früher gewusst hätte, dass die sich mit diesem stinkreichen Architekten amüsierte, dann hätte sie sich nicht so oft den Kopf darüber zerbrochen, was passieren würde, wenn Karin davon erfuhr.

Ja, die Geschichte mit Manfred. Gar nicht geplant oder gezielt. Das war nur zufällig passiert. Sie fand ihn schon immer anziehend, aber sie hätte nie den ersten Schritt getan; ihre Freundin so zu hintergehen, das konnte sie nicht.

Manfred hatte den ersten Impuls gegeben. Aber ganz unschuldig war Lisa natürlich auch nicht.

An jenem Abend war sie allein essen gegangen. Inzwischen war sie die Einzige in ihrem Freundeskreis, die noch – oder wieder – solo war.

Zuerst hatte sie es bei einem ihrer Liebhaber versucht. Insgesamt hatte sie zwei, doch beide schenkten ihr immer weniger Zeit. Der eine hatte sich eine feste Freundin angeschafft, seit einem guten Jahr schon, der andere war nach Weiden gezogen, da waren spontane Treffen nicht mehr so leicht zu organisieren.

Ihr Liebhaber war nicht rangegangen, woraufhin sie die letzte Option wählte und einen Tisch für sich allein im Weiherblasch reservierte. Da stieß sie dann auf Manfred, der ebenfalls einsam an einem Tisch saß. Er hatte sich zu ihr gesellt, und es wurde ein wunderbar angenehmer Abend. Das eine kam zum anderen, und nach ein paar Gläsern Wein war er mit zu ihr nach Hause gefahren.

Seither traf sie Manfred fast öfter als Karin. Sie waren gute Freunde geworden. Gute Freunde, die manchmal miteinander schliefen.

Manfred hatte den Architekten nicht umgebracht. Er hatte ihr mehrmals von seinem Verdacht erzählt, dass Karin ihn betrog. Lisa hatte das auf die leichte Schulter genommen, war überzeugt gewesen, dass Karin es ihr anvertraut hätte. Sie wusste von einigen kurzen Abenteuern, aber die Affäre mit Schönthaler schien tiefer zu gehen.

Karin war total am Ende. So hatte Lisa sie noch nie erlebt. Schluchzend, verzweifelt. »Ohne Heiner hat mein ganzes Leben keinen Sinn mehr«, hatte sie sogar geheult. Das ging ja nun doch etwas zu weit.

Jetzt saß Karin mit den beiden Polizisten, die vorhin gekommen waren, in Lisas Wohnzimmer. Durch die Tür hörte Lisa, wie ihre Freundin mit stockender Stimme von ihrem gestrigen Spaziergang berichtete und wie sie den Eindruck hatte, verfolgt zu werden. Die Polizisten hörten zu und stellten ab und zu eine Zwischenfrage. Eigentlich redete nur der Dicke. Der andere saß stumm daneben und kritzelte auf einem Notizblock herum.

Lisa stützte sich auf die Anrichte und wartete, bis der Kaffee durchgelaufen war. Sie stand in dieser Angelegenheit zwischen zwei Fronten. Manfred hatte gestern Abend angerufen, wollte wissen, ob Karin bei ihr war. Sie hatte ihn anlügen müssen, weil Karin neben ihr stand. Ihre Freundin wollte keinen Zentimeter von ihr weichen, schlief sogar mit ihr im selben Bett. Inzwischen hatte Lisa mitbekommen, dass Manfred seine Frau bei der Polizei als vermisst gemeldet hatte. Was würde er nur von ihr denken? Aber ihr war keine Wahl geblieben, das musste er verstehen.

Der Kaffee war fertig. Sie goss ihn in eine Kanne und trat wieder ins Wohnzimmer. Der dicke Polizist ergriff gerade das Wort:

»Ich verstehe Ihren Verdacht. Ihr Mann hat vorhin in seiner Vernehmung gestanden, dass er von Ihrem ... Verhältnis mit Herrn Schönthaler wusste. Aber für die Tatzeit hat er ein Alibi, das wir nachgeprüft haben. Er kommt als Täter nicht in Frage ...«

»Aber ...«, Karin wirkte verwirrt, »wer war es denn sonst?«

»Das werden wir noch herausfinden, Frau Roth«, erwiderte der Dicke.

»Ich würde Ihnen jetzt gern ein paar Fragen zu Herrn Schönthaler stellen«, fügte er hinzu. »Wenn Ihnen das recht ist. Am liebsten natürlich sofort, je weniger Zeit wir verlieren, desto besser. Falls Sie es vorziehen, können wir das Gespräch aber auch anderweitig führen. Herzlichen Dank«, sagte er an Lisa gewandt, die ihm die Tasse vollschenkte.

»Nein, nein«, sagte Karin, »wir können das gern hier erledigen. Oder was meinst du?«

»Natürlich«, meinte Lisa. »Ich werde im Keller Wäsche aufhängen. Rufen Sie, wenn Sie mich brauchen.«

Sie ging aus dem Wohnzimmer, ließ allerdings die Tür einen Spalt offen. Sie hörte, wie der Dicke sich räusperte.

»Nun, Frau Roth. Ich werde offen sein. Im Moment haben wir noch keine konkrete Spur von dem Täter. Wir gehen jedem Hinweis nach. Ich bitte Sie daher um Ihre vollständige Kooperation und entschuldige mich, wenn Ihnen manche meiner Fragen indiskret oder unpassend erscheinen. Das ist reine Routine. Ich versuche nur, so viel Licht wie möglich in diese finstere Sache zu bringen.«

»Ja«, hauchte Karin.

»Wunderbar. Können Sie uns sagen, ob Sie bei Ihren … Treffen mit Herrn Schönthaler in letzter Zeit etwas Besonderes bemerkt haben?«

»Etwas Besonderes?«

»Ja«, meinte der Polizist. »War er irgendwie anders als sonst?«

»Gar nicht«, erwiderte Karin. »Alles war bestens. Nur neulich, so vor zwei Wochen …«

»Was war da?«, erklang die Stimme des zweiten Polizisten, der zum ersten Mal ins Gespräch eingriff.

»Wir haben eigentlich nie über Berufliches geredet. Aber da hatte er sich sehr aufgeregt. Wegen einem Bauprojekt in Polster. Er hatte sich wohl mit dem Schmidt aus Schönsee angelegt.«

»Schmidt? Dem Bürgermeister?«

»Ja. Heiner plante eine Hühnerfarm in Polster. Ein Riesenprojekt, das der Schmidt boykottierte.«

»Eine Hühnerfarm?«, hörte Lisa den Dicken noch erstaunt fragen, bevor sie leise weiterging. Sie hätte gern noch weitergelauscht, aber die Gefahr, dass man sie dabei überraschte, war groß, und sie wollte sich nicht blamieren.

Das Wäscheaufhängen konnte warten. Den ganzen Morgen war ihr schon kalt. Ein heißes Bad würde ihr guttun. Die Vernehmung würde bestimmt noch eine Weile dauern.

Sie ging nach oben ins Bad, zog sich aus und drehte das Wasser auf. Musterte sich einen Augenblick im Spiegel.

Lisa war einundvierzig. Noch so viel Zeit vor sich. Aber sie war so unheimlich ungeduldig. Schon immer. Vielleicht lag es daran, dass sie keinen Liebsten hatte, keinen Mann, keinen festen Partner. Nur Abenteuer. Weil die Männer sofort wie Kletten an ihr hingen und ihr die Freiheit nahmen. Sie wollte frei sein. Atmen können. In diesem Städtchen, in dem sie innerhalb von zehn Minuten von einem Ende zum anderen wandern konnte, ohne dabei einer Menschenseele zu begegnen, aber genau spürte, dass man sie durch Vorhangspalten hindurch begutachtete, beurteilte, verurteilte. In Oberviechtach war sie aufgewachsen, hier würde sie wohl auch das Zeitliche segnen, aber immerhin wollte sie mit wehenden Fahnen untergehen. Sie würde sich nicht der örtlichen Tratschtyrannei ergeben, wollte ihren eigenen Weg gehen. Darin war ihr Karin ähnlich. Deshalb verstanden sie sich auch so gut. Konnten sich alles erzählen. Auch die Dinge, die hier sonst tabu waren. Aber diese Eintracht war nun bedroht. Karin hatte ihr die Affäre mit Schönthaler verheimlicht, und das grenzte an Hochverrat. Lisa selbst war auch nicht viel besser. Schwer zu sagen, was schlimmer war.

Selbst im Bad holte die Wirklichkeit sie wieder ein. Sollte sie Karin alles beichten? Reinen Tisch machen? Unsinn. Sie schüttelte entschieden den Kopf, sodass die Tropfen nur so flogen.

Sie musste Manfred anrufen. Er würde schon verstehen. Und dann würde die Zukunft zeigen, was in ihr steckte.

Wer wusste das schon.

Lisa war einundvierzig.

Noch so viel zu erleben.

Papiere, Papiere und nochmals Papiere.

Feiti stöhnte. Die Spurensicherung war in Schönthalers Büro gewesen und hatte eine Ladung Akten vorbeigebracht. Statistiken, Zahlen, Rechnungen, Bilanzen, Mahnungen. All das stapelte sich jetzt auf Feitis Schreibtisch. Wenigstens musste er so nicht im Auto durch die Gegend kurven, alles hatte sein Gutes. Aber die vergangene Nacht war wieder einmal kurz gewesen. Stefan hatte sich eine Erkältung eingefangen und hustete am laufenden Band. Alle zwei Stunden war er weinend aufgewacht und musste getröstet werden. Zum Schluss hatte Susanne ihn dann ins Ehebett geholt. Dann war es mit Schlaf ganz vorbei. Feiti hatte sich eine halbe Stunde hin- und hergewälzt, während sein Sohn laut atmend und hustend in der Bettmitte lag.

Um fünf Uhr hatte er es nicht mehr ausgehalten, war in den Keller gegangen und hatte zwei Stunden am Verbrennermotor seines Kyosho Inferno herumgebastelt. In zwei Wochen fanden die bayerischen Meisterschaften in der 1:8 Offroad-Klasse statt. Diesmal wollte er ganz vorne mitmischen. Im Moment bereitete ihm die Kurvenlage des Gefährts noch Sorgen. Auf der Geraden ging das Modellauto ab wie eine Rakete, aber es mangelte noch an Stabilität, um auch in den Kurven mit Vollgas durchzukommen. Er versuchte die Kunststoff-Chassisabstützungen zu verstärken, ohne das Gewicht spürbar zu erhöhen. Bisher hatte er noch keine befriedigende Lösung gefunden. Am liebsten hätte er den ganzen Sonntag im Keller verbracht. Ohne Kindergeschrei. Ohne das Gejammere seiner Frau, die ihm ständig vorwarf, dass er ihr nicht genug Aufmerksamkeit schenkte. Ohne die Arbeit, in der er schon lange keine Erfüllung mehr sah. Er hatte die Nase voll von diesem Job, dem Schichtdienst. Früher hatte ihm das nichts ausgemacht. Inzwischen ging er nach einer Woche Nachtschicht auf dem Zahnfleisch. Bekam tagsüber kein Auge zu. Zum Teil lag es sicher an den Kindern.

Aber nicht nur. Es hatte vor allem auch mit dem Älterwerden zu tun, auch wenn er es nicht wahrhaben wollte. Jenseits der Vierzig brauchte man einen geregelten Tagesablauf und seinen Schlaf.

Vor ein paar Jahren hätte ihn der Mord des Architekten in höchste Aufregung versetzt. Er wäre bereit gewesen, rund um die Uhr auf der Polizeistation zu sitzen, Hunderte von Leuten zu befragen.

Ein Mord.

War das nicht der feuchte Traum jedes Polizisten? Er bekam beim Gedanken daran nur Kopfschmerzen. Wie beim Sex. Jegliche Leidenschaft dahin.

Feiti starrte den Stapel Dokumente vor sich an und wurde von tiefer Mutlosigkeit gepackt. Wozu war das gut? Dutzende von Ordnern. Einige waren mit Jahreszahlen versehen, andere mit Ortsnamen oder Projektbezeichnungen wie »GS Schönsee« oder »TH Gymn. OVI«. Ersteres war vermutlich die Grundschule, die zu einem Ferienzentrum umgebaut werden sollte. Die Schönseer Kinder wurden fünfzehn Kilometer weit nach Oberviechtach gekarrt. Der Freistaat musste sparen. Schulen wurden zusammengelegt, die Klassen immer größer. Lehrer und Erzieher vollkommen überfordert. Feiti sah das bei seinen eigenen Kindern. Beigebracht bekamen die in der Schule schon lange nichts mehr. Die Schulen verwandelten sich in reine Betreuungsanstalten. Bildung: Wozu?

Heiner Schönthaler schien ein Ordnungsfanatiker gewesen zu sein, jedes Dokument war sauber beschriftet und sorgfältig abgeheftet. Wobei das seine Aufgabe nicht weniger komplex machte. Höchstens eine Spur einfacher.

Mich stiefelte zur Tür herein. Knallte ein paar zusätzliche Ordner auf den Tisch. Stöhnte und wischte sich mit dem Handrücken den Schweiß von der Stirn.

»Helbich hat vielleicht Nerven! Da brauchen wir doch Monate, bis wir mit dem ganzen Zeug durch sind«, klagte er.

»Wonach suchen wir eigentlich?«, fragte Feiti müde.

Mich zog ein Päckchen Zigaretten aus der Tasche und fuchtelte damit in der Luft herum.

»Keinen blassen Schimmer! Nach allem, was irgendwie verdächtig wirkt, meinte der Chef. Was auch immer das heißen soll.« Er zündete sich eine Zigarette an, inhalierte tief und stieß eine Rauchwolke aus. Feiti hustete diskret. In der Polizeiinspektion herrschte Rauchverbot, aber das kümmerte Mich wenig. Feiti öffnete wortlos ein Fenster. Er hatte schon längst aufgegeben, sich darüber zu beschweren.

Sie blätterten zerstreut in den Akten. Wo sollten sie anfangen? Der Tag versprach endlos zu werden.

Endlose Weite nach der Flurbereinigung in den achtziger Jahren. Edi Sterr ließ seinen Blick über das Tal um seinen Karpfenteich schweifen. Der Bauernhof bei der Abzweigung nach Ödmeiersrieth, Wiesen und Äcker, ein begradigter Bach – wie hieß der noch mal? – und ein paar kleinere Büsche und Hecken, die langsam wieder nachwuchsen, nachdem man eingesehen hatte, wie verheerend sich die Flurbereinigung auf Flora und Fauna ausgewirkt hatte.

Edi atmete tief ein.

An diesem Ort konnte er sich vollends entspannen, den Gedanken freien Lauf lassen. Hier waren die Sorgen der Welt nur zweitrangig.

Ador bellte im Wagen. In seiner romantischen Anwandlung hatte Edi ganz vergessen, ihn rauszulassen. Er ging zur Beifahrertür des Nissan Patrol. Mit einem Satz war Ador draußen und rannte schnurstracks auf die kleine Fischerhütte zu, die unter einer mächtigen Eiche am Teichufer stand. Der Hund schnüffelte aufgeregt. Er verschwand hinter der Hütte und aus Edis Blickfeld. Auch Ador liebte diesen Ort.

Edi näherte sich der Hütte. Sah, dass die Balken am hinteren Dachvorsprung wirklich ausgebessert gehörten. Er würde dem Schreiner Bescheid sagen, seit zehn Jahren war an dem Gebäude nichts mehr gemacht worden, es war höchste Zeit.

Er steckte den Schlüssel ins Schloss, lehnte sich mit seinem ganzen Gewicht gegen die Tür und drückte, während er den Schlüssel drehte. Ein Ritual, anders ging die Tür nicht auf. Er hatte sich so sehr daran gewöhnt, dass es ihm gar nicht in den Sinn kam, sie zu reparieren.

Der Geruch von muffigem Stoff und feuchtem Holz, den er seit seiner Kindheit kannte, schlug ihm entgegen. Rechts der kleine Holzofen, links eine Vitrine mit Geschirr und Besteck, dann die gemütliche Eckbank und der Tisch. Rechts hinten ein Hochbett. Platz für mehrere Personen. Und doch kam er seit Jahren nur noch allein.

In seinem Rücken hörte Edi ein kurzes Bellen. Er wandte sich um. Es kam von der anderen Seite des Teiches. Dort standen einige dichte Büsche. Vermutlich ein Reh. Edi lauschte, aber es blieb still. Er zuckte die Achseln und trat in die Hütte. Links unten in der Vitrine bewahrte er das Futter für die Karpfen auf. So musste er es nicht jedes Mal mit dem Wagen anschleppen.

Mithilfe eines Bechers machte er seinen Eimer etwa halb voll. Dann ließ er sich seufzend auf die Eckbank fallen. Die Müdigkeit nach dem Flug und die Zeitverschiebung saßen ihm noch in den Knochen. Er fühlte sich verletzlicher als je zuvor.

Vielleicht lag es am Alter, aber in letzter Zeit wurde er immer öfter von Albträumen geplagt. Dabei waren die meisten seiner Mitmenschen gegen ihn die reinsten Waisenknaben. Seine Konkurrenten sagten ihm nach, dass er bereit sei, über Leichen zu gehen. Und ganz unrecht hatten sie damit nicht.

Der Tod seiner Eltern vor wenigen Monaten hatte ihn sehr

mitgenommen. Sein Vater war als Erster gegangen. Krebs. Er erinnerte sich noch an die Fahrt ins Regensburger Krankenhaus, die Anteilnahme des Chefarztes, der ihm versicherte, nichts unversucht gelassen zu haben, als ob das ein Trost sein könnte. Der Leichnam im Krankenbett, weiß und kalt und irgendwie gar nicht friedvoll, wie man das sonst oft sagte. Das ausgemergelte Gesicht seines Vaters wirkte vielmehr anklagend, beinahe finster. Eine rote Kerze und eine Bibel auf dem Tischchen neben dem Bett. Seine Eltern waren gläubige Menschen, fast jeden Tag in der Kirche. Wenn sie gewusst hätten, welche Sünden ihr Sohn auf dem Gewissen hatte, hätte er vermutlich nicht das Recht gehabt, ihrem Begräbnis beizuwohnen.

Als seine Mutter ein paar Wochen darauf an einem Herzinfarkt gestorben war, hatte er sich den Besuch am Totenbett nicht noch einmal angetan. Zu schwer wog das schlechte Gewissen. In diesen Augenblicken hatte er erkannt, dass er sein Leben lang in erster Linie versucht hatte, seine Eltern glücklich zu machen. Indem er möglichst viel Geld verdiente, sie beeindruckte. Aber es war ihm nicht gelungen. Sie hatten ihm das Scheitern seiner Ehe nie verziehen. Vieles andere, von dem sie nichts wussten, wäre ihnen vermutlich gleichgültig gewesen, aber dass ihr Sohn nicht in der Lage war, eine Frau an seiner Seite zu halten, das war eine riesige Enttäuschung. Wie oft hatte Edi sich doch über seine Mutter lustig gemacht, wenn sie sagte: »Ich bete jeden Tag für dich, mein Junge.« An ihrem fünfundsiebzigsten Geburtstag, das war kurz nach seiner Scheidung, hatte sie noch etwas hinzugefügt, das er bis heute nicht vergessen konnte: »Ich bete jeden Tag für dich. Aber recht viel bringt's ja nicht.«

Dabei hatten seine Eltern Birgit gehasst. Kein gutes Wort über sie in den knapp zwanzig Ehejahren. Faul. Blutsaugerin. Flittchen. Undankbar. Auf dem Standesamt wäre seine Mutter vor Scham beinahe im Boden versunken, als der Bürgermeister die Braut nach ihrem Beruf fragte und diese ungeniert und lasziv verkündete: »Hob koan. Heitzudag kimmt ma mit am Hauptschulabschluss nimmer recht weit. Aber da Edi hat scho a Beschäftigung für mi, wenn's verstenga wos i moan.«

Und trotzdem.

So eine Schande. Vor dem Pfarrer. Vor der Gemeinde. Ein geschiedener Sohn.

Edi seufzte und blickte resigniert auf die Tischplatte vor sich.

Früher hatte er sich eingeredet, ein Mann zu sein, der nach Integrität strebte und feste Grenzen ziehen konnte. Jetzt dachte er immer öfter, dass er das eigentlich nur als Ausrede benutzte, um sich wie ein egoistisches Schwein zu benehmen.

Auf dem schmalen Wandregal über der Eckbank lag eine CD. »Egoist«, die Single von Falco. Ein Geschenk seiner Ex-Frau zu seinem Fünfzigsten. Erstaunlicherweise hatte er die CD nicht weggeworfen. Als er sie im Briefkasten gefunden hatte, wollte er in einem ersten Impuls Birgit anrufen und fragen, was sie damit meinte, sah aber sogleich ein, dass sie das Gespräch nur als Gelegenheit nehmen würde, ihm zu sagen, warum sie ihn ein paar Jahre zuvor verlassen hatte. Und das wollte er so genau nicht wissen.

Vermutlich lag es an seinem Beruf.

Birgit hatte sich nie für die Metzgerei interessiert. Allein der Geruch bereitete ihr Übelkeit.

Auch die Jagd kommentierte sie nur mit schnippischen Bemerkungen à la »stundenlang rumsitzen und auf a Wies'n starrn, do kann i ma was Spannenderes vorstell'n«.

Edi schüttelte sich. Schluss jetzt mit diesem Waschlappengejammer. Die Karpfen wollten ihr Fressen. Viele Fischer bevorzugten die eleganter aussehenden Forellen oder Hechte, Edi jedoch hatte einen natürlichen Hang zum Karpfen. Vermutlich lag ihm die Zuneigung zu diesen im Schlamm herumwühlenden grünbraunen Mampfern im Blut. Sein Vater hatte ihm als Kind die »schonende Tötung« gepredigt. Womit er einen möglichst sanften Schlag mit dem Stock auf das Fischhaupt bezeichnete. Des Vaters Tötung war hin und wieder so schonend, dass die Karpfen aus der heißen Bratpfanne sprangen und der Mutter einen Heidenschreck einjagten.

Er packte den Eimer und ging zu dem kleinen Steg, der etwa drei Meter in den Teich führte.

Wo war Ador? Doch hoffentlich nicht hinter dem Reh her.

Edi blies zweimal in seine Pfeife. Nichts.

Er tauchte die Hand in den Eimer und warf eine Handvoll Futter in den Teich.

Da spürte er plötzlich, dass er nicht mehr allein war. Aus den Augenwinkeln beobachtete er eine Bewegung neben der Hütte. Ador?

Nein.

Eine in Grün gekleidete Gestalt näherte sich. Sie hielt einen dunklen Gegenstand in der Hand.

Edi wandte sich um.

»He!«, rief er. »Das ist Privatgrund!«

Jetzt sah er, dass der andere ein Mann war. Irgendetwas an ihm weckte längst verdrängte Erinnerungen. Wer war das? Der Mann ließ sich von seinem Ausruf nicht beirren und ging weiter auf ihn zu.

Edi machte zwei Schritte auf das Ufer zu, als er erkannte, was der andere in der Hand hielt. Er erstarrte.

»Hallo, Edi«, sagte der Mann ruhig. Beim Klang der Stimme fingen die Gedanken des Metzgers an zu rasen. »Ich weiß, dass du dich mit Waffen auskennst. Die Wirkung dieses kleinen Geräts kennst du sicher, nicht wahr?«

Edi öffnete den Mund, brachte aber keinen Ton heraus.

»Der elektrische Schock wird dein Nervensystem für einige Sekunden lahmlegen, und natürlich wird es wehtun. Aber nicht so weh wie das, was dich danach erwartet.«

Edi blickte sich verzweifelt um. Vor sich die Waffe, links und rechts und hinter ihm nur Wasser.

Er saß in der Falle.

Sein letzter Gedanke, ehe er die Mündung der Betäubungspistole zucken sah und zusammenbrach, war, dass er keine Gnade erwarten konnte.

Auch nicht von seinen Eltern im Himmel. Er würde im Höllenfeuer brennen. Und wenn sie wüssten, weshalb, würden sie applaudieren und noch ein paar Scheite hinzuwerfen, damit die Flammen auch ganz bestimmt nicht ausgingen.

Willkommen zur Oberpfälzer Laufserie! Geländelauf Gleiritsch.

Spontanidee nach Dienstende zur Reinigung des Geistes. Früher Sonntagnachmittag. Auf dem am Hang hinter Gleiritsch gelegenen Sportplatz gleich unterhalb eines Wildgeheges regelten einige mit gelben Westen bekleidete Menschen den Verkehr und wiesen den Autos freie Plätze zu. Überall standen Leute herum, die sich Trainingsklamotten anzogen, Wasserflaschen leer tranken, sich Startnummern anhefteten oder sich dehnten. Um mehrere Autos versammelten sich ganze Teams mit gleichen Trainingsanzügen. Spichtinger fuhr im Schritttempo und musste eine Weile suchen, ehe er einen freien Platz fand.

Mit seiner Sporttasche in der Hand begab er sich in das Sportheim. Im Startbereich gleich neben der Straße wuselte es vor Läufern, Verantwortlichen und Kindern. Spichtinger hatte in der Ausschreibung gelesen, dass es, wie bei solchen Veranstaltungen üblich, etwa eine Stunde vor dem Hauptlauf einen Bambinilauf geben würde. Darauf freute er sich jetzt schon. Das war sicher eine heitere Angelegenheit. Kleine Zwerge, die mit vor Anspannung bebenden Beinen an der Startlinie standen und losspurteten, sobald der Startschuss abgefeuert wurde. Mit aller Kraft und Begeisterung, die in ihnen steckte. Und am Seitenrand die aufgeregten Väter und

Mütter, die sich die Lunge aus dem Hals schrien oder nebenherliefen, um ihren Zögling zu Höchstleistungen anzuspornen.

Nach den Bambinis starteten die etwas älteren Kinder und danach die Jugendlichen bis neunzehn Jahre. Nur das Alter änderte sich, das Prozedere blieb gleich. Einige nahmen das Ganze zumindest äußerlich locker, für andere war es blutiger Ernst.

Auch Spichtinger hatte zum Mittagessen keinen Bissen herunterbekommen. Zum Glück hatte er sich in letzter Minute zur Teilnahme entschieden, ein Mitglied des Lauftreffs hatte ihn kurz nach elf auf seinem Handy angerufen und gefragt, ob er nicht Lust habe mitzumachen. Ohne groß nachzudenken, hatte er einfach ja gesagt. In den Mordermittlungen traten sie auf der Stelle, da würde ihm der kleine Ausflug guttun.

Nachdem er den Kleinen eine Weile zugeguckt hatte, ging er ins Sportheim, um sich nachzumelden. Im Schankraum saßen zwei nette ältere Damen hinter einem langen Tisch. Vor ihnen stapelten sich Anmeldeformulare, Listen und Startnummern. Acht Euro für die Teilnahme am Hauptlauf plus zwei Euro Nachmeldegebühr. Eine der Damen steckte ihm gleich noch einen Prospekt mit den anderen Läufen der Serie in den Umschlag. Hinter Spichtinger hatte sich eine kleine Schlange aus sportlich aussehenden Männern und Frauen mit entschlossener Miene gebildet; er fühlte sich auf einmal ganz mickrig in seiner schlabberigen Adidas-Turnhose und der zu kleinen Regenjacke.

In einem Nebenraum des Sportheims wurde Kaffee und Kuchen verkauft. Hier tummelten sich die Nichtläufer, Eltern und Betreuer. Spichtinger hätte sich gern dazugesellt, aber der Start war in einer Dreiviertelstunde. Da war Warmmachen angesagt.

Eine Treppe führte nach unten zu den Umkleideräumen.

Dort roch es nach einer Mischung aus feuchter Waschküche und saurem Männerschweiß. Etwa zehn Männer im Raum, doch es herrschte absolute Stille; jeder hing seinen Gedanken nach. In einer Ecke saß ein dunkelhäutiger Teilnehmer in Leggings und grellgelbem, hautengem Oberteil und schnürte knallgrüne Turnschuhe. Wie einem Werbespot entsprungen. Schüchtern stellte Spichtinger seine Tasche ein paar Meter daneben ab und begann sich umzuziehen.

Während er die Startnummer mit Sicherheitsnadeln an dem blauen T-Shirt befestigte, das er als Wettkampfhemd auserkoren hatte, kam ein etwa fünfzigjähriger, spindeldürrer Mann in den Raum, der von den anderen Läufern respektvoll begrüßt wurde. Auch dem dunkelhäutigen Siegesanwärter – dazu hatte Spichtinger ihn kurzerhand erwählt – schien er kein Unbekannter zu sein; er rang sich ein knappes Kopfnicken ab und konzentrierte sich dann wieder auf seine Schuhe.

Nur noch eine gute halbe Stunde bis zum Start. Spichtinger packte die Sporttasche wieder ins Auto und trabte langsam los. Auch wenn er nachher sicher nicht in einem Höllentempo losbrettern würde – ein bisschen Aufwärmen konnte nicht schaden. Schon nach wenigen hundert Metern merkte er, wie er unter seiner Regenjacke anfing zu schwitzen. Er zog sie aus und knüllte sie zusammen. Der Regen hatte ohnehin aufgehört.

Er joggte in den Wald, die Wettkampfstrecke entlang. 8,4 Kilometer insgesamt. Die Strecke selbst war nicht besonders kompliziert. 2,1 Kilometer in den Wald hinein, umdrehen und wieder zurück. Und dann das Gleiche noch einmal. Die schnellsten Läufer begegneten so auf dem Rückweg den langsameren. Der Rat der Anmeldedame: »Immer schön rechts laufen.« Dem gedachte Spichtinger Folge zu leisten; er wollte schließlich von dem Afrikaner nicht über den Haufen gesprintet werden.

Nach ein paar Minuten meldeten sich Blase und Darm.

Spichtinger machte kehrt und eilte zur Toilette. Er war ganz offensichtlich nicht der Einzige, dem es so erging. Hier gaben sich die Läufer die Klinke in die Hand. Es stank bestialisch, und das Toilettenpapier war auch alle.

Froh, wieder an der frischen Luft zu sein, marschierte Spichtinger zum Startbereich. Dort machte er eine Art Steigerungslauf und stellte sich dann in die Schar. Ein bekanntes Gesicht kam auf ihn zu. Karl Irgendwas vom Lauftreff. Er klopfte Spichtinger überschwänglich auf die Schulter:

»Na, dein erster Wettkampf heute, oder?«

Spichtinger nickte und lächelte etwas verkrampft.

»Und wie fühlt man sich?«, fragte Karl.

»Geht so«, murmelte Spichtinger.

»Ach, das gibt sich schon nach ein paar Metern. Die letzten Minuten vor dem Start sind die schlimmsten«, lachte der andere. Dann veränderte sich sein Ausdruck, und er fragte mit ernster Stimme:

»Furchtbare Sache, der Mord am Schönthaler. Wie sieht's denn aus? Habt's schon einen Verdächtigen?«

Spichtinger wusste nicht recht, was er darauf antworten sollte. Karl war ihm sympathisch, aber er konnte hier ja nicht vertrauliche Informationen ausplaudern, Adrenalinkick vor dem Start hin oder her. Er zuckte die Achseln und suchte nach einer neutralen Formulierung.

»Wir gehen mehreren Spuren nach. Konkretes haben wir bisher allerdings noch nicht.«

Karl nickte nachdenklich.

»Na ja, der Beliebteste in der Stadt war er nicht gerade. Meine Frau trifft die Sekretärin öfter beim Yoga, und die hat einige Sachen erzählt ...«

Die Sekretärin. Mit der hatten sie immer noch nicht gesprochen. Himmel, das wurde Zeit!

»Was denn zum Beispiel?«, erkundigte Spichtinger sich neugierig.

»Ich will jetzt keine falschen Gerüchte verbreiten, aber der Schönthaler hat sich angeblich mit jedem gestritten, der sich ihm und seinen Projekten in den Weg gestellt hat ... Und dass seine Frau ausgerechnet mit einem seiner schärfsten Konkurrenten befreundet ist, hat wohl auch für ziemlichen Zündstoff gesorgt ...«

Spichtinger wurde hellhörig.

»Wie bitte?«

»Na, mit dem Hammerl Guido aus Pirk. Der hat dem Schönthaler in letzter Zeit einige Aufträge vor der Nase weggeschnappt. Über Tote redet man nicht schlecht, aber mich hat's gefreut. Der Schönthaler hat ja sonst alles hier in der Gegend an sich gerafft, ein bisschen Gegenwind schadet nie.«

»Und Elvira Schönthaler ist mit diesem ... Hammerl Guido befreundet, sagst du?«

»Befreundet und befreundet. Angeblich ist das eine platonische G'schicht, aber was weiß denn ich. Ich kann bei denen ja nicht ins Schlafzimmer reinschaun ... haha!«

Verflixt und zugenäht. Spichtinger verfluchte sich, weil er noch nicht daran gedacht hatte, dass Schönthalers Gattin sich auch einen Liebhaber angelacht haben könnte. Und noch dazu einen Konkurrenten ihres Mannes! Am liebsten wäre er sofort in sein Auto gesprungen und zur Polizeiinspektion gerast. Doch um ihn herum wimmelte es inzwischen vor Läufern, die auf der Stelle hopsten, tief ein- und ausatmeten, sich die Arme ausschüttelten oder letzte Dehnübungen praktizierten. Eine Stimme schallte aus den Lautsprechern und leitete den Countdown ein. 10, 9, 8 ...

Der Startschuss ertönte, und die Läuferschar setzte sich ruckartig in Bewegung.

Spichtinger rannte los. Seine Beine fühlten sich erstaunlich fit an. Auf den ersten fünfhundert Metern. Dann fingen sie an zu protestieren. Es ging ihnen zu schnell. Spichtinger atmete laut und tief, wurde langsamer. Viele Läufer zogen an ihm vorüber, darunter einige Frauen. Normalerweise hätte er sich wohl darüber geärgert, aber seine Gedanken weilten trotz der Anstrengung noch immer bei dem Fall Schönthaler.

In einer Statistik hatte er gelesen, dass etwa neunzig Prozent der Mörder im engeren Umkreis der Familie zu finden sind. Die Wahrscheinlichkeit war also hoch, dass sich dieser Mord in diesem Rahmen abspielte. Das Privatleben des Toten gab ja zu den wildesten Spekulationen Anlass. Zorniger Ehemann. Eifersüchtige Liebhaberin. Aber auch sonstiger Neid und Missgunst. Das Opfer war reich und hatte das auch raushängen lassen. Damit machte man sich keine Freunde. Schönthaler war, resümierte Spichtinger vor sich hin, rücksichtslos, skrupellos, arrogant und untreu gewesen und war keinem Streit aus dem Weg gegangen. Und wen könnte das alles am meisten stören? Seine Ehefrau. Die wirkte aber vom Tod ihres Mannes sehr mitgenommen. Außer sie war eine hervorragende Schauspielerin. Doch das wirkte eher unwahrscheinlich.

Während Spichtinger voranstapfte und gegen ein leichtes Seitenstechen ankämpfte, stellte er sich Elvira Schönthaler und Guido Hammerl vor. Wie sie abends Ränke schmiedeten. War der Architekt erst einmal aus dem Weg geräumt, tat sich ein weites Feld auf. Neue Aufträge für Hammerl, ein dickes Bankkonto für die Gattin und vielleicht bald ein gemeinsames Leben.

Gegen diese Theorie sprach die offensichtliche Trauer der Ehefrau. Sie hatte ihren Mann als vermisst gemeldet und ernsthaft besorgt gewirkt, als er sie an jenem Morgen befragte. Das schien nicht gespielt zu sein. Gar nicht.

Was aber, wenn Guido Hammerl sie nicht in seine Absichten eingeweiht hatte? War das möglich? Vielleicht wusste er, dass Elvira Schönthaler diesen Schritt nicht billigen würde, und hatte die Sache selbst in die Hand genommen.

Das war reine Spekulation, denn er hatte diesen Guido

noch nicht getroffen und konnte sich kein Bild von ihm machen. Für eine solche Tat brauchte es viel Wut und Zorn und eine gehörige Portion Entschlossenheit. Spichtinger wusste nicht, ob Guido Hammerl dazu in der Lage war.

Er gelangte am Wendepunkt an. Ein orangefarbenes Hütchen. Bisher war es hauptsächlich bergab gegangen.

Ein Viertel geschafft.

Ach du Schande.

Lange würde er das nicht mehr aushalten.

Helbich beugte sich über das Waschbecken und spritzte sich kaltes Wasser ins Gesicht. Er unterdrückte ein Stöhnen. Jede Bewegung verursachte beinahe unerträgliche Schmerzen. Seine Frau konnte er nicht täuschen, aber auch seine Kollegen würden früher oder später merken, dass mit ihrem Chef etwas nicht in Ordnung war.

Er rieb sich das Gesicht mit einem Handtuch trocken und kehrte ins Wohnzimmer zurück, wo seine Frau vor dem Fernseher bügelte. Im Laufe des Frühjahrs war er immer müder geworden. Zunächst hatte er das ignoriert, aber seine Jutta hatte ihn schließlich dazu gedrängt, zum Arzt zu gehen. Er weigerte sich, daran zu denken, was passieren würde, wenn er krankgeschrieben würde, wenn er nicht wie fast jeden Tag an seinen Schreibtisch in der Polizeiinspektion würde zurückkehren können.

Im Badezimmerspiegel hatte er die dicken Ringe unter seinen Augen gesehen. Wie sich das ausgewaschene Baumwollhemd über seinen Bauch wölbte. Dick war er seit jeher. Schon als Kind. Viele hatten ihn deswegen gehänselt. Auf Sport hatte er einen regelrechten Hass entwickelt. Gymnastik oder Reckturnen riefen in ihm geradezu traumatische Erinnerungen wach, für die er sich teilweise selbst verabscheute. Hämisches Grinsen des Sportlehrers. Spöttische Bemerkungen der Mitschüler. Mitleidvolle Blicke der Mädchen.

Als er mit acht Jahren verkündet hatte, dass er Polizist werden wolle, hatten ihn alle ausgelacht. Sogar seine Eltern. Sein Vater hatte ihm gutmütig über den Kopf gestrichen und gemeint, dass er schon noch seinen Weg finden würde. Ohne jemals zu glauben, dass sein Sohn wirklich die Aufnahmeprüfung für den gehobenen Dienst bewältigen würde.

Er hatte sie alle Lügen gestraft. Seit zehn Jahren war er nun bereits Polizeichef, ausgerechnet in Oberviechtach, seiner Heimatstadt. Jetzt lachte ihn niemand mehr aus.

Mit einem grimmigen Lächeln schenkte Helbich sich ein Bier ein.

»Günter, du weißt doch, was der Arzt gesagt hat«, hörte er hinter sich. Das fehlte ihm gerade noch.

»Ja, ja, ja«, brummte er. »Aber ein kleines Bierchen wird einem doch wohl noch vergönnt sein!«

»Das ist ein halber Liter, Spatz! Und wie ich dich kenne, ist es bestimmt nicht das erste heute«, erwiderte Frau Neunmalklug.

Und wie immer hatte sie recht. Es war das dritte Bier heute, und seiner Gesundheit war es auch mehr als abträglich. Aber zum Teufel mit diesen Ärzten und ihren angeblich gut gemeinten Ratschlägen! Diesen Raffgeiern ging es doch nur um die Kohle. Er war Privatpatient und gefangen im Netz dieser Maschinerie wie eine arme Fliege, die nur noch abwarten konnte, bis die hungrige Spinne über sie herfiel und anfing, sie auszusaugen.

In seinem ganzen Leben war Helbich nie zum Arzt gegangen. Nicht ohne Grund. Er traute diesen Gesundheitsaposteln nicht über den Weg. Doch vor drei Monaten hatte er es einfach nicht mehr ausgehalten. Herzrasen, Schmerzen am ganzen Körper, der Eindruck, dass ihm der Schädel platzte,

Lähmungserscheinungen. Jutta hatte kurzerhand den Notarzt verständigt.

Adieu, Freiheit!

Aus war es mit dem freien Willen. Jetzt schrieb ihm sein Weidener Arzt vor, was er zu tun und zu lassen hatte. Keine kalorienreiche Nahrung, mehr Bewegung, Alkoholkonsum deutlich einschränken, keine unnötige Aufregung. Hier konnte Helbich ein Grunzen nicht unterdrücken. Dieser Arztheini hatte von Tuten und Blasen keine Ahnung. Redete mit ihm, dem Polizeichef, als spräche er zu einem Kleinkind. Wie gerne hätte er den Kerl mal zu einer Vernehmung aufs Revier mitgenommen! Um ihm zu zeigen, was Aufregung war. Ja, Kruzinesen.

Helbich kippte die Hälfte des Biers auf einmal hinunter. Seine Frau blickte ihn dabei vorwurfsvoll an. Sollte sie doch. Hier war immer noch er der Herr im Haus, solange er einen Finger bewegen konnte.

Wenn sie nur diesen verdammten Mörder bald zu fassen kriegten! Die Polizeidirektion in Regensburg wurde schon ungeduldig. Dabei hatten sie den Architekten vor gerade mal gut vierundzwanzig Stunden gefunden. Fehlte bloß noch, dass der Landrat sich einmischte, dieser aufgetakelte Hahn.

Ein Polizist war doch kein D-Zug.

Er war der Ermittlungsleiter, aber in diesem Fall schienen ihm die Fäden ständig zu entgleiten. Wenn er ehrlich war, dann musste er sich eingestehen, dass er sich hilflos und ausgeliefert fühlte. Erst das Foto in der Zeitung, natürlich nicht sein Fehler, eher der von Spichtinger, diesem Münchner Hornochsen, der sich von einem raffinierten Bengel hatte verschaukeln lassen, aber das änderte nichts am Sachverhalt: Er, Helbich, musste dafür den Kopf hinhalten, und bald würde er diesen Kopf wie im alten Rom auf einen Holzpflock legen dürfen, damit ihm ordentlich der Hals durchgehackt werden konnte.

Er verzog das Gesicht zu einer schmerzlichen Grimasse.

Jede Woche tuckerte er nach Weiden, um sich von sogenannten Spezialisten durchchecken zu lassen. Gefunden hatten sie bisher nichts. Nur im Spekulieren waren sie gut. Diese Typen wären an der Börse viel besser aufgehoben. Da könnten sie sich dieser Leidenschaft nach Herzenslust hingeben.

Was aus seinem Berufs- und Privatleben wurde, war denen doch egal. Hauptsache, sie hatten jemanden zum Experimentieren. Ach, probieren Sie doch mal dieses Medikamentchen, das dürfte helfen, und wenn nicht, nun, dann hätten wir noch das im Angebot, tja und wenn das nix bringt, dann müssen wir wohl …

Ah, er hatte Lust zu schreien.

Auf seine alten Tage so abhängig zu sein, hätte er sich nie erträumt. Seine Frau hielt zu ihm. Ertrug die kurzen Nächte mit Gleichmut, aber auch sie nahm die Situation mit, keine Frage. Wenn es ihn nachts aus dem Bett trieb und er stundenlang den Flur auf und ab stapfte; wenn er sich abends stundenlang in die Badewanne legte, weil allein im heißen Wasser die Schmerzen etwas nachließen; wenn er verzweifelt über den Sinn des Lebens nachdachte. Unerschütterlich war sie. Er selbst war sich voll und ganz bewusst, dass er sich umgekehrt wohl niemals so verhalten würde. Er würde das Weite suchen. Sich irgendwo vergraben. Schimpfen. Schreien. Aber er wäre seiner Frau ganz sicher keine Stütze.

Manchmal fragte er sich, ob er sie überhaupt verdient hatte.

Seine Kollegen hielten ihn auch alle für einen Stinkstiefel. Der er ja auch irgendwie war, das gab er zu. Zu gern wäre er ein rücksichtsvollerer, einsichtiger Chef, aber das klappte hinten und vorne nicht. Bei der kleinsten Gelegenheit ging er in die Luft. Andererseits bettelten diese Knalltüten doch geradezu danach. Allen voran Spichtinger. Stolperte in ein Fettnäpfchen nach dem anderen. Wie sollte man so jemanden ernst nehmen? Eigentlich nicht verkehrt, der Junge, aber so furchtbar lebensunerfahren, es machte Helbich ganz krank.

Der bräuchte eine gescheite Frau, die ihm ein wenig die Lederhosen strammzog.

Aber von Beziehung oder Weiblichkeit schien der Arme noch nie etwas gehört zu haben. Waren alle Münchner solche verklemmten Memmen? Kein Wunder, dass da die Roten an der Macht waren. Bande von Hosenscheißern. Ohne München wäre Bayern schon längst wieder ein unabhängiger Staat. Oder eine Monarchie, wie in der guten alten Zeit unter Ludwig.

Damals scherte man sich noch einen Dreck um diese Preußenzipfel. Jetzt waren sie überall. Sogar beim Luger im Supermarkt hatte ihm die Bedienung neulich ein fröhliches »Tschüss« hinterhergerufen. Am liebsten hätte er ihr seine Einkäufe um den Kopf geschmissen.

Sprache ist Identität. Und die bayerische Sprache war bayerisch. Und auf Bayerisch gab es kein verfluchtes Tschüss.

Helbich merkte, wie sein Blutdruck stieg, und atmete tief durch.

Keine unnötige Aufregung, hatte dieser Furz von Arzt gesagt. Keine unnötige Aufregung.

»Ist Papa jetzt im Himmel, Mama?«

Eigentlich eine sehr naive Frage für ein zweiundzwanzigjähriges Mädchen, dachte Elvira Schönthaler im ersten Augenblick, doch dann gestand sie sich ein, dass sie selbst sich das auch schon gefragt hatte. Wo war Heiner jetzt?

»Ich weiß es nicht, Liebling«, antwortete sie wahrheitsgetreu und drückte Annelie fest an sich.

Sie saßen nebeneinander auf dem Ledersofa im Wohnzimmer. Der Fernseher lief leise im Hintergrund, in der Küche klirrte das Geschirr: Spülte Markus etwa ab? Zu Heiners Lebzeiten hatte er sich stets geweigert, aber das war sicher nicht das Einzige, was sich mit seinem Tod verändert hatte.

Markus war noch gestern gekommen, Annelie erst vor zwei Stunden mit dem Taxi von Nürnberg, wo ihr Flug gelandet war.

Weihnachten. Das letzte Mal, dass sie alle zusammen gewesen waren.

Ihre Kinder.

Deswegen war Heiner geblieben. Das hatte er ihr offen gesagt. »Wenn ich bleibe, dann wegen der Kinder.«

Sie hatte ihm das nie abgenommen. Markus und Annelie waren beide erwachsen, eine Trennung hätte sie sicher stark mitgenommen, aber sie wären darüber hinweggekommen. In Wirklichkeit wollte Heiner gar nicht weg. Das hatte sie sich zumindest einzureden versucht. Trotzdem nagten ständig Zweifel an ihr. Und wenn er doch eines Tages mit einer anderen ein neues Leben aufbauen würde?

All das war jetzt passé.

Der erste Schock war verebbt, und Elvira spürte erste Anzeichen von Erleichterung. Noch wollte sie es sich nicht eingestehen.

Heiner war tot.

Und sie trauerte um ihn.

Aber wenn sie ehrlich war, dann trauerte sie nicht wirklich um Heiner, sondern vielmehr um ihre eigene Lage. Er hatte stets eine Leitlinie vorgegeben; er war derjenige, der gezeigt hatte, wohin das Leben führte, und sie war ihm gefolgt. Auch in Augenblicken, in denen sie nicht mit seiner Wahl einverstanden war oder in denen seine Entscheidung sie leiden ließ.

Sie hatte seine Seitensprünge geduldet. Einfach als Tatsache hingenommen. Sich gesagt, dass man nicht alles haben könne. Reichtum, Kinder, einen treuen, ergebenen Mann.

Das war ein Traum.

Die Realität sah anders aus.

Aber war diese Weltsicht nicht veraltet?

Das hatte ihr Guido immer wieder eingetrichtert. Lass dir das nicht gefallen, das war sein Leitmotto. Vorhin am Telefon hatte er sie gefragt: »Bist du nicht auch ein bisschen froh, dass Heiner tot ist?« Sie hätte um ein Haar aufgelegt, so entsetzt war sie gewesen. Wie konnte Guido es wagen, so etwas überhaupt nur zu erwähnen? Sie hatte ihn angefaucht und beschimpft. Er hatte sich ausführlich entschuldigt, bis sie sich wieder beruhigt hatte.

Seit dem Anruf war eine gute Stunde vergangen, und Elvira musste sich stark zusammenreißen, um nicht zurückzurufen. Denn Guido hatte recht.

Sie war tatsächlich auf gewisse Weise froh.

Wenn es nur nicht so grausam geschehen wäre. Ein Mord. Einen normalen Tod könnte sie mit besserer Fassung tragen.

Sie verspürte Gewissensbisse.

Wie oft hatte sie ihrem Mann die Pest an den Hals gewünscht? Ihn verflucht und in Gedanken umgebracht? Guidos Bemerkung hatte sie daran erinnert, und sie fühlte einen Stich von Schuld. Zwar hatte sie keine Voodoo-Puppe benutzt, aber zumindest im Geiste hatte sie ihren Gatten hundertmal ermordet.

»… Guido eigentlich?«, hörte sie und fuhr auf.

»Was?«

»Wer ist dieser Guido eigentlich, der vorhin angerufen hat?«, wiederholte Annelie.

»Ach, nur ein Bekannter«, erwiderte Elvira und hörte selbst, wie wenig überzeugend sie klang.

»Nur ein Bekannter«, höhnte Markus, der zur Wohnzimmertür hereinkam. Er hielt ein Glas Wein in der Hand. »Gleich wirst du uns noch was von platonischer Beziehung vorwinseln.«

Elvira zuckte bei dem harten Ton zusammen. Sie erkannte ihren Markus kaum wieder. Seit seiner Ankunft gestern verhielt er sich komisch. Aufmüpfig, respektlos. Ja, irgendwie herzlos. Schien überhaupt nicht um seinen Vater zu trauern. Im Gegenteil.

»Ich verbitte mir diesen Ton«, antwortete sie scharf. »Und darf ich fragen, seit wann du Wein trinkst?«

»Seit ich weiß, wo Vater den Schlüssel zum Weinkeller versteckt hat«, sagte Markus und ließ sich langsam in einen Sessel fallen. »Das hier ist ein leckerer Chardonnay. Wollt ihr auch ein Schlückchen? Um auf den Tod des alten Herrn anzustoßen?«

»Markus«, schrien Annelie und Elvira gleichzeitig und blickten ihn ungläubig an.

»Jetzt mal Klartext«, erklärte er seelenruhig. »Ihr werdet mir doch nicht vormachen wollen, dass euch Daddys Abgang nicht in den Kram passt. Schwesterherz«, er wandte sich an Annelie, die unruhig auf dem Sofa hin- und herrutschte, »dir hat er den Geldhahn zugedreht, seit du in Rom ein bisschen zu sehr auf die Pauke haust. Wie oft musste ich mir am Telefon anhören, dass dieser ›geile alte Bock‹ seine Moneten lieber für seine Huren ausgibt als für seine eigenen Kinder?«

Elvira schnappte nach Luft.

»Und du, Mama«, richtete sich Markus an sie. »Du spielst uns hier die verwundete, liebende Hausfrau vor, aber halt uns bitte nicht für dümmer, als wir sind. Ich hoffe für dich, dass die Geschichte mit diesem Guido, oder wie auch immer er heißt, nicht platonisch ist, sondern dass ihr euch gegenseitig das Hirn rausvögelt. Was anderes hat unser lieber Vater nämlich nicht verdient. Prost.«

Was machte diese Welt nur mit den Menschen?

Eigentlich hätte er sich jetzt gut fühlen müssen. Zufrieden. Er hatte geschafft, was er sich vorgenommen hatte. Die beiden anderen waren tot. Und sie hatten gelitten, ehe sie starben. Wie er es sich vorgenommen hatte.

Er nahm einen Schluck aus dem Weizenglas. Im Hintergrund dudelte Bayern 1 Volksmusik. Außer ihm befanden sich nur der Wirt und eine Gruppe Männer im Raum.

Die Wurst und die Beilage hatten furchtbar geschmeckt. Wie Kaugummi. Aber er hatte den ganzen Tag nichts gegessen, war so hungrig gewesen. Jetzt spülte er den ekligen Geschmack mit einem Bier weg.

Er spürte, wie die anderen Männer ihn misstrauisch aus den Augenwinkeln musterten. Hier in Eslarn war er ein Fremder. Allein unterwegs. An einem Sonntagabend im Wirtshaus. Verdächtig. Aber es war ihm egal. Die Polizei würde ihn ohnehin nicht finden. Die tappte im Dunkeln. Das wusste er nur zu gut.

Auf der gegenüberliegenden Wand hing ein Landschaftsbild. Es zeigte den Grenzübergang nach Tschechien vor zwanzig oder dreißig Jahren. Ein paar Zollbeamte vor ihrem Häuschen. Stacheldraht.

Den Gerüchten zufolge befand sich auf der Rückseite das Konterfei von Adolf Hitler. Zu später Stunde und in geschlossener Gesellschaft wurde dann das Bild umgedreht, und man stimmte vaterländische Gesänge an. Na ja, irgendwo mussten die zehn Prozent der Bürger, die in diesem Ort bei jeder Wahl für die Republikaner stimmten, schließlich ihre Leidenschaft ausleben. Was an dem Gerücht dran war, könnte er leicht überprüfen, indem er aufstand und nachsah. Aber er wagte es nicht. Die finsteren Blicke des Wirtes und der restlichen Gäste verhießen nichts Gutes.

Die Polizei schien solche Zusammenkünfte zu dulden. Oder nichts davon mitzubekommen.

Noch war die zweite Leiche nicht entdeckt worden.

Spätestens morgen.

Er dachte an die Polizisten. Die meisten kannte er vom Hörensagen. Angeblich gab es eine Neue.

Sie schien etwas kompetenter als die anderen Versager. Die musste er ein wenig im Auge behalten.

Er lächelte bitter.

Was machte diese Welt nur mit den Menschen?

Tom Haller nippte an seiner Tasse Kaffee und konnte den Blick nicht von der Schlagzeile des »Neuen Tags« lösen. *ARCHITEKTEN-LEICHE AM STÜCKBERG ENTDECKT.*

Die Klingel über der Glastür der Bäckerei mit Stehcafé bimmelte. Eine ältere Frau kam herein und wurde von der Bedienung herzlich begrüßt. Offenbar eine Stammkundin.

Wie er.

Doch eine herzliche Begrüßung hatte er noch nie bekommen.

Dabei kam er jeden Tag früh morgens vor dem Dienst hierher, um seinen Kaffee und sein belegtes Brötchen zu kaufen. Außer einem trockenen »Guten Morgen« servierte man ihm nichts dazu.

Nichts als Verachtung. Was kaum verwunderlich war angesichts seiner gebeugten Haltung, seiner ungepflegten Frisur und dem scheuen Blick. Er war ein Randprodukt, wagte die Menschen, die ihm begegneten, nur von unten herauf anzuschauen, wenn er es überhaupt wagte.

Warum kam er dann jeden Morgen hierher?

Die Antwort war einfach. Weil er nicht einsam in seiner Wohnung sitzen wollte. Immerhin fand er in dieser Bäckerei stets ein warmes Plätzchen am Fenster, hörte Menschenstimmen, mal fröhlich, mal unausgeschlafen mürrisch, war Teil von etwas.

Er konzentrierte sich wieder auf den Zeitungsartikel. Heiner Schönthaler war tot. Die Nachricht traf ihn wie ein Elektroschock, der sich sogleich in tiefe Befriedigung verwandelte.

Tom Haller dachte an die Federmäppchen und Mützen, die während seiner Schulzeit auf dem Heimweg kaputtgegangen oder auf Dächern oder in Abwassergullys verschwunden waren. Er dachte an die aufgeschürften Knie und Ellbogen von Stürzen, an blutige Nasen und zahllose Tränen.

Gab es doch noch eine Gerechtigkeit auf dieser Erde?

Im Artikel war davon die Rede, dass der Mord einer Hinrichtung gleiche. Also war er nicht der Einzige, den Heiner Schönthaler verletzt hatte.

Ein Mann kam in die Bäckerei, bestellte und setzte sich dann auf einen freien Stuhl ein paar Meter neben Tom. Die Bedienung brachte ihm einen Kaffee.

Der herbe Duft stieg Tom in die Nase, und mit einem Mal verspürte er ein nahezu unheimliches Glücksgefühl.

Er war nicht allein.

Jemand anderes da draußen teilte seinen Schmerz.

Er war nicht allein.

Montag, 19. April

Verschlafen rieb Lena sich die Augen. Sie hatte schlecht geschlafen. Albträume. Kaum drei Stunden Schlaf. Der Kaffee dampfte im Becher. Seufzend nahm sie einen weiteren Schluck von dieser Brühe. Ihr gegenüber saß Spichtinger, vollkommen versunken in die Lektüre des Obduktionsberichts, den der Amberger Gerichtsmediziner schon kurz nach sieben gefaxt hatte.

Seither machte das Schreiben die Runde unter den Kollegen. Lena und Spichtinger waren die Einzigen, die es noch nicht gelesen hatten, und Lena hatte es dabei auch nicht eilig. Der kalte Ton dieser Berichte war ihr nur allzu vertraut und weckte quälende Erinnerungen.

Spichtinger blickte auf.

»Mann, Mann, Mann«, sagte er nachdenklich. »Das ist ja ein Ding!«

»Was denn?«, fragte Lena mit einem Anflug von Neugier.

»Lies selbst.«

Er schob ihr das Fax hin. Lena zählte insgesamt sechs Blätter.

Obduktionsbericht

Erstellt vom Institut für Rechtsmedizin der Universität Regensburg
im Auftrag der Staatsanwaltschaft Amberg

Dem Auftrag der Staatsanwaltschaft beim Landgericht Amberg vom 18.4.2010 entsprechend, haben wir am 18.4.2010 um 20.30 Uhr die gerichtsmedizinische Untersuchung der Leiche durchgeführt.

Obduzenten:
Dr. Podolski I. Obduzent
Dr. Becker II. Obduzent

Herr Scholtyssek als Präparator

Die auf dem Sektionstisch liegende Leiche wurde von Herrn Scholtyssek als die von SCHÖNTHALER Heinrich vorgewiesen.

Befund und vorläufiges Gutachten

A. Äußere Besichtigung

1. Leiche eines 181 cm langen und 88,4 kg schweren Mannes von kräftigem Körperbau.

2. In der Glutaelmuskulatur und an den Händen und Füßen finden sich abgesetzte, rötliche bis rötlichviolette Totenflecke.

3. Im Bereich der Brustkorbrückwand links, im unteren Viertel gelegen, bestehen mehrere kreisförmige Verbrennungen auf einer 20 cm langen und bis 8 cm hohen Fläche, leicht schräg von links oben nach rechts unten verlaufend.

4. Die Totenstarre ist an den Kniegelenken leicht ausgeprägt, an den Ellenbogengelenken ebenfalls leicht ausgeprägt.

5. Im Bereich der zentralen Stirnregion, in der unbehaarten Kopfhaut gelegen, besteht eine 7,5 cm breite und bis 3 cm hohe Zone, innerhalb derer die Haut dunkelbraunschwärzlich verfärbt ist.

6. In Projektion auf das seitliche hintere Scheitelbein links besteht eine 4,5 cm lange und bis 4 mm breite offene Wunde, durch die Hirnsubstanz ausgetreten ist.

7. Beide Augen sind eingesunken, die Kornea ist getrübt. Flohstichartige Blutungen in den Augenbindehäutchen und an den äußeren Lidhäuten. Zirkulär um das rechte Auge bestehen schwärzliche Hautverfärbungen.

8. In der Hinterohrregion sind linksseitig schwärzliche Verfärbungen zu sehen.

9. Das knöcherne Nasenskelett ist an mehreren Stellen gebrochen.

10. Die Lippen sind geöffnet, dunkelrot, mit schwärzlichen Verfärbungen und zahlreichen Einblutungen.

11. Sämtliche obere und untere Schneidezähne fehlen.

12. Der Hals ist mittellang, kräftig, nicht abnorm beweglich. Etwa 1,5 cm oberhalb des Kehlkopfes verlaufen etwa 2,5 cm breite zirkuläre Hautverfärbungen bis in den Nacken.

13. Mehrere länglich verlaufende, offene Wunden in den Bauchdecken knapp unterhalb des Brustkorbniveaus.

14. Äußeres Genital männlich, die Schambehaarung kurz, gekräuselt.

15. Beide Hoden fehlen. Hodensack auf einem 3,5 cm langen und 1 cm breiten Areal aufgetrennt.

16. Die Afteröffnung ist abnorm geweitet.

Lena blätterte um. Mehr als 200 Punkte erläuterten im Detail jede einzelne Verletzung der Leiche, jedes Muttermal, jeden Fleck, alles. Neutral und kommentarlos.

Sie schauderte.

Nichts klang erbarmungsloser und grausamer als ein Autopsiebefund. Bei der nächsten Überschrift las sie weiter.

B. Innere Besichtigung

I. Schädelhöhle

208. Das knöcherne Schädeldach ist an zwei Stellen verletzt, es misst 19,4:15,0 cm, ist längsoval geformt, bis 5 mm stark.

209. Über der harten Hirnhaut, unter ihr, wie auch zwischen den weichen Hirnhäuten bestehen zahlreiche Blutaustritte.

210. Das Gehirn wiegt 1481 g.

Mehr wollte Lena über das Gehirn nicht wissen. Auch den Abschnitt zu Brust- und Bauchhöhle überging sie und blätterte bis zu der Überschrift:

C. Vorläufiges Gutachten

I. Die im Bereich des Kopfes, der Augen und des Halses

feststellbaren Einblutungen im Sinne sog. Stauungsblutungen sind als gravierendes Indiz für einen Erstickungsmechanismus zu werten.

Die Wunden im Schädelbereich mit Austritt von Gehirnsubstanz wurden dem Opfer vor dem Tod zugefügt. Auch die zahlreichen Hämatome im Arm-, Bauch- und Beinbereich wurden dem Opfer vor Todeseintritt zugefügt. Ebenso die Verletzungen im Genitalbereich.

Auffällig sind zwei Hämatome im glutaelen Muskel. Sie könnten von kleinen Widerhaken herrühren.

II. Die Blutproben weisen einen hohen Wert an Propofol und Remifentanil auf.

III. Wir bitten gegebenenfalls um Auftrag zu weiteren Untersuchungen.

Gez.: Dr. Podolski, Dr. Becker

Er war nur betäubt!, dachte Lena entgeistert. Der Mörder hat ihm eine Spritze verabreicht, um ihn in Seelenruhe misshandeln zu können. Oh mein Gott!

Spichtinger sah sie ernst an und nickte, als könne er ihre Gedanken lesen.

»Ganz schön harter Tobak, nicht wahr?«, meinte er.

Lena schlug die Hände vors Gesicht.

In diesem Augenblick öffnete sich die Tür. Helbich trat ein, gefolgt von einem drahtigen Mann um die vierzig, der eine schmale Nickelbrille auf der Nase trug und mit seiner schwarzen Aktentasche in der Hand wie ein Anwalt aussah.

»Herr Dr. Becker aus Amberg ist da. Er wird uns seine Beobachtungen bezüglich der Leiche erläutern«, sagte Helbich und machte sofort wieder auf dem Absatz kehrt. »Am besten gehen wir in den Sitzungssaal.«

Dr. Becker nickte, ohne eine Miene zu verziehen. Lena und Spichtinger stiegen hinter ihnen die Treppe hoch. Der

Rest der Mannschaft bis auf Feiti, der in der Einsatzzentrale hockte, tat es ihnen gleich.

Der Gerichtsmediziner stellte seine Tasche auf dem Schreibtisch ab, setzte sich auf den Stuhl und kramte ein paar Dokumente hervor, die er musterte, während die Polizisten sich niederließen. Nur Helbich blieb neben der Tür stehen. Offensichtlich widerstrebte es ihm, sich unter das Fußvolk zu mischen. Dr. Becker warf einen strengen Blick über seine Brillengläser hinweg in die Runde und räusperte sich.

»Ich nehme an, Sie haben alle den Obduktionsbericht gelesen«, begann er. »Eine interessante Leiche. Da wollte uns jemand vermutlich vor eine knifflige Aufgabe stellen.«

Er hüstelte.

»Tja, war gar nicht so leicht festzustellen, woran der Gute eigentlich gestorben ist. Letztendlich ganz banal: durch Schläge auf den Hinterkopf. Der Täter hat einen stumpfen Gegenstand benutzt. Den Holzfasern nach zu urteilen, die wir unterhalb der Schädeldecke gefunden haben, war es wohl ein etwa zehn Zentimeter dicker Ast. Das Opfer lebte noch, als es den ersten Schlag abbekam, aber nicht mehr lange.«

Lena sah, dass Spichtinger neben ihr unruhig wurde. Ihn ließ der Bericht nicht kalt. Gerichtsmediziner arbeiteten mit dem Tod, blickten ihm tagtäglich ins Auge, das härtete ab. Dafür begriffen sie zumeist nicht richtig, was der Tod bedeutete, was für Leiden und Konsequenzen er mit sich brachte. Sie waren funktionell wie Maschinen. Nüchtern und sachlich traten sie dem Tod entgegen.

Für einen Polizisten brach der Tod überraschend herein, er musste damit erst einmal zurechtkommen. Denn er ahnte, was für Dramen sich hinter den Kulissen abspielten. Für ihn begann die Arbeit dort, wo sie für den Gerichtsmediziner aufhörte. Bei der Suche nach dem Warum, nach einer Lösung. Hinaus in die Abgründe des Menschlichen, die oft im Unmenschlichen sichtbar werden.

»Der Täter hat ihn also gewürgt, erschlagen und dann an den Baum gelehnt?«, fragte Helbich.

»Sie haben es erfasst«, antwortete Dr. Becker. »Im Gehirn war viel Blut, wäre er durch Strangulierung gestorben, dann wäre dies nicht der Fall. Dabei hätten sich die Blutgefäße blitzschnell verengt, hier war das Gegenteil der Fall: Das Herz pumpte wie wild Blut in die verletzten Regionen.«

»Im Bericht steht etwas von Verbrennungen und länglichen Wunden«, warf Lena ein.

»Richtig«, sagte Dr. Becker und summte, während er kurz in den Papieren wühlte. Er zog ein Blatt hervor, musterte es kurz und blickte wieder auf. »Der Täter hat auch ein Messer benutzt. Die Verbrennungen am Rücken stammen mit Sicherheit von einer Zigarette. Alles sehr schmerzhaft, sofern das Opfer bei Bewusstsein war. Es wurde vor der Misshandlung ausgezogen und dann über erdigen Untergrund geschleift. In den Schnittwunden finden sich Humusreste. An den Beinen haben wir Schürfwunden festgestellt.«

»Sie haben in Schönthalers … also, ich meine im Blut des Opfers Spuren von Betäubungsmitteln gefunden, nicht wahr?«, fragte Spichtinger.

Der Arzt nickte.

»Aber wie hat der Täter das angestellt? Er kann es ihm ja nicht in den Kaffee gerührt haben, oder?«

»Dazu komme ich gleich. Ich habe da eine kleine Theorie, wobei das nur eine persönliche Hypothese ist«, meinte Dr. Becker. »Zuerst noch ein paar Worte zu den Genitalien. Da hat der Täter offensichtlich ein Skalpell benutzt. Der Penis wurde mit einem glatten Schnitt durchtrennt und hing nur noch an einem feinen Hautfetzen. An den Hoden hat der Täter ziemlich lange herumgesäbelt, was den Schluss zulässt, dass es sich nicht um einen Chirurgen handelt. Wenn doch, dann arbeitet er hoffentlich nicht im hiesigen Krankenhaus!« Dr. Becker lachte über seinen eigenen Witz.

»Nun aber zu meiner Betäubungstheorie«, fuhr er fort. »Ihr Architekt hatte keine Hautspuren oder Ähnliches unter den Nägeln. Nichts, dass auf einen Kampf hindeuten würde. Wir können also davon ausgehen, dass er irgendwie überrumpelt wurde. Bei seiner Statur hätte er sich wehren können. Also …«

Er kramte wieder in seinen Papieren. Lena war überzeugt, dass er das nur tat, um sie weiter auf die Folter zu spannen. Und man musste zugeben, dass ihm dies gut gelang. Sie konnte es kaum erwarten, was er zu sagen hatte.

»Da wären diese kleinen Hämatome im Gesäßbereich. Zwei sehr ähnliche Wunden, etwa zwanzig Zentimeter voneinander entfernt. Jeweils etwa einen halben Zentimeter tief und rundherum abgerissene Haut. Als hätte jemand kleine Widerhaken herausgezogen.«

»Ein Taser!«, rief Pete aufgeregt.

»Der Kandidat hat hundert Punkte«, sagte Dr. Becker. »Sie kennen sicherlich alle die Wirkung einer solchen Waffe.«

Lena hatte schon von diesen Betäubungspistolen gehört. In der Schweiz und in Österreich gehörten sie zur Standardausrüstung der Polizeibeamten, in Deutschland aber waren sie verboten. Die Grundidee war gut: Der Getroffene wurde durch den elektrischen Stoß mehrere Sekunden lang außer Gefecht gesetzt. In Krisensituationen also eine Möglichkeit zu reagieren, ohne den Angreifer zu töten oder schwer zu verletzen. Allerdings starben trotzdem hin und wieder Menschen, die damit beschossen wurden. Ein Restrisiko konnte man nicht ausschließen.

»In einem Taser«, erklärte Dr. Becker, »stecken zwei Projektile, die beim Schuss gleichzeitig abgefeuert werden. Sie sind an Kabeln befestigt, durch die Strom fließt, bis zu 50 000 Volt. Die Flugbahn der beiden Projektile verläuft nicht parallel, damit beim Aufprall möglichst viel Raum zwischen ihnen liegt.«

»Wieso?«, fragte Pete.

»Weil der Strom zwischen den beiden Projektilen fließt. Je mehr Raum zwischen ihnen liegt, desto mehr Nerven und Muskelzellen werden lahmgelegt. Womit auch die Wirkung deutlich heftiger ausfällt. In unserem Fall dürfte sie erheblich gewesen sein. Das Opfer hatte vermutlich kaum die Zeit, einen Schritt zur Seite zu machen.«

»Sie sagten, die Widerhaken steckten im Po. Das heißt also, dass Schönthaler von hinten beschossen wurde«, bemerkte Spichtinger.

»Was ja auch zu den fehlenden Hinweisen auf eine Gegenwehr seinerseits passen würde«, ergänzte Helbich mit vor Aufregung bebender Stimme.

»Absolut«, nickte der Arzt.

»Aber die Wirkung hält doch nur wenige Sekunden an«, wandte Mich ein.

»Hier kommen wir zum interessanten Teil der Aufführung«, sagte der Arzt. Er machte eine kleine Pause. Die Polizisten beugten sich unweigerlich ein wenig vor. »Der Täter hat dem Opfer mit höchster Wahrscheinlichkeit umgehend Propofol injiziert, ein Anästhetikum, das innerhalb weniger Sekunden wirkt. Vermutlich in die Armbeuge, dort haben wir eine Einstichstelle registriert. Im Blut waren auch Spuren von Remifentanil nachweisbar, das wird in der Regel anal verabreicht und verstärkt die Wirkung von Propofol.«

»Also doch ein Arzt?«, fragte Helbich.

»Nicht unbedingt«, antwortete Dr. Becker. »So etwas kann man heutzutage auch ganz bequem im Internet nachlesen. Gewagt ist es aber ganz sicher, wenn man es vorher noch nie gemacht hat.«

Der Bernhardiner, schoss es Lena durch den Kopf.

Sie schlug mit der flachen Hand auf den Tisch. Die anderen blickten sie erstaunt an.

»Am Freitag haben wir alle noch über den Anruf der besorgten Frau gelacht, die melden wollte, dass man ihren Bernhardiner betäubt hat«, rief sie. »Das würde doch haargenau passen!«

»Oh Mann«, seufzte Pete. »Du hast recht!«

Dr. Becker klappte indes seinen Koffer wieder zu und stand auf.

»Na ja«, sagte er. »Diesen Teil der Arbeit überlasse ich dann Ihnen. Das war von meiner Seite erst einmal alles. Falls Sie noch Fragen haben, meine Handynummer haben Sie ja.«

Weg war er.

Helbich trat nach vorn.

»Kurze Pause, Männer«, sagte er. »Dann sprechen wir unser weiteres Vorgehen ab.«

Dann war auch er zur Tür draußen.

Spichtinger blieb allein im Sitzungssaal zurück, während die anderen nach unten gingen, um eine kleine Mahlzeit zu sich zu nehmen. Das soeben Gehörte schlug ihm dermaßen auf den Magen, dass ihm der Appetit vergangen war.

Er wusste gar nicht recht, wo er mit dem Analysieren beginnen sollte. Anästhetikum im Blut. Taser. Schürfwunden. Nackt. Schädel mit einem Ast eingeschlagen.

Der reinste Horror.

Wer war zu solch einer Tat fähig?

Was verbarg sich dahinter?

Tiefer Hass, so viel war schon einmal sicher. Der Täter musste von einer unheimlich starken Triebkraft gesteuert worden sein, anders hätte er solch eine Gräueltat nicht verüben können. Er hatte nicht nur in Kauf genommen, dass Schönthaler litt, nein, das war sogar das Ziel gewesen. Allein der Gebrauch des Tasers. Spichtinger schüttelte sich. Er hatte von Kollegen gehört, die angeblich freiwillig Versuche über sich hatten ergehen lassen, um zu beweisen, dass diese Waffe nicht lebensgefährlich war. Einer war dabei gestorben.

Spichtinger hatte einen Höllenrespekt vor allem, was mit Elektrizität zu tun hatte. In seiner Kindheit war er mit seinen Eltern öfter aufs Dorf gefahren, um die Großmutter zu besuchen. Dabei hatte sein Vater beim Durchqueren einer Ortschaft einmal beiläufig erwähnt, dass der dortige Bäcker gestorben sei, als er versuchte, einen kleinen Vogel von der Stromleitung zu holen. Diese Anekdote hatte sich irgendwie in sein Gedächtnis gegraben. Seither näherte er sich nur höchst ungern einer Stromleitung.

Die Vorstellung, dass mehrere tausend Volt durch seinen Körper strömten und seine Nerven lähmten, machte ihn ganz krank. Spichtinger spürte, wie ihm der Schweiß im Nacken ausbrach. Furchtbar. Der Architekt mochte noch so schlimm und bösartig gewesen sein, solch ein Schicksal wünschte man keinem Menschen.

Der Mörder sah dies offenbar anders.

Er hatte Schönthaler betäubt und dann mit einer Spritze ruhig gestellt. Allerdings ohne die Schmerzen zu lindern. Er musste bestens vorbereitet gewesen sein. Taser, Messer, Skalpell. Der Ort, die Zeit, alles schien geplant. Sogar die Wanderung des Waldvereins schien einprogrammiert. Die Entdeckung der Leiche. Nichts war dem Zufall überlassen.

Doch diese Planung verlangte wochenlange Vorbereitungen. Hier mussten sie ansetzen. Der Täter stammte aus dem direkten Umkreis des Opfers, daran bestand kein Zweifel. Es konnte kein Fremder sein, der zufällig vorbeikam. Hier stand ein persönliches Rachemotiv im Mittelpunkt. Wenn sie dieses Motiv fanden, dann hatten sie auch den Täter. Und wo suchte man solch ein Motiv? In Schönthalers Berufs- und Privatleben. Hauptsächlich aber wohl doch im Privatleben. Ein Konkurrent hätte ihn möglichst diskret beseitigt, vielleicht sogar versucht, den Mord wie einen Unfall aussehen zu lassen. Hier war genau das Gegenteil der Fall.

Der Mörder wollte der Öffentlichkeit etwas zeigen.

Und nicht nur der Öffentlichkeit, auch der Polizei.

Das abgeschnittene Glied war ein Zeichen. Auch die Wunden am Körper.

Aber was sollten diese Zeichen aussagen?

Spichtingers graue Zellen arbeiteten auf Hochtouren.

Der Mörder wusste, dass Heiner Schönthaler und Karin Roth sich regelmäßig am Skihang trafen. Woher? Dazu musste er doch tiefen Einblick in das Privatleben eines der beiden Beteiligten haben. Karin Roths Mann wäre die nächstliegende Antwort, doch der hatte ein Alibi. Nicht besonders hieb- und stichfest, weil man auf dem Radarfoto nur das Nummernschild und nicht hundertprozentig den Insassen des Wagens erkannte, aber immerhin. Außerdem legte Pete seine Hand für den Tennisvorstand ins Feuer.

Wer sonst?

Er zermarterte sich das Gehirn.

Ihm kam Guido Hammerl wieder in den Sinn, von dem gestern sein Lauffreund erzählt hatte.

Den hatten sie bisher noch überhaupt nicht ins Visier genommen. Sollte er den Kollegen von seinem Verdacht berichten? Oder würden sie ihn nur auslachen, weil er jedem Gerücht blind hinterherlief?

Lena kam zur Tür herein.

Spichtinger zählte innerlich bis drei und sagte dann:

»Gestern hat mir ein entfernter Bekannter der Schönthalers etwas gesagt, das vielleicht wichtig sein könnte. Andererseits, es handelt sich nur um ein Gerücht, und da weiß man ja nie …«

»Ja?«, fragte Lena ungeduldig.

»Nun, er meinte, er habe von Schönthalers Sekretärin erfahren, dass Elvira Schönthaler ebenfalls von den ehelichen

Gleisen abgewichen ist …« Himmel, klang das geschwollen!

»Du meinst, sie ist fremdgegangen?«

»Das ist nur ein Gerücht! Ich weiß dazu nichts. Der entfernte Bekannte erwähnte einen gewissen Guido Hammerl. Aber ich habe gestern noch länger darüber nachgedacht und – erinnerst du dich daran, wie ich am Freitag zu Schönthalers Frau gefahren bin wegen ihrer Vermisstenanzeige? Du warst am Apparat, als ich auf der Polizeiinspektion angerufen habe.«

Lena nickte.

»Da war jemand bei ihr. Sie hat ihn mir nicht namentlich vorgestellt, nur gesagt, dass es ein guter Bekannter sei. Aber die beiden schienen sehr … vertraut. Vielleicht war es ja dieser Guido, von dem mir der Bekannte erzählt hat.«

»Gut möglich. Aber das lässt sich ja leicht nachprüfen. Weißt du, wo er wohnt?«

»In Pirk bei Pullenried.« Als Lena ihn mit großen Augen anblickte, fügte er hinzu: »Das ist ein kleines Dorf gut zehn Kilometer von hier. Aber warte … das Komischste hab ich dir noch gar nicht gesagt. Guido Hammerl ist, oder besser war der schärfste Konkurrent von Heiner Schönthaler.«

Lena hob die Augenbrauen.

»Und ein guter Freund der Ehefrau? Hm. Das …«

Weiter kam sie nicht.

Helbich stieß die Tür ruckartig auf und stampfte ins Zimmer.

»So!«, schnaufte er und drehte sich in Richtung Gang um. »Weiter geht's! Anmarsch!«

Hauser, Pete und Mich eilten herbei und nahmen ihre Plätze ein. Helbich wischte sich mit einem Stofftaschentuch die Stirn ab. Unter seinen Armen zeichneten sich breite Schweißflecken ab. Dabei ist es doch alles andere als heiß, dachte Spichtinger verwundert. Der Chef sah mitgenommen aus. Offenbar setzte ihm der Fall sehr zu. Erst der zweite Tag der Ermittlungen. Aber es fühlte sich schon an wie Monate, wie eine langwierige Krankheit, eine unauslöschliche Plage.

»Kurze Zusammenfassung«, begann Helbich und setzte sich. »Den Gerichtsmedizinern zufolge wurde Herr Schönthaler also zunächst betäubt, dann misshandelt und schließlich erschlagen. Das sind wertvolle Anhaltspunkte, an denen wir uns bei unseren Ermittlungen orientieren müssen. Genauso die Sache mit dem Taser, wobei ich hier zur Vorsicht rate. Dr. Becker hat ausdrücklich betont, dass es sich um eine persönliche Theorie seinerseits handelt, bewiesen ist damit nichts. Trotzdem werden wir dieser Spur selbstverständlich nachgehen. Genauso wie der des Bernhardiners«, Helbich nickte Lena müde zu. »Wissen Sie inzwischen, wie die Person heißt, die den Vorfall gemeldet hat?«

»Ja«, antwortete Pete hastig. »Maria Huber aus Lindau. Sie wohnt im alten Forsthaus, direkt an der Schönseer Straße.«

»Gut«, sagte Helbich. »Dann fahren Sie nachher mal bei der guten Frau vorbei«, fuhr er an Lena gewandt fort. »Vielleicht hat sie etwas beobachtet, nicht unwahrscheinlich, wenn sie deswegen die Polizei anruft. Welche Verdächtigen bleiben uns noch? Ich bitte um Brainstorming.«

»Der Alkoholiker aus Weiding«, brachte Mich ein.

»Pffft«, machte Helbich. »Glauben Sie im Ernst, dass dieser Heini zu so einer komplexen Tat fähig ist? Dr. Beckers Bericht zufolge hat der Täter den Mord sorgfältig geplant, bis ins kleinste Detail. Das traue ich diesem Kerl nicht zu.«

Da stimmte ihm Spichtinger ohne Weiteres zu.

Hauser meldete sich zu Wort:

»Können wir eigentlich die Liebhaberin, diese Karin Roth, endgültig ausschließen?«

»Endgültig schließen wir momentan niemanden aus«, antwortete Helbich schroff. »Aber eine Frau als Einzeltäterin kommt wohl nicht in Frage, außer sie ist professionelle Gewichtheberin. Wie sollte sie sonst die Leiche den Hang hochschleppen?«

»Und ihr Ehemann hat ein Alibi«, fügte Pete hinzu.

»Aber ein recht wackeliges«, erwiderte Lena.

»Was heißt da wackelig!«, brauste Pete auf. »Er wurde …«

»Nur ruhig Blut, Herr Völkl«, donnerte Helbich. »Wir wissen, dass Sie Herrn Roth privat kennen und schätzen. Doch das darf Sie in Ihrem Urteilsvermögen nicht beeinflussen. Manfred Roth ist ein Verdächtiger wie jeder andere und wird auch dementsprechend behandelt. Mit Respekt, aber zugleich mit der nötigen Gründlichkeit. Sein Alibi ist in der Tat nicht wasserdicht, aber seine Aussage wirkt glaubwürdig. Er gibt zu, von der Affäre seiner Frau gewusst zu haben und dass er wütend auf den Architekten war. Das allein macht aus ihm noch keinen Mörder.«

»Er ist Zahnarzt«, gab Lena zu bedenken. »Dadurch kennt er sich mit der Dosierung von Medikamenten gut aus. Und er kann sie sich vor allem leicht beschaffen.«

Hm, überlegte Spichtinger. Lena hatte recht. Die Beschaffung der Medikamente war ein elementarer Punkt. Und auch die des Tasers. Wo bekam man heutzutage so eine Waffe her?

Helbich klopfte nervös mit einem Kugelschreiber auf die Schreibtischplatte. Er dachte sichtlich angestrengt nach.

»Hauser, gehen Sie mal der Frage nach, wie man an Propofol und das andere Dings kommt«, sagte er schließlich. »Ob es in der Apotheke erhältlich ist oder ob man deswegen ein Krankenhaus ausrauben muss. Befragen Sie auch noch einmal Manfred Roth dazu.«

Er seufzte.

»Als Nächstes steht die Vernehmung der Angehörigen des Opfers an. Das kam bisher viel zu kurz. Die Eltern, die Kinder, Freunde, Bekannte und so weiter. Was wissen wir?«

»Der Vater ist tot«, antwortete Pete. »Die Mutter lebt im

Altenheim in Ensdorf bei Amberg. Das dortige Personal hat sie über den Tod ihres Sohnes informiert. Angeblich ist sie noch nicht vernehmungsfähig.«

»Hm«, knurrte Helbich. »Hoffentlich kratzt sie uns nicht ab. Sonst noch was? Die Kinder?«

»Sind eingetroffen, aber noch nicht befragt«, sagte Hauser. Er blickte auf seinen Notizblock. »Annelie und Markus Schönthaler. Die Tochter studiert in Rom, der Sohn in Regensburg.«

»Kümmern Sie sich darum, Herr Völkl«, entschied Helbich. »Heiner Schönthaler hinterlässt ein florierendes Unternehmen, das Erbe ist mit Sicherheit gewaltig. Gier und Geldsucht stehen ganz oben in der Liste der Mordmotive. Was haben wir zur Ehefrau?«

Spichtinger schluckte und meldete sich zu Wort.

»Gestern habe ich einen Hinweis erhalten, der …«

»Kommen Sie zur Sache!«

»Demnach hat Elvira Schönthaler, die Ehefrau des Opfers, ein Verhältnis mit einem Architekten aus Pirk namens Guido Hammerl, der angeblich Schönthalers schärfster Konkurrent war.«

»Warum habe ich dann noch nie von ihm gehört?«, fragte Helbich barsch. »Wer erzählt denn so etwas?«

»Angeblich Schönthalers Sekretärin …«

Helbich schnaubte abfällig.

»Sekretärinnengeschwafel! Damit verschwenden wir doch nur unsere Zeit. Aber gut, versuchen Sie, diesen Hammerl aufzutreiben, und stellen Sie ihn zur Rede. Aber bitte taktvoll und diskret! Ich weiß, das sind nicht gerade Ihre Stärken, aber geben Sie sich Mühe. Fallen Sie nicht mit der Tür ins Haus! Befragen Sie ihn über sein Verhältnis zu Schönthaler im Allgemeinen, immerhin kennt er ihn beruflich. Ich will nicht, dass morgen wieder Beschwerdebriefe ins Haus flattern, weil Sie Ihre Zunge nicht im Zaum halten konnten! Verstanden?«

Spichtinger nickte.

»Gut. Sollte an dem Gerücht etwas dran sein, ändert sich natürlich die Sachlage. Dann müssen wir uns auch die Gattin noch einmal vornehmen. Aber bis dahin … Diskretion! Wenn Sie den Leuten auf die Füße treten, ohne Beweise in der Hand zu halten, ist hier der Teufel los.«

Helbich schnaufte wie ein Walross. Die lange Ansprache hatte ihn sichtlich erschöpft. Da fing zu allem Überfluss auch noch sein Handy an zu klingeln. Er kramte es wütend aus seiner Hosentasche.

»Helbich«, bellte er ins Telefon.

Dann wurde er mit einem Schlag ruhig. Er wandte den anderen im Raum den Rücken zu.

»Wo?«, hörten sie ihn fragen.

»Auf der linken Seite, kurz vor Eslarn?«

»Wisst ihr schon, wer …? Aha.«

Pause.

»Ja, wir sind in zehn Minuten da.«

Er legte auf und drehte sich um.

»Das war der Kollege Braun aus Eslarn. Sie haben eine Leiche gefunden. Eduard Sterr, ein Eslarner.«

»Warum rufen die Eslarner Kollegen dann bei uns an?«, wollte Pete wissen. »Gibt es etwa einen Zusammenhang mit …«

»Sieht so aus«, unterbrach ihn Helbich. »Zumindest meinte das der Braun. Wir werden sehen. Ich werde versuchen, Dr. Becker zu erreichen, und ihn bitten, zum Fundort zu fahren. Ansonsten verbleiben wir wie abgemacht: Frau Preisler, Sie fahren nach Schönsee wegen dieser Bernhardinergeschichte. Sie, Herr Völkl, reden noch einmal mit Manfred Roth, und Spichtinger, Sie gehen Ihrer Liebhaberthese nach. Um 14 Uhr setzen wir uns dann wieder zusammen und schauen, was dabei rausgekommen ist.«

Die Straße schlängelte sich durch den Wald hinter Gaisthal. Schmal. Ausbesserungsbedürftig. Gefährlich. Ein paar einzelne Häuser am Straßenrand. Eine Fabrik. Lena sog alles in sich auf. Gestern war sie zum ersten Mal diese Strecke entlanggefahren. Heute wieder. Wie viele Male würden noch folgen?

Der Wald wurde lichter. Ein Bauernhof. Eine Herde weidender Kühe. Sie trat aufs Gaspedal. Jagte an der Abzweigung Richtung Weiding vorbei.

Sie dachte an das bevorstehende Gespräch mit Maria Huber. An die Stimme am Telefon vor zehn Minuten. Säuerlich. Abweisend.

»Ach, bequemen Sie sich doch noch!«

Lena wusste, dass eine Entschuldigung angebracht war. Die Polizei durfte die Sorgen der Bürger nicht auf die leichte Schulter nehmen. Aber sie war schlecht darin, Entschuldigung zu sagen. Hatte daher nur trocken ihr Kommen angekündigt und wieder aufgelegt.

Sie durchquerte Schönsee und bog am Ortsausgang nach Eslarn ab.

Norma. Rechts ein Parkplatz. Nochmals Wiesen. Traktoren auf den Feldern. Grün, wohin das Auge auch blickte. Irgendwie doch schön, dachte Lena. Rau, aber herzlich. Landschaft wie Menschen.

Das erste Haus rechts, hatte Pete ihr erklärt. Mit der roten Fassade. Lena parkte in der Auffahrt hinter einem grauen Opel Kombi und stieg aus.

»Huber« stand auf einem Schild am offenbar selbst gezimmerten Briefkasten. Die Holzverkleidung am Wohnhaus war stark verwittert. Früher hatte es sicher einmal hübsch ausgesehen. Jetzt wirkte es ziemlich heruntergekommen.

Gleich daneben stand eine kleine Scheune, die einen baufälligen Eindruck machte. Als Lena auf die Eingangstür zuging, bemerkte sie hinter einem Vorhang im ersten Stock eine

Bewegung. Sie sah sich nach einer Klingel um. Pochte an die Tür und wartete.

Eine etwa fünfzigjährige Frau öffnete.

Lena stellte sich vor.

»Bitte, kommen Sie herein«, sagte die Frau.

Sie führte Lena in ein düsteres Zimmer, das wohl das Wohnzimmer sein sollte. Dunkelbrauner Teppichboden, dunkelgrüne Tapeten. An den Wänden hingen zahlreiche Fotos und Bilder. Die meisten zeigten Tiere in unterschiedlichen Landschaften. Ein Hirsch im Gebirge. Ein Wildschwein im Schnee. Ein Hase im Gras. An einer Wand hingen zu Lenas Entsetzen mehrere ausgestopfte Vögel, Marder, sogar ein Iltis war dabei.

Im Haus herrschte eine dumpfe, schwermütige Stimmung. Lange, schwere Vorhänge ließen kaum Licht herein. Die Möbel waren klumpig und klobig, Billigware aus den sechziger Jahren. Ein altes, verstaubt aussehendes Sofa mit grauem Bezug und drei Sessel derselben Farbe umgaben einen kleinen Tisch. Frau Huber – zumindest ging Lena davon aus, dass sie das war – setzte sich in einen der Sessel, und Lena tat es ihr gleich. Sie bereute es sofort. Die Federn drückten sich spitz in ihren Po. Sie verbiss sich ein Stöhnen und fragte stattdessen:

»Vergangene Woche haben Sie in der Polizeiinspektion Oberviechtach angerufen, weil Sie glauben, dass jemand Ihren Hund betäubt hat?«

»Nicht weil ich es glaube«, unterbrach sie die Frau schroff, »ich weiß es. Aber das ist Ihnen ja egal. In Eslarn hat man mir gesagt, dass Sie zuständig sind. Und als ich bei Ihnen in Oberviechtach angerufen habe, hat man sich über mich lustig gemacht. Es ist eine Unverschämtheit, wie die Polizei mit den Leuten umgeht, früher …«

Lena sehnte sich nach einem Glas Wasser. Dieses Haus weckte tiefe Melancholie in ihr. Sie fühlte sich auf einmal total niedergeschlagen. Ihre aufgebrachte Gastgeberin lamentierte weiter, doch Lena war mit den Gedanken ganz woanders. Plötzlich befand sie sich nicht mehr in einem dunklen, bedrückenden Haus in der Oberpfalz, sondern in einer hell erleuchteten Dreizimmerwohnung in Regensburg. Und ihr Gegenüber war keine fünfzigjährige, verbrauchte Frau mehr, sondern ein Mann, der deutlich über seinen Durst getrunken hatte. Die Stimmung hingegen war dieselbe. Düster und bedrohlich. Sie bekam eine Gänsehaut.

»… ist dieser Kerl einfach davongelaufen.«

»Wie bitte?«, fragte Lena.

»Ich habe geschrien, um die Nachbarn zu alarmieren, aber da war er schon weg.«

»Moment mal«, sagte Lena hastig. »Wollen Sie damit sagen, dass Sie den Mann gesehen haben, der Ihren Hund betäubt hat?«

»Ja natürlich! Hören Sie mir denn nicht zu? Eingesperrt gehört dieser Halunke! Tinker ist der liebste Hund auf Erden. Der Schurke wollte sogar auf ihn schießen, aber das konnte ich zum Glück verhindern.«

»Auf ihn schießen? Sie meinen, auf Ihren Hund?«

»Wenn ich es Ihnen sage! Er hielt eine riesige Pistole in der Hand, das habe ich genau gesehen.«

Verflixt, dachte Lena. Ich hätte ihr zuhören sollen. So diplomatisch wie möglich, um ihre Gastgeberin nicht noch mehr zu verärgern, sagte sie:

»Schildern Sie mir bitte noch einmal von Anfang an, was passiert ist. Wann genau war es eigentlich?«

»Mittwochabend, vergangene Woche, so gegen neun Uhr.«

»Warum haben Sie erst am Freitag die Polizei verständigt?«, fragte Lena.

»Ich wusste nicht recht, was ich tun sollte. Mein Mann war auf Montage, und ich musste am Donnerstag meine Mutter ins Krankenhaus fahren …«

»Schon gut, nicht so wichtig«, unterbrach Lena sie hastig. »Was haben Sie an diesem Mittwochabend gemacht?«

»Ich? Nun, zuerst Abend gegessen und dann …«

»Ich meine, wie kam es dazu, dass Sie diesen Mann bemerkt haben?«

»Tinker hat gebellt wie verrückt. Das macht er sonst nie. Er ist lammfromm. Ach, Sie haben ihn noch gar nicht gesehen. Moment, ich hole ihn. Er ist drüben bei meiner Mutter.« Sie stand auf und ging hinaus.

Lena seufzte. Wenn das so weiterging, saß sie morgen noch hier. Kurz darauf vernahm sie das Geräusch von Pfoten auf Fliesen, und einen Augenblick später tauchte ein riesiger, geifernder Hundekopf im Türrahmen auf. Lena schüttelte sich innerlich. Sie verabscheute Hunde. Kriecherisch, hechelnd, anbiedernd.

Tinker näherte sich langsam und legte den Kopf auf Lenas Oberschenkel. Sie wusste nicht, was tun. Frau Huber setzte sich wieder in den Sessel und strahlte.

»Sehen Sie, er tut keiner Fliege was zuleide!«

»Hm, ja«, erwiderte Lena. »Noch einmal zu den Vorkommnissen am Mittwochabend. Tinker war im Garten, nehme ich an.«

»Ja«, sagte Maria Huber. »Ich lasse ihn jeden Abend vor dem Schlafengehen raus, damit er sich ausmacht. Oft gehe ich eine Runde im Wald mit ihm, aber manchmal komme ich nicht dazu.«

Wie sollte sie es nur schaffen, diese Frau dazu zu bringen, knapp und pointiert zu antworten! Lena verzweifelte.

»Und dann?«

»Ich war in der Küche, als ich plötzlich Tinker bellen hörte. Ganz laut und wütend. Das hatte ich noch nie erlebt. Also bin ich schnell zur Hintertür, um nachzusehen, was los ist. Und da wär mir fast das Herz stehen geblieben …«

»Ja«, sagte Lena, um die Frau zum Weitererzählen zu animieren.

»Da stand ein Mann am Zaun. Er hielt eine große Pistole in der Hand und beugte sich über Tinker. Ich habe geschrien, so laut ich konnte. Der Mann ist aufgesprungen, über den Zaun geklettert und auf der anderen Straßenseite im Wald verschwunden.«

Maria Huber kämpfte mit den Tränen. Allein die Erinnerung an die Szene schien sie schwer mitzunehmen.

»Können Sie den Mann beschreiben?«, fragte Lena und merkte, dass ihre Stimme vor Aufregung zitterte. Eine überdimensionale Pistole, das konnte eigentlich nur ein Taser sein. »Größe, Alter, Haarfarbe? Irgendetwas?«

Ihre Gesprächspartnerin dachte angestrengt nach.

»Es war dunkel, aber die Straßenlaternen sorgten dafür, dass ich doch etwas erkennen konnte. Er war recht groß, mindestens einen Meter achtzig, und normal gebaut. Etwa wie mein Mann, der wiegt fünfundachtzig Kilo. Was das Alter angeht, kann ich nur raten. Jedenfalls bewegte er sich schnell. Ich hätte keine Chance gehabt, ihn einzuholen, wenn ich es versucht hätte.«

Lena nickte und notierte eifrig. Diese Frau hatte vermutlich den Mörder gesehen. Jede Einzelheit konnte wichtig sein.

»Sie würden also sagen, dass er eher sportlich wirkte?«

Maria Huber überlegte kurz.

»Ja, ich denke schon. Jetzt wo Sie es sagen: Ich erinnere mich, dass er helle Turnschuhe anhatte. Alles andere an seiner Kleidung war dunkel.«

»Ist Ihnen sonst noch etwas aufgefallen?«

»Ja. Und deshalb habe ich Sie ja angerufen.« Maria Huber stand auf, ging zu einer hässlichen, hellbraunen Kommode in der Ecke und griff nach einer Plastiktüte, die auf dem gehäkelten Spitzendeckchen auf der Ablage lag. »Hier. Das habe ich gefunden. Die Haken steckten noch in Tinkers Fell.«

Lena guckte in die Tüte. Zwei Plastikkartuschen und ein Wirrwarr aus zwei Stahlfäden, die, wie sie wusste, etwa fünf Meter lang waren und aus der Mündung eines Tasers verschossen wurden. Mit der gleichen Waffe hatte der Mörder vermutlich auf den Architekten gefeuert. Der Hund war nur ein Test. Als Frau Huber in den Garten gekommen war, war der Mörder wahrscheinlich gerade dabei gewesen, dem Hund Propofol zu spritzen.

»Tinker hat sich eine halbe Stunde lang nicht bewegt. Zuerst dachte ich schon, er ist tot, aber Herr Robl, mein Nachbar, hat ihn untersucht und festgestellt, dass er noch atmet. Eine halbe Stunde später ist er dann langsam wieder aufgewacht«, klagte Maria Huber. »Aber noch den ganzen Abend über war er wie erschlagen.«

Lena nickte verständnisvoll.

»Haben Sie vielleicht ein verdächtiges Auto bemerkt, mit dem der Mörder gekommen sein könnte?«

Maria Huber schüttelte den Kopf.

»Ich hab auch schon bei den Nachbarn gefragt. Keiner hat etwas gesehen. Und glauben Sie mir: Wenn hier jemand einen Wagen abstellt, dann sieht das jemand. Er muss unten am Wildpark geparkt haben. Im Wald führt ein kleiner Steig neben der Straße entlang bis zum Wirnshofer.«

»Wirnshofer?«

»Die ehemalige Gaststätte am Wildpark. Inzwischen lebt nur noch die Frau. Traurige G'schicht.«

Lena erinnerte sich an das schwarz umrahmte Foto.

»Ihre Tochter und ihr Schwiegersohn sind bei einem Unfall ums Leben gekommen, nicht wahr?«

»Ja, ja. Vor gut zwanzig Jahren schon. Das war eine Tragödie. Und jetzt vor ein paar Monaten auch noch die Daniela, manche Familien trifft das Schicksal hart ...«

»Daniela? Sie meinen die Enkelin? Ist sie tot?«

Maria Huber nickte betrübt.

»So ein schönes Mädel. Alle Kerle waren wild auf sie. Ich kannte sie nur vom Sehen.« Sie senkte die Stimme zu einem Flüstern. »Man sagt, sie hat sich umgebracht!«

»Wie alt war sie, wissen Sie das?«, fragte Lena.

»Anfang vierzig, glaube ich«, seufzte Maria Huber. »Mehr weiß ich leider nicht. Die Leute erzählen, dass sie eine Zeit lang in Regensburg im Irrenhaus war, aber ob da etwas dran ist, keine Ahnung. Sie war schon immer anders als die anderen, so viel ist klar.«

Ich muss die Alte noch einmal dazu befragen, dachte Lena. Das hat sie mir tunlichst verschwiegen.

»Können Sie mir zeigen, wo dieser Steig im Wald anfängt?«, bat sie Maria Huber.

»Natürlich. Kommen Sie mit.«

Der Tatort war bereits abgesperrt, als Helbich und Mich den Karpfenteich erreichten. Die Techniker aus Amberg waren eingetroffen und mit der Spurensuche beschäftigt.

Beim Aussteigen bemerkten sie als Erstes einen kräftigen braunen Hund, der an einen Baum angebunden war und wild bellte.

»Herrgottsakrament, kann dem einer mal das Maul stopfen!«, ächzte Helbich, als er sich schwerfällig aus dem Wagen wuchtete. Sein Puls raste, und der Blutdruck war vermutlich bei Werten angelangt, die auf keiner Skala mehr zu finden waren.

Er richtete sich stöhnend auf und registrierte so viele Eindrücke wie möglich. Zunächst das Optische: vier Männer in weißen Kunststoffanzügen, die das Innere eines Nissan Patrol untersuchten, der vor einer kleinen Holzhütte geparkt war. Zwei Polizisten neben einem Streifenwagen. Einer davon Braun, der ihn verständigt hatte. Dahinter lag der Karpfenteich. Trüb und grau. Ein etwa ein Meter breiter Steg führte ins Wasser. Vereinzelte Bäume säumten das Teichufer.

Dann das Akustische: das unerträgliche Gekläffe des Köters. Das Stimmengemurmel der Techniker, die sich gegenseitig ihre Beobachtungen schilderten. Vogelgezwitscher.

Und schließlich der Geruch, vielmehr der Gestank. Er kam vom Nissan. Süßlich und ekelerregend. Helbich spürte, wie ein Übelkeitsgefühl in ihm aufstieg. Bloß nicht übergeben! Er knetete sich die Stirn und versuchte, einen klaren Gedanken zu fassen. Es war lange her, dass er eine ganze Nacht durchgeschlafen hatte. Monate. War gezwungen, mehrmals aufzustehen und aufs Klo zu gehen, um dann minutenlang die paar Tropfen hervorzuquetschen, die ihn nicht schlafen ließen.

Dr. Becker würde in ein paar Augenblicken da sein. Am Telefon hatte der Arzt nicht erfreut geklungen. »Na gut. Ich komme kurz vorbei. Aber in Amberg wartet auch noch eine Leiche auf mich. Und machen Sie sich keine allzu großen Hoffnungen!«

Hoffnungen machte sich Helbich ohnehin schon länger keine mehr. Wozu war das schon nütze? Praktisch denken, war die Devise. Die Dinge geschahen, und man musste sie hinnehmen. Ändern konnte man daran nichts.

Ein Jammertal, diese Welt.

Helbich näherte sich dem Geländewagen. Der Kofferraum war geöffnet. Einer der Techniker fuhrwerkte darin herum.

»Wo ist denn die Leiche?«, rief er zu Braun hinüber, der sich gegen die Motorhaube des Streifenwagens lehnte und eine Zigarette rauchte.

Braun deutete wortlos auf den Nissan.

Helbich trat heran. Der Techniker warf ihm einen schrägen Blick zu:

»Nichts anfassen, bitte!«

Als ob ich das nicht wüsste!, dachte Helbich wütend und beugte sich vor.

»Oh verdammt!«, presste er hervor.

Ein starres Augenpaar glotzte blind in den Himmel. Das Gesicht fast grauer als der Lack des Wagens. Das Blut pochte gegen Helbichs Schläfen. Er musste sich am Dach des Nissans festhalten, um nicht umzukippen. Der Hund an der Hütte bellte im Hintergrund. Wie eine ferne Artillerie.

Helbich sog tief die Luft ein und musste sogleich husten.

»Wie ist er gestorben?«, keuchte er.

»Das kann ich Ihnen noch nicht mit Bestimmtheit sagen. Vermutlich an einer Kohlenmonoxidvergiftung, aber das muss die Autopsie zeigen«, antwortete der Techniker trocken. Er schien nur darauf zu warten, dass Helbich wieder wegging, damit er seine Arbeit fortsetzen konnte.

Helbich tat ihm den Gefallen.

Er gesellte sich zu Braun, der seine Kippe auf der Kühlerhaube ausdrückte und ihm resigniert zunickte.

»Kein hübscher Anblick, was?«

Helbich sparte sich eine Antwort, stattdessen fragte er:

»Wer hat ihn gefunden?«

Braun deutete mit dem Daumen hinter sich. Jetzt merkte Helbich, dass auf dem Rücksitz des Streifenwagens noch ein Mann saß.

»Der Simmerl aus Ödmeiersrieth. Das da vorne ist sein Hof.« Braun zeigte auf den Bauernhof, der etwa fünfhundert Meter weg an der Eslarner Straße lag. »Er meinte, er habe den Hund die ganze Nacht bellen hören. Heute Morgen ist er dann übers Feld gelaufen, um nachzusehen. Der Hund saß vor dem Nissan Patrol und bellte den Kofferraum an. Er hat ein paarmal gerufen, und als niemand antwortete, hat er den Deckel geöffnet. Und was da drin liegt, hast du ja gerade gesehen …«

Braun musterte Helbich.

»Du schaust fertig aus. Hast du gestern ein Bier zu viel getrunken?«

»Unsinn«, wiegelte Helbich ab. »Mir geht's blendend. Seid ihr sicher, dass es dieser Metzger ist?«

»Edi Sterr. Absolut. Da herrscht kein Zweifel. Den kennt hier jeder. Ich hatte selber hin und wieder mit ihm zu tun, wenn ein Reh in seinem Revier zusammengefahren wurde. Ihm gehört der halbe Wald in der Gegend.«

Helbich schloss die Augen. Sein Schädel brummte. Er lauschte und vermeinte Regentropfen von den Blättern der Bäume fallen zu hören. Ein Wispern lag in der Luft, doch er verstand nicht, was es ihm sagen wollte.

Regungslosigkeit.

Keine Wärme.

Dieser Ort strahlte tiefe Kälte aus.

Hochmut.

Rücksichtslosigkeit.

Das Gebiet eines einflussreichen Mannes. War es das, was der Mörder so sehr verabscheute, dass er töten musste?

Das Bellen des Hundes, nervös, ängstlich, unruhig. Ängstlich? Aber was wusste ein Hund schon von Angst? Sein Instinkt diktierte ihm die Gefühle.

»Seid ihr sicher, dass er umgebracht wurde?«, fragte er.

»Sicher und sicher«, schnaubte Braun. »Glaubst du, er hat sich freiwillig nackt in den Kofferraum gelegt?«

»Es könnte Selbstmord sein ...«

»Edi Sterr? Sich umbringen? Nie im Leben. Außerdem haben die Techniker den Wagenschlüssel auf dem Beifahrersitz gefunden.«

»Ja und? Was hat das damit zu tun?«

»Wenn er sich selbst umgebracht hätte, dann hätte der Schlüssel im Schloss stecken müssen. Er kann ihn schlecht abgezogen haben, nachdem er tot im Kofferraum lag, oder?«

Dieses Argument leuchtete Helbich ein. Herrje, war er müde!

»So ein Scheißtag«, murmelte er.

»Wem sagst du das«, stimmte Braun ihm zu.

In ihrem Rücken knirschte der Kies. Dr. Becker rollte heran.

In der Einsatzzentrale der Polizeiinspektion Oberviechtach herrschte gespannte Stimmung. Es war kurz vor zwölf Uhr. Alle anwesenden Beamten waren in ihre Arbeit vertieft. Jeder versuchte, die neue Lage zu erfassen und dementsprechend zu reagieren. Eine zweite Leiche! Nur wenige Kilometer unterhalb des Stücksteins; das konnte kein Zufall sein. Noch aber wussten sie nicht mit Gewissheit, ob zwischen den beiden Vorfällen ein Zusammenhang bestand. Wie von Helbich befohlen, ging jeder seiner Aufgabe nach. Pete hatte Manfred Roth zu einer weiteren Unterredung bestellt und mit Elvira Schönthaler telefoniert. Er würde nachher die Kinder des Architekten vernehmen. Hauser saß oben in seinem Büro und suchte Informationen zu Propofol. Sie standen vor einer neuen und überaus ernsten Situation. Wenn die Bevölkerung erfuhr, dass der Mörder ein zweites Mal zugeschlagen hatte, war der Teufel los.

Max Spichtinger trommelte mit den Fingern auf die Schreibtischunterlage. Bis vor einer Stunde hatte er Guido Hammerl für einen plausiblen Täter gehalten. Sowohl Eifersucht als auch Raffgier kamen als Motiv in Frage.

Doch jetzt?

Wer war dieser Eduard Sterr?

So viele Fragen und keine Antworten.

Er loggte sich in den Computer ein und klickte auf den Internet-Navigator. Vielleicht spuckte Google ein paar Daten über den neuen Toten aus. Er tippte den Namen ein.

470 Treffer.

Metzgerei Sterr in Oberviechtach, Neunburg, Eslarn, Pullenried, Schönsee, Teunz und Dietersdorf. Sieben Filialen.

Spichtingers Herz begann heftiger zu klopfen. Offensichtlich war auch Sterr eine Persönlichkeit in der Region. Zwar nur ein schwacher Anhaltspunkt, aber in der jetzigen Lage war er für alles dankbar, was auch nur im Entferntesten auf eine Verbindung zwischen den beiden Opfern hinwies.

Hauser tauchte in der Tür auf. Er ignorierte Spichtinger und setzte sich zu Pete, der am anderen Ende des Raumes in ein Telefongespräch vertieft war. Kaum hatte Pete aufgelegt, überschüttete Hauser ihn mit seinen neuen Erkenntnissen.

»Im Krankenhaus haben sie mir gesagt, dass man sich Propofol heutzutage problemlos im Internet besorgen kann. Es ist noch nicht mal teuer, um die fünfzig Euro pro Packung, hab ich gelesen. Trotzdem glaube ich, dass der Mörder ärztliches Wissen besitzen muss. Ich selbst würde es mir niemals zutrauen, jemandem so eine Spritze zu verpassen. Noch dazu innerhalb weniger Sekunden, wenn die These von Dr. Becker stimmt.«

Pete murmelte irgendetwas Unverständliches.

»Natürlich kann man das üben, aber trotzdem. Mein Gefühl sagt mir, dass der Mörder eine ärztliche Ausbildung hat. Vielleicht ein Krankenpfleger. Oder ein Apotheker?«

Spichtinger versuchte, Hausers Palaver auszublenden, und konzentrierte sich wieder auf seine Suche im Internet.

Er klickte auf einen Treffer mit der Überschrift: *Einweihung der Metzgerei Sterr in Schönsee.* Ein Artikel im »Neuen Tag«.

Spichtinger überflog den Text und erstarrte.

Am Samstag, den 29. Mai 2008, erreichte Eduard Sterr (48), ein erfolgreicher Eslarner Geschäftsmann, sein vier Jahre zuvor gesetztes Ziel: die Einweihung einer neuen Metzgerei-

Filiale in Schönsee. »Ich freue mich, dass in Zusammenarbeit mit Architekt Guido Hammerl hier in dieser wunderbaren Stadt eine Metzgerei ganz besonderen Standards eingerichtet werden konnte.« In der Tat verfügt die Metzgerei in Schönsee über neueste technologische Errungenschaften. »Das Schlachten und Verarbeiten der Tiere kann hier gleich vor Ort geschehen, wodurch wir logistische Ausgaben sparen«, so der stolze Inhaber.

Neben mehreren Ehrengästen aus Politik und Wirtschaft verfolgten Rundfunk, Fernsehen und die lokale Presse den Festakt.

Mit einer besonders engagierten Rede warb Günther Schmidt, der Bürgermeister der Stadt Schönsee, für eine regionale Herdenhaltung und Viehzucht.

In einem kurzen Rundgang wurden über 60 Gäste durch die neuen Schlacht- und Kühlräume geführt. Danach konnte sich die Versammlung bei strahlendem Sonnenschein im Hinterhof der Metzgerei an Leberkäse und Bratwürsten gütlich tun.

Guido Hammerl kannte Edi Sterr. Er kannte ihn nicht nur, er hatte sogar seine Metzgerei in Schönsee konzipiert. War das das gesuchte Bindeglied?

Er blickte zu seinen beiden Kollegen, die sich angeregt unterhielten. Sollte er ihnen von seiner Entdeckung berichten? Er beschloss, die Neuigkeit vorerst für sich zu behalten. Schließlich bewies dieser Artikel gar nichts.

Heiner Schönthaler und Guido Hammerl.

Die beiden teilten sich den Markt, wobei Letzterer erst seit Kurzem ebenfalls zum Zug kam. Vorher hatte Schönthaler quasi das Monopol gehabt. Spichtinger überprüfte das Erscheinungsdatum des Artikels. Vor zwei Jahren. Warum hatte Edi Sterr damals nicht Schönthaler mit solch einem wichtigen Vorhaben beauftragt? Das wäre doch die logische

Wahl gewesen. Sein Blick fiel auf den Namen des Schönseer Bürgermeisters, der bei der Einweihungsfeier der Metzgerei eine Rede gehalten hatte.

Entschlossen griff Spichtinger nach dem Telefonbuch. Er würde Schmidt anrufen und auf diese Weise zwei Fliegen mit einer Klappe schlagen. Zum einen mehr über Guido Hammerl herausfinden und zum anderen diskret fragen, wieso er sich mit Schönthaler zerstritten hatte.

Zwei Minuten später hatte er die Nummer des Schönseer Rathauses gefunden.

»Verwaltungsgemeinschaft Schönsee, Gradl.«

»Guten Tag. Spichtinger von der Polizeiinspektion Oberviechtach. Ich müsste Bürgermeister Schmidt sprechen, wenn es möglich ist.«

»Einen Augenblick, bitte.«

Sinfoniemusik. Dann der tiefe Bass des Stadtoberhaupts.

»Schmidt.«

»Hier Spichtinger aus Oberviechtach. Ich …«

»Ah, Herr Spichtinger. Womit kann ich denn behilflich sein?«

»Sie haben sicher von der Ermordung des Architekten Schönthaler gehört. Wir ermitteln momentan im engen Umfeld des Opfers und …«, begann Spichtinger vorsichtig.

»Natürlich! Furchtbare Sache.«

»Kannten Sie ihn?«

»Selbstverständlich. Mein Amt bringt es mit sich, dass mir das Stadtbild und damit auch die Architektur sehr am Herzen liegen. Herr Schönthaler war ein außergewöhnlich fähiger Mensch, der auf sehr kreative Weise dazu beitrug, dass unsere Stadt das ist, was sie heute ist. Wir verdanken ihm eine Reihe wunderbarer Bauten, ich denke da nur an das Centrum Bavaria Bohemia oder das Gebäude der Freiwilligen Feuerwehr.«

Er übt schon für die Grabesrede, dachte Spichtinger. Laut sagte er:

»Wissen Sie, ob er irgendwelche Feinde hatte? Gab es jemanden, der einen Grund hätte, ihn umzubringen?«

»Sehen Sie, wenn man wohlhabend ist und viel Erfolg hat, dann schafft das automatisch Neid. Dagegen ist niemand gewappnet. Aber Feinde, nein, das kann ich mir nicht vorstellen. Ich will Ihnen nicht verschweigen, dass auch ich so manche Meinungsverschiedenheit mit ihm hatte, aber das lief stets auf einer sachlichen Ebene ab. Heinrich Schönthaler wusste, was er wollte. Wenn man mit ihm nicht einer Meinung war, musste man kräftig dagegenhalten. Aber solche Eigenschaften schätze ich an einem Mann.«

»Frau Schönthaler meinte, Sie hätten sich mit ihm wegen des Baus einer Hühnerfarm gestritten«, sagte Spichtinger. »Stimmt das?«

»Das war kein Streit!«, polterte der Bürgermeister. »Wollen Sie mir etwa ein Mordmotiv unterjubeln?«

»Nein, natürlich nicht«, sagte Spichtinger eilig. »Im Laufe der Ermittlungen haben wir festgestellt, dass Heinrich Schönthaler beabsichtigte, in Polster eine Hühnerfarm zu errichten und …«

»Was natürlich absolut unzulässig ist! Und mit dieser Meinung stehe ich bei Weitem nicht allein da. Der Bund Naturschutz, der Oberpfälzer Waldverein und der halbe Stadtrat unterstützen mich hierbei. Sie müssen wissen, dass man im Fahrbach bei Polster die äußerst seltene Flussperlmuschel findet. Eines der raren Biotope, in dem sie heutzutage noch überleben kann. Eine Hühnerfarm mit ihren Abfällen würde das natürliche Gleichgewicht, das sich dort über Jahrzehnte, wenn nicht Jahrhunderte hinweg entwickelt hat, gefährden. Das habe ich Herrn Schönthaler gesagt.«

»Wie hat er darauf reagiert?«, erkundigte sich Spichtinger.

»Er hat mir seinen Standpunkt dargelegt. Das ökonomische Interesse. Die Standortvorteile. Und er hat mir versichert, dass strengste Sicherheitsvorkehrungen getroffen würden, was Abwasser und Gülle betrifft. Aber das alles hat mich nicht überzeugt. Solange ich in Schönsee Bürgermeister bin, kommt mir keine Hühnerfarm nach Polster.«

»Das haben Sie ihm so klipp und klar gesagt?«

»Natürlich«, erwiderte der Bürgermeister. »Und ich weiß, dass ihn diese Antwort sehr geärgert hat. Aber so ist das im Leben. Man bekommt nicht immer, was man will.«

»Da haben Sie recht«, pflichtete Spichtinger ihm bei und überlegte fieberhaft, wie er die Unterhaltung auf Guido Hammerl und Eduard Sterr bringen könnte, ohne dem Bürgermeister zu verraten, dass Letzterer inzwischen auch schon tot war. Schmidt würde es früh genug erfahren.

»Wie Sie gerade schon erwähnten, war Heinrich Schönthaler in der Region sehr anerkannt. Wie sieht es dabei mit seinen Konkurrenten aus? Ich denke in erster Linie an Guido Hammerl. Kennen Sie den?«

»Den Guido? Freilich«, antwortete Schmidt. »Ein patenter Kerl. Sehr sympathisch. Expandiert ganz ordentlich in den letzten Jahren. Damit war er dem Schönthaler ein Dorn im Auge, obwohl sich die beiden schon ewig kennen. Haben sogar miteinander studiert.«

Spichtinger wäre vor Überraschung beinahe vom Stuhl gekippt.

»Wie bitte?«, stieß er hervor.

»Ja, ja. In Regensburg, glaube ich. Wobei das nicht heißen soll, dass die beiden gute Freunde waren. Sie konnten sich nicht ausstehen.« Der Bürgermeister lachte.

»Da muss es wirklich sehr schmerzhaft für Schönthaler gewesen sein, als er merkte, dass sein Konkurrent ihm immer mehr Aufträge wegschnappte«, erklärte Spichtinger.

»Ach Gott«, wehrte der Bürgermeister ab. »Da blieb genug für zwei.«

Hier bot sich eine Überleitung zu Eduard Sterr an. Spichtinger ergriff die Gelegenheit beim Schopfe.

»In Schönsee hat Guido Hammerl meines Wissens unter anderem die Metzgerei Sterr entworfen …«

»Ganz richtig«, rief Schmidt ins Telefon. »In der alten Zimmerei. Ganz wunderbar hergerichtet. Wie alle Metzgereien, die Sterr betreibt. Mir hat er mal anvertraut, dass er früher selbst Architekt werden wollte. Das merkt man, wenn man bei ihm einkauft. Ganz originell und fein!«

»Moment, was haben Sie da gerade gesagt?«, fragte Spichtinger. »Eduard Sterr wollte Architekt werden?«

»Soviel ich weiß, hat er sogar ein paar Semester lang Architektur studiert. Daher kennt er auch Guido Hammerl. Die waren in einem Jahrgang, wenn ich mich nicht täusche.«

»Ja, aber«, stotterte Spichtinger aufgeregt. »Das bedeutet doch, dass er auch mit Heiner Schönthaler studiert hat …«

»Freilich«, lachte der Bürgermeister. »Die Welt ist klein, nicht wahr, Herr Kommissar?«

Au!

Ein Fichtenzweig schnallte zurück und traf Lena an der Wange. Sie fluchte leise.

Vor einer Viertelstunde hatte sie sich von Maria Huber verabschiedet, um den schmalen Steig abzugehen, über den der Mann, der den Bernhardiner angegriffen hatte – aller Wahrscheinlichkeit nach der gesuchte Mörder –, vermutlich entkommen war.

Der Pfad schlängelte sich durchs dichte Unterholz steil den Hang hinab. Rechts von sich hörte Lena hin und wieder ein Auto vorbeifahren. Die Sicht zur Straße wurde allerdings von den Büschen und Bäumen versperrt.

Lena blieb stehen und betastete ihr Gesicht. Noch alles heil. Sie blickte auf den Boden, der von Fichtennadeln bedeckt war. Hie und da ragten ein paar dunkle Wurzeln aus der Erde. Sie musste aufpassen, wohin sie ihre Füße setzte, um nicht hinzufallen.

In ihrem Kopf mahlten die Gedanken.

Der Mörder hatte am Tag vor dem Mord an Schönthaler seine Waffe an einem Hund ausprobiert. Die Tat war also von langer Hand geplant und durchgeführt worden. Aber wieso ausgerechnet der Bernhardiner von Frau Huber in Lindau? Je länger sie darüber nachdachte, desto überzeugter war sie, dass der Täter die Umgebung bestens kennen musste.

Sie zückte ihr Handy und wählte die Nummer der Polizeiinspektion. Spichtinger hob ab.

»Du, ich hab Neuigkeiten«, sagte sie und berichtete von ihrem Gespräch mit der Hundebesitzerin.

»Wir sind dem Kerl dicht auf den Fersen!«, rief Spichtinger. »Stell dir vor, was mir Bürgermeister Schmidt aus Schönsee gerade erzählt hat: Heiner Schönthaler und Edi Sterr, die beiden Opfer, haben gemeinsam in Regensburg Architektur studiert. Ich hab das gerade nachgeprüft. Edi Sterr war drei Semester lang in Regensburg eingeschrieben. Und zwar nicht nur zur gleichen Zeit wie Schönthaler, sondern auch – und jetzt kommt's – wie Guido Hammerl!«

Lena pfiff durch die Zähne.

»Das ist in der Tat merkwürdig.«

»Wir versuchen gerade, Guido Hammerl aufzuspüren. In Pirk bei sich zu Hause ist er nicht. Ob du's glaubst oder nicht, er wohnt noch bei seiner Mutter. Oder sie bei ihm, wie man's nimmt. Die wusste nicht, wo er gerade ist, hat uns aber seine Telefonnummer gegeben. Da geht er nicht ran. Pete hat Elvira Schönthaler benachrichtigt. Sie gibt uns Bescheid, wenn sie etwas von ihm hört. Zuletzt hat sie gestern Abend mit ihm telefoniert. Es war übrigens in der Tat Guido Hammerl, den ich am Freitag bei ihr gesehen habe.«

»Und was hattest du für einen Eindruck von ihm?«

»Schwer zu sagen. Relativ groß und kräftig. Wirkte eigentlich ganz nett, aber das kann natürlich täuschen. Was machst du jetzt?«

»Ich wollte noch einmal bei der Alten unten am Skihang vorbeischauen, wo ich schon in der Ecke bin. Sie ist zwar nicht sehr gesprächig, aber vielleicht hat sie am vergangenen Mittwoch etwas Verdächtiges bemerkt. Irgendwo muss der Täter seinen Wagen schließlich abgestellt haben.«

»Alles klar. Wann bist du wieder in Oberviechtach?«

»Spätestens in einer Stunde, denke ich. Eher weniger. Recht lang wird das nicht dauern.«

»Gut. Bis dann.«

Lena ging weiter.

Endlich konkrete Hinweise. Und sogar eine erste Verbindung zwischen den Opfern. Obwohl sie noch nicht mit absoluter Sicherheit wussten, ob beide Männer vom selben Täter getötet worden waren.

Aber von wem sonst?

Die zeitliche und örtliche Nähe sprach dafür.

Vor ihr tat sich eine kleine Wiese auf. Der Pfad führte am Rand entlang und tauchte dann wieder in den Wald ein. Sie beschleunigte ihre Schritte. Hoffentlich war die Alte diesmal etwas offener. Lena verstand, dass man nicht gern über den Tod von Angehörigen redete. Aber dennoch: Die Alte wirkte schrecklich misstrauisch. Dieses Misstrauen galt es zu überwinden.

Der Wald wurde lichter. Jetzt sah sie das Holzhaus durch die Bäume schimmern. Alles ruhig.

Lena dachte an ihre Kollegen am Fundort der zweiten Leiche und fragte sich, welcher Anblick sich ihnen wohl bot.

»Vorsicht Baustelle! Ha, dass ich nicht lache«, plauderte Dr. Becker, während er seine Aktentasche nonchalant neben dem Nissan abstellte und die Techniker begrüßte. »Ein paar Leute, die rumstehen und sich an den Eiern kratzen, nix mit Buddeln oder Teeren. Zumindest keine sichtbaren Anzeichen. Nur inkompetentes Pack, das die Straßen blockiert.«

Er warf einen Blick in den Kofferraum.

»Hui! Der sieht aber krumm aus der Wäsche!« Dann wandte er sich zu Helbich um. »Ich nehme an, die Polizei kann nichts gegen die Faulheit von Bauarbeitern unternehmen, was?«

Einer der Techniker kam lächelnd um das Auto und streckte dem Gerichtsmediziner die Hand hin.

»Tag, Jonny. Na, wieder im Einsatz?«

»Ah, der Harry! Was machst du denn hier um diese Uhrzeit? Bist aus dem Bett gefallen oder was?«

Die beiden Männer grinsten sich an.

»Der Herr Kommissar meint«, sagte Dr. Becker und machte eine Kopfbewegung in Richtung Helbich, »dass ich mir unseren Nackedei hier mal ansehen soll.«

»Nur zu«, erwiderte der Techniker namens Harry. »Wir sind so weit fertig. Willst du ihn rausheben?«

»Gleich. Erst mal gucken.«

Dr. Becker beugte sich vor und musterte die Leiche von oben bis unten. Dabei brummelte er etwas Unverständliches.

Helbich trat hinzu und versuchte ein paar Worte aufzuschnappen.

»Hoi, hoi, hoi … Das war aber nicht nett … Wie viele Bierchen waren's pro Tag, mein Lieber, vier? Hm, Hämatom auf der rechten Brust … Ah, und hier … Da… Jawoll … Dachte ich mir … Sehr schön …«

Dr. Becker richtete sich brüsk wieder auf. Helbich zuckte zusammen.

»Und?«, fragte er neugierig. »Können Sie schon etwas sagen?«

»Solange man mir nicht die Stimmbänder durchschneidet, werde ich etwas sagen können«, erwiderte der Arzt. »Kommen Sie. Gehen wir lieber ein paar Meter zur Seite. Dieser Gestank lenkt mich sonst ab.«

Sie gingen zum Streifenwagen, wo Mich und Braun geduldig warteten. Dr. Becker warf einen Blick in die Runde und vergewisserte sich, dass alle zuhörten. Dann legte er los:

»Den ausführlichen Bericht kriegen Sie in ein paar Tagen, wenn ich die Leiche vorschriftsgemäß zerlegt habe. Jetzt kann ich Ihnen nur ein paar Knochen hinwerfen.«

Helbich quittierte diesen Scherz mit einer Grimasse. Die anderen verzogen keine Miene.

»Interessanter Mord«, sagte Dr. Becker und zeigte auf den Geländewagen. »Alle äußeren Anzeichen deuten darauf hin, dass das Opfer erstickt ist.«

»Erstickt?«, wiederholte Mich.

»Oder erstickt wurde, träfe es wohl besser«, meinte Dr. Becker. Er räusperte sich. Die Zuhörerschaft hing an seinen Lippen.

»Bei einer unvollständigen Verbrennung von Kohlensäure, wie das bei einem Benzinmotor der Fall ist, bildet sich nicht nur Kohlendioxid, wie Sie wohl alle wissen, sondern auch dessen deutlich giftigerer Bruder: das Kohlenmonoxid.«

Helbich seufzte innerlich. Konnte dieser Heini nicht direkt zur Sache kommen?

»Wenn man dieses Kohlenmonoxid einatmet, wird es in die Lungen gesaugt, gelangt von dort durch die dünnen Zellwände in die Lungenbläschen und damit ins Blut. Diese kleinen Moleküle begeben sich genau wie der Sauerstoff in die roten Blutkörperchen. Aber anstatt die nach Sauerstoff dürstenden Zellen zu versorgen, setzt sich das Kohlenmonoxid dort fest und verhindert, dass das Blut bei der nächsten Passage durch die Lunge Sauerstoff aufnimmt.«

»Oh Gott«, presste Mich hervor. »Das ist ja grausam!«

»Richtig!«, sagte der Gerichtsmediziner. »Höchst grausam. Denn sobald der Körper den Sauerstoffmangel spürt, versucht er verzweifelt, diesen durch verstärkte Atmung auszugleichen, aber da das Blut keinen Sauerstoff aufnehmen kann, ist das vergebens! Egal, wie tief man einatmet, es gelangt kein Gramm Sauerstoff in die Blutbahn. Das Kohlenmonoxid, das den für Sauerstoff vorgesehenen Platz blockiert, setzt seine Fahrt im Kreislauf so lange fort, bis der Betroffene in immer tiefere Bewusstlosigkeit sinkt. Die Person erstickt qualvoll und elendig.«

Helbich schlug die Hände vors Gesicht. Ein furchtbarer Tod.

»Wollen Sie damit sagen, dass der Edi Sterr auf diese Weise umgekommen ist?«, fragte er.

»Mit höchster Wahrscheinlichkeit. Wie genau der Mörder es angestellt hat, kann ich natürlich nicht sagen. Ich nehme an, er hat einen Schlauch am Auspuff befestigt und die Abgase so in den Kofferraum befördert. Aber das ist nur Spekulation!«

Mich schaltete sich ein. Seine Stimme klang ganz schwach, als stünde auch er unter Schock:

»War es derselbe Täter wie bei Schönthaler?«

»Ha, die große Frage!«, rief Dr. Becker. Er schnalzte mit der Zunge. »Wenn Sie mich fragen: ja.«

»Woran machen Sie das fest?«, fragte Braun.

»An den beiden Hämatomen im Brustbereich. Sie ähneln sehr stark den kleinen Wunden, die wir bei der ersten Leiche feststellen konnten.«

»Der Mörder hat wieder einen Taser benutzt?«, entfuhr es Helbich.

»Wahrscheinlich. Ich mache Sie darauf aufmerksam, dass

es nur eine Möglichkeit unter vielen ist. Vieles spricht dafür, wirklich Auskunft kann uns aber nur der Mörder persönlich liefern. Hier scheint er sehr nahe vor dem Opfer gestanden zu haben. Die Hämatome sind nur wenige Zentimeter voneinander entfernt und auch eine Spur größer als bei der anderen Leiche.«

»Wie lange ist er schon tot?«

»Da kann ich nur schätzen. Der Leichenstarre nach zu urteilen etwa einen Tag.«

Ein Eichelhäher flog aus einem der Bäume auf und krächzte laut. Die Schar der Polizisten zuckte zusammen und blickte in den Himmel. Ein Unglücksbote? Man hätte es fast meinen können.

Graue Wolkenfetzen zogen über den Himmel und verdeckten die wacker kämpfende Sonne. Im Schatten war es gleich zehn Grad kälter. Helbich fröstelte.

Dr. Becker verabschiedete sich zum zweiten Mal am heutigen Tag und stieg in seinen Wagen. Was habe ich getan, dass ich das verdient habe?, dachte Helbich resigniert. Wenn das hier an die Presse gelangt, sind wir im Arsch. Die Journalisten werden an uns kleben wie Schmeißfliegen, jeden unserer Schritte verfolgen. Wir müssen den Fall so schnell wie möglich aufklären, sonst ist die Kacke am Dampfen, aber gewaltig. Nur wie?

Das Handy dudelte in seiner Jackentasche. Er fischte es heraus.

»Helbich.«

»Hier Spichtinger. Chef, ich glaube, wir haben eine heiße Spur.«

Möge es auch die richtige sein, dachte Helbich und sagte:

»Wir sind in zwanzig Minuten da. Sitzung mit versammelter Mannschaft.«

Jetzt haben wir ihn, sagte sich Spichtinger, als er auflegte. Er muss es einfach gewesen sein. Wer sonst hatte ein Motiv und kannte die beiden Opfer?

»Mich und Helbich sind in zwanzig Minuten da. Was haben wir inzwischen an konkreten Infos?«, fragte er an Hauser und Pete gewandt, die nervös in der Einsatzzentrale auf und ab liefen.

»Guido Hammerl kennt Edi Sterr und Heiner Schönthaler aus der Studentenzeit. Laut Studentensekretariat der Uni Regensburg waren sie vom Wintersemester 1981 bis zum Sommersemester 1983 gleichzeitig eingeschrieben. Danach wurde Edi Sterr exmatrikuliert. Er hatte sich nicht zurückgemeldet«, erklärte Hauser.

»Das heißt, sie haben insgesamt anderthalb Jahre miteinander studiert«, kalkulierte Spichtinger.

»Guido Hammerl und Heiner Schönthaler haben ihr Studium abgeschlossen«, meinte Pete, »aber mit unterschiedlichen Spezialisierungen. Trotzdem können wir davon ausgehen, dass sie sich damals regelmäßig über den Weg gelaufen sind. So groß ist der Fachbereich Architektur in Regensburg nicht.«

Spichtinger dachte nach. Schönthaler und Hammerl waren beide etwa gleichzeitig mit ihrer Ausbildung fertig geworden. Während der eine sofort durchstartete und erfolgreich wurde, brauchte der andere Jahrzehnte, um sich zu etablieren. Wie kam es, dass Guido Hammerl erst seit Kurzem vermehrt Aufträge hamsterte? Seltsam. Er stellte seinen beiden Kollegen diese Frage. Pete hatte eine einleuchtende Erklärung parat:

»Heiner Schönthaler brauchte nur den Laden seines Vaters fortzuführen. Guido Hammerl musste alles neu aufbauen. Das braucht seine Zeit. Die Leute in der Gegend gehen gern auf Nummer sicher. Bei Schönthaler wussten sie, woran sie sind. Da hatte schon der Vater gute Arbeit geleistet. Das war mit keinem Risiko verbunden. Guido Hammerl musste sich diesen Ruf erst erarbeiten.«

»Seine Freundschaft oder was auch immer mit Frau Schönthaler ist aber schon komisch, findet ihr nicht?«, sagte Spichtinger.

Hauser und Pete nickten.

Zwei Studienkollegen. Vielleicht sogar Freunde. Aus denen Konkurrenten werden. Erbitterte Konkurrenten? Das wussten sie nicht. Bürgermeister Schmidt zufolge eher nicht.

Eifersucht?

Heiner Schönthalers Leiche war regelrecht zerfledert worden. Sein Glied abgetrennt.

Wut und Hass.

Das zertrümmerte Gesicht. Die Hiebe auf den Hinterkopf. Die Messerstiche.

Der Mörder wurde nicht von Neid getrieben. Etwas Tieferes, Hässlicheres verbarg sich hinter diesen Taten. Nur was?

Spichtinger griff wieder zum Telefonhörer. Der Chef würde gleich auftauchen, und wenn dann nicht alle antanzten, blühte ihnen ein saftiges Donnerwetter. Lena war noch am Wildpark. Er tippte die ersten drei Ziffern, als er ein forsches »Guten Tag« aus dem Empfangsbereich der Polizeiinspektion vernahm, gefolgt von einem: »Ist da jemand?«

Pete ging nach vorne. Ein Mann stand vor dem Empfangstresen.

»Ja bitte?«

»Frau Schönthaler hat mich telefonisch benachrichtigt. Ich glaube, Sie wollen mich sprechen? Mein Name ist Guido Hammerl.«

Täuschte sie sich, oder wirkte die Alte heute noch mürrischer als beim letzten Mal? Lena trat wieder in den gewölbeartigen Raum und setzte sich auf die Holzbank. Ein Déjà-vu-Erlebnis. Auch jetzt bereitete die alte Dame Kaffee zu, holte die verzierten Porzellantässchen aus dem Wandschrank und stellte das Tablett vor Lena ab.

Doch irgendetwas war anders. Trotz der scheinbar gleichen Vorgänge. Lena zermarterte sich das Gehirn. Was störte sie?

Sie räusperte sich, um die drückende Stille zu füllen.

Ihr fiel nicht so recht ein, wo sie anfangen sollte. Die Fragen, die ihr auf den Lippen brannten, würden die Alte zweifellos brüskieren. Ein neutrales Thema zu Beginn. Am besten einfach erzählen.

»Ich war vorhin bei Maria Huber in Lindau. Kennen Sie sie?«

Die Alte brummelte ein Ja.

»Vorige Woche hat jemand ihren Bernhardiner betäubt. Genauer gesagt am Mittwochabend, so gegen neun. Die arme Frau war ganz außer sich.«

Da lachte die Alte auf einmal auf. Hämisch und bitter. Lena zuckte zusammen.

»Die Huber ist ständig außer sich«, knirschte die alte Frau. »Wegen allem und jedem. Ein Wunder, dass sie noch keinen Herzkasper hatte bei all der Aufregung.«

In ihrer Stimme lag tiefer Abscheu. Lena war auf einmal vollkommen verunsichert. So hatte sie sich die Unterhaltung nicht ausgemalt. Beinahe ängstlich fragte sie:

»Sie haben nicht zufällig an diesem Abend ein verdächtiges Auto gesehen oder sonst etwas beobachtet?«

Die Alte schüttelte wortlos den Kopf und beugte sich über die Kaffeekanne. Dabei wandte sie Lena den Rücken zu.

Lenas Blick wanderte unterdessen zu den Familienbildern. Das schwarz umrahmte Foto der verstorbenen Eltern, daneben die Enkelin und der Enkel. Sie würde es mit einer Angriffsstrategie versuchen, nachdem die vorsichtige Taktik nichts brachte.

Die Alte schlurfte mit der Kanne heran und goss die Tassen voll.

»Sie haben mir bei unserem letzten Gespräch nicht verraten, dass Ihre Enkelin verstorben ist.«

Jetzt blickte die alte Frau sie zum ersten Mal an. Lena sah, dass sie stahlblaue Augen hatte. Darum herum ringelten sich zahllose Falten. Ein breites Muttermal prangte auf der rechten Wange. Als sie ihren Mund zu einer Antwort öffnete, sah Lena die leicht gelblichen Zahnreihen eines künstlichen Gebisses.

»Weil es Sie einen Scheißdreck angeht!«

Damit drehte sie sich um und holte ein Gefäß mit Zuckerstückchen.

Lena versuchte sich zu entschuldigen:

»Es tut mir leid. Ich wollte Sie nicht verletzen. Ich verstehe, dass Ihnen das sehr nahegeht. Maria Huber erzählte, dass Ihre Enkelin Selbstmord ...«

Diesmal schien die Alte kurz vor einem Schlaganfall. Wütend blitzte sie Lena an.

»Jetzt hören Sie mir mal zu, Frau Polizistin. Sie platzen hier zur Tür herein und spielen die Allwissende. Gar nichts wissen Sie. Vor bald dreißig Jahren hat mir der Herrgott meine Tochter genommen und ihren Mann. Das war ein harter Schlag. Mein Mann und ich haben danach unsere beiden Enkel zu uns genommen und uns um sie gekümmert, als wären es unsere eigene Kinder. Hören Sie auf, in meinem Privatleben herumzuschnüffeln!«

»Aber ich schnüffle doch nicht in Ihrem Privatleben herum«, verteidigte sich Lena. »Frau Huber hat mich auf das traurige Schicksal Ihrer Tochter aufmerksam gemacht und ...«

»Maria Huber weiß nichts, aber auch gar nichts, vom Schicksal meiner Schwester«, ertönte plötzlich eine tiefe Stimme von der Tür her. Und jetzt wusste Lena auch, was sie die ganze Zeit über hatte grübeln lassen. Sie hatte gespürt, dass noch jemand im Haus war.

»Möchtest du einen Kaffee, Christian?«, fragte die Alte. »Die Frau Polizistin wollte ohnehin gerade gehen.«

»Gern, Oma«, antwortete der Enkel und nahm am Tischende Platz. Er musterte Lena durchdringend. »Wieso stellen Sie meiner Großmutter Fragen über meine Schwester?«

»Deswegen bin ich doch gar nicht hier«, versuchte Lena ihn zu besänftigen. »Ich wollte nur von Ihrer Großmutter wissen, ob sie am vergangenen Mittwochabend ein verdächtiges Auto gesehen hat.«

»Ein verdächtiges Auto?«

»Ja.«

Christian warf seiner Großmutter einen Blick zu und schüttelte dann den Kopf.

»Haben wir keines bemerkt.«

»Waren Sie denn an diesem Abend auch da?«, fragte Lena neugierig.

»Oh, ich bin öfter mal hier. Je nachdem wie es mir mein Schichtdienst erlaubt.«

»Wo wohnen Sie?«

»In Regensburg. In dem Haus meiner Eltern.«

Regensburg.

Irgendwo in Lenas Kopf schrillte eine Alarmglocke.

Oje.

Spichtinger hatte ein ganz schlechtes Gefühl. Die Euphorie verwandelte sich langsam aber sicher in Niedergeschlagenheit. Guido Hammerl wartete im Vernehmungsraum auf Helbich, der jeden Augenblick eintreffen sollte.

Selbst wenn Hammerl der Schuldige war: Sie hatten nichts gegen ihn in der Hand. Ein Geständnis aus ihm herauszupressen, war eine Illusion, von der er nicht einmal träumte. Es war schwer, jemanden zu durchschauen, der nicht durchschaut werden wollte.

Im Schock über die Ankunft des Architekten hatte er ganz vergessen, Lena zu benachrichtigen. Er wählte ihre Nummer. Fünf Freizeichen, dann die Mailbox.

Er wurde unruhig. Wieso ging sie nicht ran?

Draußen im Flur vernahm er lautes Schnaufen. Helbich. Sie hatten ihn per Handy über Guido Hammerls Erscheinen informiert.

»Wo ist er?«, fragte der Chef viel zu laut.

Hauser eilte ihm entgegen: »Im Vernehmungsraum.«

»Gut! Dann mal los.«

Spichtinger hörte, wie die Tür zum Vernehmungsraum aufging und Helbich den dort wartenden Verdächtigen mit knappen Worten begrüßte. Dann schloss sich die Tür wieder. Ruhe senkte sich über die Einsatzzentrale.

War es das schon?, fragte sich Spichtinger. Praktischer ging es kaum. Man rief eine Fahndung nach dem Mörder aus, und zehn Minuten später tanzte dieser brav in der Polizeiinspektion an. Das mochte so gar nicht mit dem Bild übereinstimmen, das er sich von dem Täter gemacht hatte. Er hatte sich auf eine wilde Verfolgungsjagd eingestellt. Aus den Taten sprach so viel Aggressivität und Hass, er hätte nie gedacht, dass sich der Mörder freiwillig stellen würde. Und was, wenn Guido Hammerl unschuldig war?

Bisher hatten sie nur ein dünnes Band zwischen den Beteiligten. Das gemeinsame Studium. Aber miteinander zu studieren hieß ja nicht automatisch, seinen Kommilitonen umbringen zu wollen.

Er versuchte es noch einmal bei Lena. Sie ging wieder nicht ran.

Spichtinger wurde unruhig. Was trieb sie bloß? Sie hatte doch nur kurz bei der Alten vorbeischauen wollen.

Helbichs Halbglatze glänzte. Er wischte sich den Schweiß mit dem Handrücken ab. Verflucht! Sein Gegenüber war ausgefuchst und abgebrüht. Keine noch so scharf formulierte Frage brachte ihn aus dem Gleichgewicht.

»Sie behaupten also, den Donnerstagabend mit einem gewissen Herrn Nikolov verbracht zu haben«, wiederholte er.

»In der Tat.«

»Sie wissen, dass wir alle Ihre Aussagen nachprüfen werden.«

»Das hoffe ich doch«, erwiderte Guido Hammerl. »Ich habe mit dem Mord an Heiner Schönthaler nichts zu tun.«

»Das werden wir sehen. Wie standen Sie im Übrigen zu Eduard Sterr?«

»Dem Metzger?« Guido Hammerls Erstaunen wirkte nicht gespielt. »Ich habe drei seiner Metzgereien für ihn entworfen. Unser Kontakt beschränkt sich auf das Berufliche.« Dann schien er zu begreifen. »Moment mal, wieso fragen Sie mich, wie ich zu ihm ›stand‹? Sagen Sie bloß nicht, dass auch er …«

»Ermordet wurde. Doch. Wir kommen gerade vom Fundort.«

Guido Hammerl schlug schockiert die Hand vor den Mund.

Himmel, ist der affektiert, dachte Helbich.

»Ich will Ihnen persönlich nicht zu nahe treten«, sagte er, »aber im Rahmen der Ermittlungen muss ich Sie das fragen: Haben Sie ein Verhältnis mit Elvira Schönthaler?«

Direkt und ohne Umschweife. Manchmal das beste Mittel. Aber auf Hammerls Reaktion war Helbich nicht gefasst: Der Kerl lachte los, als hätte er gerade einen guten Witz gehört.

»Ich und Elvira? Um Himmels willen. Da können Sie ganz beruhigt sein. Unsere Beziehung ist rein … platonischer Natur, um es mal so zu sagen. Ich selbst bin in festen Händen. Wolfgang und ich werden in ein paar Wochen heiraten.«

»Wie …«, stammelte Helbich.

»Ich bin seit gut drei Jahren mit Wolfgang Nikolov verlobt. Jetzt starren Sie mich nicht so an! Ich bin es gewohnt, von Leuten schräg angeschaut zu werden. Nicht umsonst hat es lange gedauert, bis ich mich in der Region etablieren konnte. Die Menschen hier hegen einige Vorurteile gegenüber Homosexuellen.«

In Helbichs Kopf wurde es mit einem Mal ganz leer. Sämtliche Gedanken schienen sich verabschiedet zu haben. Er stand ächzend auf. So hatte das keinen Sinn. Von einer Sackgasse rannten sie in die nächste. Er war so müde.

Hauser warf ihm einen fragenden Blick zu.

»Ich bin gleich wieder da«, sagte Helbich und ging nach draußen.

Auf der Toilette spritzte er sich etwas Wasser ins Gesicht. Schnaufend blieb er über das Waschbecken gebeugt stehen. Ihr Hauptverdächtiger war schwul und hatte ein Alibi. Wenn er das dem Landrat beim nächsten Anruf sagte, dann konnte er sofort anfangen, in der Tageszeitung die Jobanzeigen zu lesen.

Langsam schleppte er sich in den Vernehmungsraum zurück. Dort unterhielt sich Hauser angeregt mit dem Architekten. Bei Helbichs Eintreten rief er:

»Chef, Herr Hammerl meinte, dass Edi Sterr und Heiner Schönthaler in der Jugend enge Freunde waren.«

»Hm«, brummte Helbich.

»Und dass die beiden in Regensburg mal in eine böse Sache verwickelt waren …«

Helbich erwachte aus seiner Lethargie.

»In eine böse Sache?«

Guido Hammerl rutschte nervös auf seinem Stuhl hin und her.

»Na ja, so genau weiß ich das nicht. Es gab nur so einige Gerüchte.«

»Dann rücken Sie mal mit diesen Gerüchten raus!«, befahl Helbich.

»Als wir alle drei noch in Regensburg studierten, kam es irgendwann zu einem Skandal. Heiner und Edi wurden von den Eltern eines Mädchens beschuldigt, die Kleine vergewaltigt zu haben. An die genauen Umstände kann ich mich nicht erinnern. Ich weiß nur, dass es anfangs recht ernst aussah. Heiner saß sogar eine Weile in Untersuchungshaft.«

»In seinen Akten steht dazu aber nichts«, meinte Hauser verwundert.

»Da dürfen Sie nicht mich fragen«, erwiderte Guido. »Wie gesagt, ich weiß nichts Genaues. Ich ging den beiden lieber aus dem Weg. Toleranz war nicht gerade ihre Devise, wenn Sie verstehen, was ich meine.«

Ich verstehe, was du meinst, dachte Helbich und fragte:

»Wer könnte uns über diese Angelegenheit Auskunft geben?«

Guido Hammerl überlegte kurz und zuckte dann die Achseln.

»Keine Ahnung. Am ehesten wohl Heiner Schönthalers Mutter. Von ihr bekommen Sie sicher keine objektive Darstellung, aber ich denke, dass sie sich noch gut an den Vorfall erinnert.«

»Sie wohnen in Regensburg«, wiederholte Lena tonlos.

Der Enkel nickte. Grau gestreiftes Hemd, Jeans, elegant einfach. Aber etwas in seiner Art verursachte Kälteschauer in Lenas Rücken. War es sein Blick, der so wirkte, als wolle er jeden Moment aufstehen und losrennen? Ein verletztes Tier, diesen Eindruck vermittelte er. Als wäre er innerlich zerrissen und müsste sich zu oberflächlicher Ruhe zwingen.

Er lehnte sich zurück und betrachtete seine Hände. Die Alte werkelte über der Spüle und schlurfte dann langsam aus dem Raum. Lena und Christian, der Enkel, waren allein.

Lächelnd deutete er auf ihre Tasse.

»Wollen Sie nichts trinken?«

Lena fuhr mit der Zunge über ihre trockenen Lippen.

»Doch, doch«, antwortete sie heiser und nahm einen Schluck.

»Es muss auch irgendwo noch ein paar Kekse geben. Warten Sie mal.« Er stand auf und ging zum Wandschrank. Wühlte in einer Schublade und zog ein Paket Butterkekse hervor.

Lena überlegte blitzschnell. Wenn sie sich beeilte, könnte sie es bis zur Tür schaffen und fliehen. Aber ihr Körper war wie gelähmt. Woher kam dieser Drang zu entkommen? Sie wusste nichts über Christian, und doch wusste sie alles.

Seine Art, seine Bewegungen, sein Blick. Irgendetwas stimmte nicht, war schrecklich falsch. Sie musste so schnell wie möglich weg von hier, bevor – ja, bevor was eigentlich?

Ihr ging auf, dass sie versuchen sollte, mit ihm zu reden, um herauszufinden, was er vorhatte. Und dabei, wenn möglich, einen Fluchtweg auszuloten. Doch ihr Hals war wie ausgedörrt, ihr Mund staubtrocken. Sie presste ihre Hände unter dem Tisch zusammen, um zu verhindern, dass sie zitterten.

»Möchten Sie ein paar?« Christian hielt ihr die Kekspackung hin. Die Frage war auffällig neutral. Sein Gesichtsausdruck verriet nichts über seine Gedanken. »Echtes Vollkorn. Sehr lecker.«

Lena schüttelte den Kopf.

Er zuckte die Schultern und setzte sich wieder.

»Ja, ich wohne in Regensburg. Wundert Sie das?« Er lachte.

Lena lief wieder ein Schauer über den Rücken.

»Heiner Schönthaler, der ermordete Architekt, hat in Regensburg studiert«, sagte sie tapfer.

»Oh«, höhnte Christian. »Da hat jemand seine Hausaufgaben gemacht!«

Lena sah ihn an und begriff nichts. Sie war gekommen, um die alte Frau zu befragen, und jetzt hockte sie diesem Mann gegenüber, der ihr Kekse anbot und sie auslachte. Sie spürte, nein, sie wusste, dass er der Mörder war.

»Aber wieso …« presste sie hervor.

»Wieso was?«, fragte Christian. »Wieso was?« Er brüllte fast. »Sie wollen wissen, wieso ich ihn umgebracht habe und seinen Kumpanen Edi Sterr gleich hinterher?« Er lehnte sich über den Tisch und starrte Lena an. Seine Pupillen waren sonderbar grau, ähnelten Bleikugeln oder Metallknöpfen. »Weil sie nichts anderes verdient hatten, deshalb.«

Lena blickte in seine Bleiaugen. Wortlos und stumm. Sie hatte Angst, ihn noch mehr zu provozieren, wenn sie irgendetwas sagte, aber er schien durch sie hindurch zu schauen, setzte seine Tirade fort.

»Sie waren Mörder und liefen jeden Tag frei herum. Das ist doch nicht gerecht, oder? Sie haben Daniela auf dem Gewissen, aber das störte niemanden. Jahrelang habe ich versucht, Beweise gegen sie zu finden, aber die Schlacht war von vornherein verloren. Gegen Geld ist kein Kraut gewachsen.«

»Daniela ist Ihre Schwester?«, fragte Lena vorsichtig.

Christian nickte langsam. Sah an ihr vorbei an die Wand. Seine Stimme war leise, als er weitersprach, beinahe ein Flüstern:

»Sie war … unglaublich. Ich denke nicht, dass Sie das verstehen können. Welch ein Glück für einen jüngeren Bruder wie mich, so eine Schwester zu haben. Alles an ihr war anmutig, elegant, strahlend. Sie sehen ja das Foto dort.«

Christian warf ihr einen leeren Blick zu. Seine Stimme klang fester. Auf einmal wirkte er entschlossen.

»Ich konnte das nicht auf sich beruhen lassen. Der Staat und die Polizei waren nicht in der Lage, die Mörder zur Strecke zu bringen, also blieb mir keine Wahl.«

Er bewegte sich ruckartig und knetete frenetisch seine Hände. In Lenas Brust wuchs die Verzweiflung. Was hatte er mit ihr vor? Wieso sagte er ihr all das? Die Wahrscheinlichkeit, dass jemand sie aus dieser Lage befreite, was äußerst gering. Ihr Handy hatte zweimal in ihrer Handtasche vibriert – sie hatte es vor dem Gespräch mit Maria Huber auf lautlos gestellt –, also versuchten ihre Kollegen vermutlich, sie zu erreichen. Irgendwann würden sie sich Gedanken machen. Aber wann? Sie musste Zeit gewinnen.

»Ich ... verstehe Ihre Gefühle, und ich würde gerne wissen, was genau passiert ist«, sagte sie.

Christian zuckte die Achseln.

»Wenn Sie meinen.«

»Was haben Heiner Schönthaler und Edi Sterr Ihrer Schwester angetan?«

»Sie haben ihr jeglichen Grund zum Leben genommen, das haben sie ihr angetan. Daniela war wunderschön. Alle Jungs waren verrückt nach ihr. Sie selbst scherte sich nicht darum. Sorgte für mich, wenn unsere Eltern mal weg waren. An dem Abend, als es passierte, hatte sie eingewilligt, mit mir ›Das Dschungelbuch‹ im Kino anzusehen, obwohl es ein Kinderfilm war. Ich war damals erst neun. Noch heute verfluche ich mich dafür. Wenn ich damals weniger egoistisch gewesen wäre, würde Daniela noch leben.«

Er seufzte und fuhr sich mit der Hand über die Stirn.

»Nach dem Film sind wir noch in eine Pizzeria. Unsere Eltern waren ausgegangen. Wir hatten also jede Menge Zeit. Unser Haus liegt am Stadtrand. Man muss den Bus nehmen und dann noch ein gutes Stück zu Fuß gehen. Ein Teil des Weges führt durch ein lichtes Waldgebiet. Es war gegen zehn Uhr und dunkel, als wir uns nach Hause aufmachten. Wir haben gescherzt und gespielt. Ich hatte damals eine Räuber-und-Gendarm-Phase. Daniela spielte den Räuber und versteckte sich im Gebüsch. Und ich jagte sie hervor und verhaftete sie. Als wir an der Kuhweide vorbeikamen, hinter der unser Haus liegt, fuhr ein Auto heran. Doch anstatt uns zu überholen, bremste es ab und blieb hinter uns. Ich erinnere mich, wie Daniela mich bei der Hand packte und sagte, dass wir uns beeilen sollten. Aber bevor wir losrennen konnten, überholte uns der Wagen und blieb stehen. Zwei junge Männer stiegen aus. Damals merkte ich es nicht, aber inzwischen weiß ich, dass sie sehr angetrunken waren.«

Lena ahnte, was nun folgen würde.

»Diese Männer haben sich an Ihrer Schwester vergriffen?«, flüsterte sie.

Christian sah sie an, ohne sie wirklich zu sehen.

»Nicht sofort. Zuerst haben sie uns nur Angst gemacht. Um die Kuhweide herum verlief ein Elektrozaun. Sie haben sich einen Spaß daraus gemacht, uns immer und immer wieder dagegenzuschubsen. Das tat schrecklich weh. Dann haben sie meiner Schwester befohlen, sich auszuziehen. Als sie sich widersetzen wollte, hat der eine – später habe ich herausgefunden, dass es Edi Sterr war – mich gepackt und damit gedroht, mich zu verprügeln, wenn sie nicht gehorcht. Als Daniela zögerte, hat er mich gezwungen, mich vor dem Auspuff des Wagens hinzuknien. Der Motor lief noch.«

Christian lief eine Träne über die Wange.

»Ich höre heute noch die Schreie meiner Schwester. Alles Weitere habe ich nicht mitbekommen, weil ich ohnmächtig wurde.«

Er schwieg.

Lena schluckte.

»Das ist furchtbar«, sagte sie aufrichtig. »Für Sie und Ihre Schwester muss das ein traumatisches Erlebnis gewesen sein. Und die beiden wurden nie erwischt?«

Christian lachte bitter auf.

»Nein. Ich habe mir das Nummernschild gemerkt. Meine Schwester weigerte sich, eine Anzeige aufzugeben, aber meine Eltern waren kategorisch: Das würden sie nicht auf sich sitzen lassen. Dazu muss man wissen, dass meine Eltern stets Daniela bevorzugt haben. Sie hatte das größere Zimmer, die besseren Kleider, die leckeren Filetstücke, wenn es Fleisch gab, und so fort. Aber mich hat das nie gestört. Daniela war von einem anderen Stern. Sie verdiente es, bevorzugt behandelt zu werden. Meine Eltern haben wirklich alles daran gesetzt, dass die Schuldigen gefasst werden. Beinahe hätten sie es geschafft. Heiner Schönthaler wurde festgenommen und kam in Untersuchungshaft.«

Er hielt inne und schob sich einen Keks in den Mund.

»Aber?«, fragte Lena.

»Die ganze Geschichte hat meine Eltern sehr mitgenommen. Vor allem meinen Vater. Er trank immer mehr. Eines Abends stieg er betrunken ins Auto; meine Mutter wollte ihn davon überzeugen, dass er lieber sie fahren lassen sollte, aber er war stur. Diese Sturheit hat beide das Leben gekostet. Danach ging alles den Bach hinunter.«

»Aber Heiner Schönthaler saß doch schon in Untersuchungshaft«, wandte Lena ein. »Hat die Polizei nicht weiter gegen ihn ermittelt?«

»Nein«, erwiderte Christian. »Weil Daniela ihre Anklage zurückgezogen hat.«

»Was?«, rief Lena.

»Nach dem Tod unserer Eltern kapselte sich Daniela komplett von der Außenwelt ab. Ich bin sicher, dass sie nur meinetwegen eingewilligt hatte, vor Gericht auszusagen. Sie hoffte wohl, dass meine Mutter aufhören würde, mir Vorwürfe zu machen. In den Augen meiner Mutter war ich mitschuldig, und ganz unrecht hatte sie ja nicht … Ich hatte nichts getan, um meine Schwester zu retten.«

»Aber Sie waren doch kaum zehn Jahre alt!«, protestierte Lena. »Was hätten Sie denn gegen zwei ausgewachsene junge Männer ausrichten sollen?«

»Keine Ahnung. Mich wehren, ganz einfach. Ich war wie gelähmt und habe nur zugeschaut. Aber diese Zeit ist vorbei ...«

Christians Blick fiel auf Lenas Handtasche, in der wieder das Handy vibrierte.

»Geben Sie mir bitte die Tasche.«

Lena schob sie ihm hin. Dabei merkte sie, wie ihre Hand zitterte.

Wieder nur die Mailbox. Seltsam. Nachdenklich legte Spichtinger den Hörer wieder auf. Wo steckte Lena nur?

Die Tür des Vernehmungsraums öffnete sich. Heraus stiefelte ein zornesroter Helbich. Ein schlechtes Zeichen.

»Wieder nix?«, fragte Pete.

Er erhielt nur ein Grunzen zur Antwort.

»Spichtinger, suchen Sie die Telefonnummer des Ensdorfer Altenheims raus!«, bellte Helbich. Woraufhin er alsgleich wieder im Flur verschwunden war. »Jawohl, Chef!«, rief Spichtinger ihm hinterher. In wenigen Mausklicken hatte er besagte Adresse und Telefonnummer gefunden.

»Was er wohl damit will?«, fragte Pete.

»Da lebt die Mutter vom Schönthaler«, erwiderte Spichtinger, »wenn ich mich nicht irre.«

»Stimmt haargenau! Da haben Sie ja gut aufgepasst«, ertönte Helbichs Bass. »Her mit dem Telefon! Dann wollen wir mal sehen.«

Er tippte die Nummer und wartete. Spichtinger spitzte die Ohren. Nach dreimaligem Läuten meldete sich eine weibliche Stimme am anderen Ende. Spichtinger verstand nicht, was sie sagte, aber offensichtlich stimmte die Nummer, denn Helbich stellte sich kurz vor und erklärte dann:

»Ich würde gern mit Frau Schönthaler sprechen, wenn das möglich ist. Es handelt sich um eine dringende Angelegenheit!«

Wortschwall am anderen Ende. Helbich verdrehte die Augen und blickte zur Uhr. Kurz vor eins.

»Ja … Ja … Ich verstehe … Aber können Sie nicht nachsehen, ob Frau Schönthaler ihr Nickerchen schon begonnen hat? Ich werde sie auch nicht lange stören.«

Helbich versuchte es offenbar mit der diplomatischen Variante.

Wieder viele Worte zur Antwort. Helbichs Miene wurde grimmiger.

»Hören Sie, Frau … Lautenschlager. Wenn Sie mir nicht sofort Frau Schönthaler ans Telefon holen, dann verspreche ich Ihnen, dass ich in einer Dreiviertelstunde persönlich bei Ihnen auf der Matte stehe.«

Das wollte die gute Frau offenbar nicht riskieren, denn Helbichs Gesichtsausdruck besänftigte sich.

»Gut. Ja, bitte. Ich warte.«

Er legte die Hand auf die Sprechmuschel und sagte: »Sie schaut, ob die Alte schon eingeschlafen ist.«

Pete und Spichtinger nickten. Sie folgten dem Schauspiel mit Interesse. Was wollte der Chef von Schönthalers Mutter?

»Sie ist noch wach? Wunderbar … Frau Schönthaler? Guten Tag. Hauptkommissar Helbich aus Oberviechtach am Apparat. Entschuldigen Sie die Störung. Dürfte ich Ihnen kurz ein paar Fragen stellen. Es geht um den Tod Ihres Sohnes …«

Helbich lauschte und nickte.

»Ja, in der Tat. Sehr tragisch. Mein Beileid … Ich verstehe Ihre Trauer … Natürlich tun wir alles Erdenkliche, um den Schuldigen zu fassen, das versichere ich Ihnen … Aber genau deswegen rufe ich Sie an.«

Helbich räusperte sich.

»Ein Zeuge behauptet, dass Ihr Sohn zu Studienzeiten einmal in Untersuchungshaft saß. Können Sie …«

Die Stimme am anderen Ende schrie so laut, dass Spichtinger und Pete sie klar und deutlich verstehen konnten: »Mein Sohn war unschuldig! Das ist Verleumdung!«

»Natürlich war Ihr Sohn unschuldig«, versuchte Helbich die aufgebrachte Frau zu beruhigen. »Daran zweifelt niemand. Aber Sie müssen verstehen, je mehr Informationen wir über das Leben Ihres Sohnes besitzen, desto schneller können wir seinen Mörder dingfest machen.«

Dieses Argument schien zu wirken. Die Alte begann zu erzählen, und Helbich nickte mehrmals und warf ein paar »Ach so«, »Ja ja«, »Schlimm« und »Hm, hm« ein. Plötzlich griff er nach einem Stift und verlangte Arme wedelnd nach einem Blatt Papier.

»Wie, sagten Sie, war der Name?«

Er notierte etwas.

»Aha. Wann? Ah.«

Zum Schluss dankte er der alten Schönthalerin und legte auf.

»Und?«, fragte Pete neugierig. »Was hat sie gesagt?«

»Heiner Schönthaler wurde Anfang der Achtziger zusammen mit seinem Freund Edi Sterr von einem ›Flittchen‹, wie seine Mutter es nannte, wegen Vergewaltigung und Misshandlung angezeigt. Das Mädchen war minderjährig und hat die Anschuldigungen nach einigen Wochen wieder zurückgezogen. Deshalb steht davon auch nichts in den Akten.«

»Verflixt«, stieß Pete hervor.

»Angeblich stammt das Mädchen hier aus der Gegend«, sagte Helbich schnaufend. »Sie heißt, oder besser gesagt hieß, Daniela Wengler.«

»Wengler?«, wiederholte Pete. »Das sagt mir nichts. Und wieso hieß? Lebt sie nicht mehr? Wenn sie damals minderjährig war, dann kann sie noch nicht so alt sein, oder?«

»Ihre Mutter ist eine geborene Wirnshofer. Laut Frau Schönthaler hat sich Daniela Wengler vor zwei Monaten umgebracht.«

»Vor zwei Monaten?«, sagte Spichtinger enttäuscht. »Dann kommt sie als Täterin nicht in Frage.«

Helbich nickte und knallte den Stift wütend auf den Schreibtisch.

Pete hingegen wirkte auf einmal sehr aufgeregt.

»Wirnshofer?«, rief er. »Der alte Wirt am Skihang hieß Wirnshofer. Sagen Sie bloß, Daniela Wengler war seine Enkelin?«

»Kann sein«, brummte der Chef.

»Wie?«, presste Spichtinger hervor. »Meinst du das Holzhaus am ehemaligen Skilift?«

In seinem Nacken brach der Schweiß aus.

Der Enkel hatte Lenas Handtasche neben sich auf einen Stuhl gelegt, das Handy herausgeholt und es ausgeschaltet.

»Was haben Sie jetzt vor?«, fragte Lena mit leicht zittriger Stimme.

Christian schenkte ihr einen müden Blick. Mit seiner rechten Hand griff er in die Hosentasche und zog ein Jagdmesser hervor. Lena erbleichte. Er wog es sorgfältig in der Hand.

»Ich habe nichts mehr zu verlieren«, sagte er leise. »Ob ich Sie umbringe oder nicht, das ändert nicht viel.« Nachdenklich musterte er die Klinge.

»Ich habe es frisch geschliffen. Sie glauben gar nicht, wie einfach man damit ins Fleisch schneiden kann. Schönthaler hat gequiekt wie ein Schwein.«

»Wie … Wie haben Sie das angestellt? Ich meine, woher wussten Sie, dass er …«

»… dort seine Stelldicheins abhielt?« Christian grinste

böse. »Weil ich fast jede Woche die Scheinwerfer seines Wagens durchs Unterholz leuchten und dann erlöschen sah. Meistens dauerte es eine gute halbe Stunde, manchmal auch länger, dann gingen sie wieder an und er fuhr weg. Irgendwann hat man das Schema heraus. In den letzten Monaten kam er regelmäßig jeden Donnerstag, sobald es dunkel war.«

»Wohnen Sie nicht in Regensburg?«

»Ich bin oft hier. Seit Danielas Tod fast jeden Tag. Ich besuche ihr Grab und kümmere mich um meine Großmutter. Sie trifft der Verlust beinahe so hart wie mich.«

Natürlich, dachte Lena. Das verdächtige Auto, nach dem sie gesucht hatte, existierte nicht, weil der Täter keines gebraucht hatte. Über den Hang und durch die Bäume waren es höchstens zweihundert Meter bis zu der Stelle, wo Heiner Schönthaler seinen Mercedes abgestellt hatte. Christian hatte gewusst, dass der Architekt im Wochentakt dort auftauchte. Er brauchte nur zu warten.

»Sie wollten, dass Heiner Schönthaler und Edi Sterr leiden, nicht wahr?«, fragte sie. »Deshalb haben Sie auch mit dem Taser auf sie geschossen. Wie sind Sie eigentlich an diese Waffe gekommen?«

»Ha, ich sehe, ganz im Dunkeln tappen Sie nicht«, antwortete Christian. »Ich habe bis vor zwei Jahren im privaten Sicherheitsdienst gearbeitet. Dort wurde auch eine Zeit lang über den Einsatz des Tasers nachgedacht. Ich habe ihn damals an mir selbst ausprobiert und wusste, welche Wirkung er hat. Etwas stärker als ein Elektrozaun.« Er lachte trocken.

»Die Betäubung des Bernhardiners war also ein Probelauf«, sagte Lena. »War das nicht riskant?«

»Ein bisschen. Aber ich musste den Ablauf ausprobieren. Der Taser lässt einem nur wenige Sekunden zum Handeln. Alles muss sehr schnell gehen. Man braucht gewisse Automatismen. Ich musste zum Beispiel die Spritze gleich bereithalten. Das hatte ich bei dem Hund vergessen. Deswegen hatte er Zeit, wieder auf die Beine zu kommen und zu bellen. Aber ich wusste, dass Maria Huber viel zu ängstlich ist, um mich zu stellen. Und der Bernhardiner ist lammfromm. Da hatte ich nichts zu befürchten.«

Hier saßen sie und plauderten über zwei grausame Morde. Die ganze Situation war absurd.

Wo steckte eigentlich die Alte?

Außer Fragen stellen konnte Lena wenig tun:

»Im Blut von Heiner Schönthaler haben wir Spuren von Betäubungsmitteln gefunden. Ich nehme an, die haben Sie sich im Internet besorgt?«

»Ja.«

»Liefen Sie da nicht Gefahr, dem Architekten zu viel oder zu wenig zu spritzen? Das hätte ja Ihren ganzen Plan kaputtgemacht.«

»Ich habe mich eingehend mit den Dosierungen beschäftigt, das können Sie mir glauben. Ich habe mir das Zeug ein paarmal selbst verabreicht.«

Die Zeit rannte ihr davon. Lena wusste nicht, wie er reagieren würde, sobald ihre Kollegen eintrafen. Wenn sie denn eintrafen. Sie musste handeln. Und zwar schnell, ehe die Sache aus dem Ruder lief.

»Wollen Sie sich nicht stellen?«, fragte sie vorsichtig.

Christian stieß ein trockenes Lachen aus.

»Nein, ich werde den Rest meines Lebens nicht im Gefängnis verbringen. Sie sind ein paar Stunden zu früh gekommen. Heute Abend hätte ich in einem Flieger gesessen, und Sie hätten nie wieder von mir gehört.«

»Wollten Sie Ihre Großmutter einfach so zurücklassen?«

»Ach«, winkte Christian verächtlich ab. »Sie braucht mich nicht. Ich bin ihr doch nur lästig. Daniela war die Einzige, die in den Augen der anderen zählte. Ich habe sie gerächt. Damit habe ich meine Aufgabe erfü…«

Plötzlich hielt er inne. Ging zur Tür und öffnete sie einen

Spalt. Jetzt vernahm es auch Lena: Polizeisirenen in der Ferne.

Christian schien einen Moment lang zu überlegen. Dann packte er Lena beim Arm und riss sie hoch. Das Messer drohend in der Linken.

»Kommen Sie mit!«, herrschte er sie an.

»Damit erreichen Sie gar nichts«, flüsterte Lena. »Bei der kleinsten Unachtsamkeit wird einer meiner Kollegen auf Sie schießen. Bitte, ergeben Sie sich!«

»Ruhe!«, zischte Christian. »Machen Sie die Haustür auf!«

Die Sirenen waren jetzt ganz nah und laut. Rechts sah Lena Blaulichter zwischen den Bäumen schimmern. Zwei Streifenwagen rasten heran und bremsten mit quietschenden Reifen neben der Einfahrt zum Haus. Mehrere Wagentüren sprangen auf. Lena erkannte Helbich, Pete, Spichtinger und Mich.

»Bleiben Sie, wo Sie sind!«, schrie Christian. »Sonst schneide ich Ihrer Kollegin die Kehle durch.«

Christian nahm Lena in den Schwitzkasten. Sein rechter Unterarm drückte ihr die Luft ab, während er mit der anderen Hand das Messer parat hielt.

Die Polizisten erstarrten.

»Los! Zum Auto«, zischte Christian in Lenas Ohr. Langsam näherten sie sich dem Toyota.

Sie spürte, wie ihr schwarz vor Augen wurde. Sein Griff war so hart, dass er sowohl die Blut- als auch die Luftzufuhr abschnitt. Lena versuchte sich zu befreien, doch ihr Gegner war körperlich klar überlegen.

Ihr Blickfeld verengte sich. Panik wallte in ihr auf.

Sie saß fest, bekam keine Luft mehr, wagte es nicht, sich zu wehren, aus Angst vor dem scharfen Messer.

Gefangen und ohnmächtig einem anderen Menschen ausgeliefert. Hilflos. Mit einem Mal befand sie sich nicht mehr auf einem Parkplatz mitten im Oberpfälzer Wald, sondern auf dem Balkon einer kleinen Dreizimmerwohnung in Regensburg. Und der Mann, der sie festhielt, war nicht länger ein verrückter Doppelmörder, der nichts mehr zu verlieren hatte.

»Heute geht's dir an den Kragen«, flüsterte der andere, und sie hörte am Tonfall und an der Stimmlage, dass er es ernst meinte. Diesmal würde es ihr an den Kragen gehen.

Plötzlich löste sich der Druck um ihren Hals. Luft strömte in ihre Lungen zurück, und Lena sog sie gierig ein. Dann erst erwachten ihre übrigen Sinne wieder zum Leben. Eine Wagentür schlug hinter ihr ins Schloss, ein Motor sprang an.

Der blaue Toyota jagte über den Parkplatz und raste im Höllentempo hinaus auf die Straße. Ein Streifenwagen folgte umgehend mit kreischenden Sirenen.

Lena sank langsam in die Knie.

Ihre Arme und Beine zitterten.

Sie hörte Schritte auf dem Kies, die sich rasch näherten.

Der BMW beschleunigte innerhalb weniger Sekunden auf über hundert Stundenkilometer. Spichtinger biss die Zähne zusammen. Sah den Toyota vor ihnen um die Kurve verschwinden. Pete saß neben ihm und fluchte.

»Scheiße, Mann. Verfluchte Scheiße.«

Dem gab es nichts hinzuzufügen. Spichtinger konzentrierte sich auf die Straße, holte auf. Der Toyota war dem Motor des BMWs klar unterlegen, obwohl er inzwischen mit über einhundertfünfzig den Hang hinabbrauste.

Mit heulenden Sirenen krochen sie ans Heck des Toyotas heran. Sie konnten jetzt die Silhouette des Fahrers ausmachen. Übers Lenkrad geduckt, der Drehzahlmesser vermutlich im roten Bereich.

Links huschte die Abfahrt nach Ödmeiersrieth vorbei.

Rechts das kleine Wäldchen, das Spichtinger nur aus den Augenwinkeln wahrnahm. Alle seine Sinne waren auf den blauen Wagen fixiert. Den Mörder von Heiner Schönthaler und Edi Sterr einholen und zur Aufgabe zwingen. Darum ging es jetzt und in diesem Augenblick.

Nichts anderes zählte.

Die Reifen des BMWs quietschten, als er die Linkskurve nach Eslarn hoch schnitt.

Das Heck des Toyotas kaum zehn Meter vor ihm.

»Vorsicht«, schrie Pete plötzlich.

Er zeigte auf die kleine Straße, die nach Polster führte.

Ein Traktor bog gerade auf die Schönseer Straße ein. Auf der Gegenspur rollte ein Lastwagen heran.

Spichtinger trat auf die Bremse.

Schlingernd kam der Streifenwagen zum Stehen. Gerade als Spichtinger erleichtert durchatmen wollte, sah er, wie der Toyota in letzter Sekunde dem Traktor auswich und rechts in die Böschung raste.

Ein lauter Knall. Das Knirschen von Metall, als sich der Wagen zweimal überschlug. Eine Hupe, die nicht schweigen wollte.

Nebel. Nein, Rauch. Er versuchte die Augen weiter zu öffnen, aber seine Lider waren so schwer. Er spürte nichts, weder seine Arme noch seine Beine. Doch in seinem Kopf tat sich ein neuer Raum auf.

Er sah ein kleines Badehaus vor sich. Davor lag ein steiniger Strand, das Wasser gräulich schimmernd. Bei Ebbe kamen in der Weite kleine Inseln zum Vorschein, flache Landstreifen, auf denen die Vögel herumwateten und nach Beute Ausschau hielten.

Aber der Grund war tückisch. Hinter den Inseln fiel er abrupt ab, und das Wasser war wahnsinnig tief. Die Leute erzählten, dass dort einmal ein Kind ertrunken war. Lange bevor Daniela und er mit seinen Eltern zum ersten Mal hierher in Urlaub gefahren waren. Aber man erzählte noch heute davon.

Nachmittags liefen die Kinder hinaus zu den Inselchen, die öde und nackt dalagen. Auch Daniela. Er blieb zurück, traute sich nicht hinaus. War erst acht, seine Schwester schon vierzehn und mutig. Papa lachte ihn aus und neckte ihn. »Du Angsthase«, sagte er. »Schau deine Schwester an, wie sie da draußen mit den anderen schwimmt.«

Auch die Kinder machten sich über ihn lustig. Er war zu dick, zu ungelenk, zu hässlich.

Weinend verkroch er sich hinter den Büschen.

Bis Daniela ihn bei der Hand nahm und ihn mit sich zog.

»Komm«, lächelte sie. »Du kannst das.«

Und er folgte ihr hinaus zu den Inseln und weiter ins tiefe Wasser. Er schwamm neben ihr, unbeholfen und mühsam, doch um nichts in der Welt hätte er jetzt woanders sein wollen.

Sie war da.

Er spürte ihre Berührung, ahnte ihre Hand auf seiner Schulter. Eine beruhigende Geste.

Hab keine Angst.

Du schaffst es.

Hab keine Angst.

Jetzt führte sie ihn weg. Langsam und behutsam.

Immer tiefer ins Wasser.

An ihrer Hand. Hinein in einen tosenden Wirbel. Er fror. Es tat ein bisschen weh. Dann spürte er, wie die Wellen sich um ihn schlossen und ihn sanft davontrugen.

Danksagung

Viele Menschen haben zum Gelingen dieses Buches beigetragen. Ein herzlicher Dank gilt Rainer Hauer von der Polizeiinspektion Oberviechtach für seine kundigen und freundlichen Auskünfte, Nadine Püschel für ihre geistreichen und kritischen Anmerkungen zum Text, Julia Finger für ihre Hilfe beim Verfassen des Bild.de-Artikels und allen Freunden und Verwandten, die den Text gelesen und kommentiert haben: Rudi, Jutta, Anna, Vera, Walter, Charlie, Christine, Lisa, Andreas und Matze. Und nicht zuletzt Ulrich Schönlein, unserem Verleger, dem es zu verdanken ist, dass Spichtinger im Oberpfälzer Wald Verbrecher jagen darf.

Ein Dankeschön auch an alle skandinavischen Autoren, die wir übersetzen und die auf diese Weise direkt oder indirekt unser eigenes Schreiben beeinflussen: Jens Lapidus mit seinem harten, knochigen Stil, Mons Kallentoft, der Poet unter den schwedischen Krimiautoren, Mari Jungstedt, die Romantikerin, Marie Hermanson, die Mystikerin, und viele andere, die uns täglich bei der Arbeit viel Freude bereiten.

Schönsee, im Sommer 2010

Rotkreuzplatz da Vinci

Die Begegnung mit einer mysteriösen Frau verändert das bisher unspektakuläre Leben des Kunsthistorikers Samuel Binder, Kurator an der Staatlichen Graphischen Sammlung in München. Bei seiner Suche nach der Geheimnisvollen stößt er auf eine düstere, lange verlassene Wohnung. Er bekommt eine alte Kriminalakte in die Hände und erfährt dadurch von einem beinahe vergessenen Verbrechen. Zunehmend gewinnt er den Eindruck, dass alles Rätselhafte sich nur um ihn zu drehen scheint. Aus welchen Gründen auch immer – Schicksal oder Fügung – er ist dazu bestimmt, eine neue Wahrheit zu finden.

Taschenbuch, J. M. Soedher, 352 Seiten, 9,95 €

Bucher ermittelt

Krimireihe um den Münchner LKA-Ermittler Johannes Bucher, der mit seinem Team besonders komplizierte oder delikate Mordfälle zu lösen hat.

Der letzte Prediger

Eine junge Frau von einem psychopathischen Täter in ihrer Augsburger Wohnung ermordet. Die Ermittlungen führen in einen Sumpf aus Lebenslügen, familiären Entfremdungen und in den Dunstkreis der Kirchen. Doch wo verläuft die Grenze zwischen doppelbödigen bürgerlichen Existenzen und einem kontrollsüchtigen Mörder, der nicht anders kann, als zu töten – und in welchem Milieu wird sich der Täter finden?
Jakob Maria Soedher, Taschenbuch, 432 Seiten, 9,95 €

Requiem für eine Liebe

Eine tote Frau in der Stille eines verwunschenen Auengrundes bei Würzburg. In ihrem Haus findet sich ein Stapel geheimnisvoller Bücher. Ein Gartenbild Liebermanns von ungeklärter Herkunft gerät in den Mittelpunkt der Ermittlungen, und ein zurückgezogen im Wald lebender Kerl gibt Rätsel auf.
Als TB erschienen im Aufbau-Verlag (Berlin), 336 Seiten, 8,95 €
gebunden in der edition hochfeld, Auenklang, 336 Seiten, 16,90 €

Im Schatten des Mönchs

Ein Suizid im Allgäu. Schon die ersten Ermittlungsschritte bestätigen die Ahnung zweier skeptischer Kollegen – die junge Frau hat niemals Suizid begangen. Wer konnte ein so kalt geplantes Verbrechen begehen? Und woher stammt das fünfjährige Mädchen, das sich in der Wohnung der Toten versteckt hatte und keinen Namen und keine Sprache hat?
Jakob Maria Soedher, Taschenbuch, 400 Seiten, 9,95 €

Kriminalromane von Max Stadler und Lucille Clauss

Spichtingers Morde

Kommissar Spichtinger ist mit ganzem Herzen Münchner und kann sich immer noch nicht erklären, wie ausgerechnet er auf die Idee kam, sich in die Oberpfalz versetzen zu lassen. Fesselnde Mordermittlungen im Oberpfälzer Wald, mit französischer Note – geschrieben von Max Stadler und Lucille Clauss.

Monatsend

Ein kleines Nest an der tschechischen Grenze. Zwei Frauen werden ermordet aufgefunden. Kommissar Spichtinger reist in die entlegenen Dörfer des Oberpfälzer Waldes, um seinen ersten Mordfall zu klären. Schnell ist bekannt, dass es sich bei den Ermordeten um die Ehefrau des Landrats und um ein weithin bekanntes junges Flittchen handelt. Was verbindet die beiden miteinander? Zunächst tappt Spichtinger ratlos in kriminalistischem Dunkel und durch den ersten Novemberschnee. Fast alle Gestalten im Dorf erscheinen ihm verdächtig: vom untreuen Bürgermeister bis hin zum schwulen Holzhauer. So kompliziert hatte er sich seinen ersten Mordfall nicht vorgestellt.

Taschenbuch, 204 Seiten, Max Stadler u. Lucille Clauss, 9,95 €

Waldverein

Nur wenige hundert Meter unterhalb des Aussichtsturms am Stückstein, etwas abseits vom Weg, lehnt ein Mann an einem Baum, verstümmelt und nackt.

Hier beginnt eine albtraumhafte Ermittlung, in der Spichtinger einmal mehr mit den Tücken des Dorflebens konfrontiert wird. Unterstützung erfährt er hierbei von seiner neuen Kollegin aus Regensburg. Von einer Sackgasse geht es zur nächsten. Die Gerüchte sprudeln vor Einfallsreichtum, eine konkrete Spur gibt es allerdings nicht. Was treibt den Mörder an? Zorn? Eifersucht? Rache? Bald merken die Beamten, dass das Opfer, ein einflussreicher Architekt, ein Doppelleben führte. Hinter der heilen Fassade seiner Ehe brodelte es. Liegt hier vielleicht das Tatmotiv?

Taschenbuch, 256 Seiten, Max Stadler u. Lucille Clauss, 9,95 €